트레샤 퓨전 판타지 장편소설

WISHBOOKS FUSION FANTASY STORY

파왕성 플레이어

파왕성 플레이어 7

트레샤 퓨전 판타지 장편소설

초판 1쇄 찍은 날 | 2019년 8월 16일
초판 1쇄 펴낸 날 | 2019년 8월 23일

지은이 | 트레샤
펴낸이 | 예경원

기획 | 위시북스
편집책임 | 이규재
편집 | 위시북스

펴낸곳 | 예원북스
등록번호 | 제396-2012-000132호
등록일자 | 2012. 7. 25
KFN | 제1-453호

주소 | 경기도 고양시 일산동구 호수로 646-24 위너스21II빌딩 206A호 (우)10401
전화 | 031-819-9431 팩스 | 031-817-9432
E-mail | yewonbooks@naver.com

ISBN 979-11-365-0061-8 04810
979-11-6424-172-9 (set)

※ 이 도서의 국립중앙도서관 출판시도서목록(CIP)은 서지정보유통지원시스템 홈페이지(http://seoji.go.kr)와 국가자료공동목록시스템(http://www.nl.go.kr/kolisnet)에서 이용하실 수 있습니다.

Wish Books
트레샤 퓨전 판타지 장편소설
WISHBOOKS FUSION FANTASY STORY
마왕성 플레이어
7

파왕성 플레이어

CONTENTS

◀ 43장 ▶

에린 리스엘

총 74개의 마왕성이 위치한 절망의 대지.

동부, 서부, 남부, 북부로 다양하게 나누어진 대립 구도 속에서 가장 한적한 분위기를 띠는 곳은 누가 뭐라 해도 남부였다.

다른 지방과 달리 남부엔 주로 낮은 서열의 마왕들이 자리 잡고 있었고, 상위 서열 마왕도 얼마 되지 않아 영역 및 수입원을 놓고 크게 경쟁을 벌이는 일이 없는 편이었다.

그러다 보니 가장 이득을 챙긴 가문은 다름 아닌 리스엘 가문이었는데 이유는 무엇보다 서열전에 큰 관심이 없던 에린 덕분이라고 볼 수 있었다.

"아가씨. 가주께서 이번 주의 할당량을 요청해 오셨습니다."

머리를 올백으로 넘긴 집사가 서신을 건넨다. 유독 훤칠한

키가 돋보이는 마왕성 베르시안의 집사 릿이었다.

거울 앞에 앉아 머리를 빗고 있던 여인은 건네받은 서신을 들여다보다 이내 한숨을 내쉬었다.

"마력 코어 제작을 요청한 지 얼마나 됐다고 벌써 할당량을 추가로 요청해 오는 거야?"

"에린 아가씨. 서신의 뒷면을 확인해 보시기 바랍니다."

"응?"

잠시 고개를 갸웃거리던 녹색 머릿결의 여인, 아니, 에린이 뒤늦게 서신의 뒷면에 적혀진 좌표를 확인했다.

"이번에 새로 발견해 낸 수입원의 위치라고 합니다."

"……그러면 그렇지. 그 꼼꼼한 작자가 이런 것을 놓칠 리가 없겠지."

서열전을 포기하면서까지 꾸준히 수입원을 늘려온 리스엘 가문이다. 마왕성 베르시안을 통해 차지한 남부의 수입원만 해도 벌써 여섯 곳을 넘고 있지 않은가. 아마 이번에도 자신을 통해 마력석을 추가로 확보할 속셈일 터.

"다른 마왕들은 상위권 서열로 올라가기 위해 발버둥 치겠지만 너의 능력은 오직 가문을 위해 존재하는 것이다. 다른 생각 말고 수입원들을 차지해 마력 코어를 생산하는 것에만 집중하도록 하거라."

문득 과거의 기억이 떠오르자 빗을 쥐고 있던 손이 부르르 떨려왔다.

"아가씨?"

"……아무것도 아냐. 일단 텔레포트 마법진부터 준비해."

"알겠습니다."

깊게 고개 숙이던 릿이 문을 닫고 방을 나갔다. 아마 마법사로 전직한 병사들이 얼마 되지 않아 좌표를 입력해 마법진을 시전할 것이다.

홀로 남게 된 에린은 거울 속에 비친 자신의 얼굴을 들여다보다 이내 자리에서 일어났다.

"우선은 나도 준비를 해야겠지."

간만에 원정에 나설 시간이었다.

[헥도르가 설치한 마력 트랩이 발동됩니다.]

[바브 일족 트롤이 속박에 걸립니다.]

[쿨단의 경로 차단이 시전됩니다.]

[지정된 범위로 내구력을 가진 수호자의 벽이 설치됩니다.]

마왕성 2층으로 올라온 다수의 트롤들이 마력 트랩에 걸려 발이 묶인다. 그 트롤들 사이에 백색의 벽이 나타나 인원을 둘로 갈라 버렸다.

-으랏차차. 헥토르 님 나가신다!

-금물이다. 방심!

마탄의 궁수로 전직한 헥토르와 수호자로 전직한 쿨단. 특히 새로운 방패를 장착한 쿨단은 육중한 트롤의 주먹을 막아내며 역으로 기력을 실어 보냈다.

[복수의 방패 효과가 발동됩니다.]

[흡수한 충격의 절반 정도 되는 피해를 상대방에게 돌려줍니다.]

콰앙!

재차 팔을 휘두르려던 트롤의 신형이 뒤로 날아간다.

일정 기력을 소모해 복수의 강타를 시전할 수 있게 해주는 복수의 방패. 이번에 잭의 손에서 제작된 레어급 카이트 실드였다.

그 사이, 한조 부대를 이끌던 헥토르는 또다시 돌진 본능이 샘솟은 것인지 중간에 있던 트롤의 목으로 올라타 흡혈을 시작했다.

-쭈우우웁. 쭈웁!

"작작 먹고 그만 내려와라."

-뷁에에에.

지시가 떨어지자 금방 드레이크 장궁을 내려치며 쏜살같이 후방으로 달아났다.

그제야 화면을 보고 있던 용찬이 1층에서 추가로 진입하는 놈들을 확인한 후 방어 수단을 작동했다.

[철통 거미줄이 발동됩니다.]

1층 왼쪽 복도로 쳐지는 끈적한 거미줄.

-깨앵?

연달아 바쿤의 고유 특성인 탄력까지 덧붙여지자 무작정 달려들던 놈들이 튕겨 나갔다. 그렇게 양쪽 복도 중 한 곳이 막히자 놈들은 역으로 오른쪽 복도를 노리기 시작했고, 얼마 되지 않아 대기 중이던 불한당 부대를 마주하게 됐다.

[칸의 레버스 삼쉬르 효과가 발동됩니다.]

[켄의 레지스틸 아머의 효과가 발동됩니다.]

칼날의 길이를 세 배로 늘려주는 효과를 가진 레버스 샴쉬르와 범위 스킬의 위력을 감소시켜 주는 레지스틸 아머까지.

쿨단에 이어 새로운 장비를 장착한 칸과 켄은 인정사정없이 놀들을 유린하며 부대를 이끌었다.

그리고 후방에서 실버 부대의 오크들이 속성 마법들을 발현하기 시작하자 선두에 있던 놀들이 차례차례 쓰러졌다.

'이제 네 개의 부대도 어느 정도 안정권에 든 것 같고. 신규 병사들도 계속해서 훈련시키고 있으니 조만간 전투에 직접적으로 투입시킬 수 있겠지.'

부상을 치료하는 동안 잠시 정체기에 빠져 있긴 했지만 그렇다고 해서 바쿤의 전력이 떨어진 것은 아니었다.

펑! 퍼엉!

미리 위르겐이 설치해 둔 폭탄이 2층 내부로 터져 나간다.

C급 트롤들도 대부분 목숨을 잃은 상황.

[루시엔의 하몰란 듀얼 레이저 소드 스킬이 발동됩니다.]

[지정된 타깃에게 레이저 빔을 시전합니다.]

마침 루시엔이 쥐고 있던 레이저 소드에서 광선들이 쏘아지자 달아나고 있던 트롤들의 온몸에 구멍이 뻥뻥 뚫렸다.

"페페펭. 라이언 부대의 방패병들을 맡아!"

"알겠습니다!"

"칸과 켄이 위험하다. 펭! 아니, 그것보단 바닥에 떨어진 아이템들부터 주워!"

"바로 힐을 시전…… 예?"

마지막으로 로드멜의 채널링을 보완하기 위해 탐색자의 눈을 통해 직접 지시를 내리고 있는 위르겐 또한 침입 저지에 도움이 되고 있었다.

-야! 네 부대는 1층에 있잖아. 여긴 왜 온 거야!

-제피르 놈의 지시를 받아 온 것뿐이다. 그나저나 넌 더 이상 필요도 없어 보이는데. 이만 빠지지그래?

-뭐라는 거야. 지금 너보다 트롤도 훨씬 많이 잡았거든?

-큭. 뻔히 드러날 거짓말까지 치다니. 한심하기 짝에 없군.

간간이 신경전을 벌이는 루시엔과 록시가 화면에 잡히긴 했지만, 그것과는 별개로 지시에 따라 트롤들을 잘 제압하고 있는 상태였다.

결국 2층의 몬스터들은 병사들의 화력을 버티지 못해 몰살당하고 있었고, 라이언 부대가 투창을 던지며 마무리를 할 때 새로운 함정이 발동됐다.

[복도 교체 함정이 발동됩니다.]

[1층과 2층 복도가 서로 교체됩니다.]

거의 전멸 직전이던 트롤들과 떼를 지어 몰려온 놀들의 위치가 바뀐다. 아니, 정확히는 놈들이 있던 1층과 2층의 복도가 서로 교체가 된 것이다. 미리 계단 쪽으로 빠져 있던 라이언 부대와 한조 부대는 절반가량 남아 있던 놀들을 맞이했고, 반대로 불한당 부대와 실버 부대는 피떡이 된 트롤들을 상대하게 됐다.

"이제 몬스터들의 침입은 큰 무리 없이 막게 됐군요."

"C급으로 상승한 만큼 이 정도도 못 하면 오히려 그게 더 이상한 거겠지. 그레고리. 전투가 끝나는 대로 부대들을 1층으로 집결시켜 놔라."

"알겠습니다."

새로운 장비들과 성장한 병사들을 시험 하려던 차에 들이닥친 트롤과 놀들. 이젠 어수룩하던 예전과 달리 깔끔히 침입을 저지시키는 바쿤의 각 부대원들이었다.

그레고리가 지시를 전달하기 위해 아래층으로 내려가는 사이 용찬은 마무리된 전투를 확인하며 잭에게 건네받은 두 개의 장비를 꺼냈다.

[기간트 건틀릿(레어)]

[견고한 체인 부츠(레어)]

'아무리 제작 실력이 뛰어나도 아직 유니크급 장비는 무리인

가 보군.'

물론 잭이 제작한 만큼 레어급 못지않게 효율은 뛰어나다.

비록 볼버의 흑수를 뛰어넘진 못했지만, 근접 스킬의 위력을 두 배로 상승시켜 주는 기간트 건틀릿의 옵션 덕분에 큰 모자람은 없었다.

'약간 흠이라면 내구 능력치를 올려주는 체인 부츠 때문에 전보다 이동 속도가 더욱 줄어들었단 거겠지.'

지금도 상당한 무게감이 느껴지는 견고한 체인 부츠. 최대한 뇌보와 뇌안을 통해 보완해야 할 문제였다.

"헤, 헨드릭. 내 식물들은 아무런 문제 없는 거지?"

침대 위에서 체셔와 놀고 있던 아이리스가 불안한 기색으로 물었다. 그제야 용찬은 잊고 있던 바쿤의 첫 번째 영역을 떠올렸다.

[최하급 울타리(일부 손상)]

[정화된 토지(정상)]

[발아된 씨앗들(정상)]

"쯧. 기껏 8천 젬이나 투자해 놨더니. 별 쓸모도 없이 손상만 되는군."

"서, 설마 씨앗에 문제가 있는 거야?"

"네가 만든 놀이터엔 아무런 문제도 없으니 안심해라."

한순간에 아이리스의 놀이터가 되어버린 바쿤의 영역.

안도하는 그녀의 목소리가 들려왔지만, 그것과는 별개로 몬스터들에 의해 파괴되는 울타리는 계속 문제가 되고 있었다. 목재를 통해 수리가 가능하긴 했지만 당장은 그리 쓸모가 없어 보이는 첫 번째 영역이었다.

덥석!

"냐아아앙?"

한참 시달리고 있던 체셔에게로 구원의 손길이 뻗어진다.

"밖에 갔다 올 동안 말썽 피우지 말고 얌전히 있어라."

"응! 응!"

미리 아이리스에게 경고를 준 용찬은 곧바로 1층으로 내려갔다.

"마왕님. 병사들을 모두 집결시켜 놓았습니다."

그레고리의 손짓과 함께 일렬로 정렬한 200여 병사들의 시선이 모였다.

이번의 목적지는 세 번째 수입원이 위치한 산맥. 지도창을 봤을 때 얼추 요르스 철광산과 제법 가까워 보였다.

'일단 요르스 철광산까지 게이트를 이용해야겠어. 그리고…….'

마침 최근에 설치된 악몽의 탑 게이트가 눈에 들어온다.

'악몽의 탑도 결국은 가봐야 할 테지. 게다가 아직까지 네 번

째 용병도 소환하지 않았고 말야.'

용찬은 손에 쥔 용병 소환권을 내려다보며 앞으로의 일정을 대략적으로 정리했다. 그리고 예고했던 대로 병사들과 함께 게이트를 넘었다.

"로드멜. 베르모스 산맥 지도는 어디 있지?"

"아, 여기 있습니다."

"좋아. 위르겐. 이제부터 네가 경로를 파악해라."

"알겠습니다. 펭!"

지도를 건네받은 위르겐이 제3의 눈과 동시에 경로 분석 스킬을 시전했다. 아마 베르모스 산맥을 벗어나기 전까지 원정에 큰 지장은 없을 터. 이대로 표시된 길을 따라 베르모스 산맥과 걸친 또 다른 산맥에 도착만 하면 금방 세 번째 수입원이 있는 곳이었다.

"루시엔, 헥토르. 너희 둘은 나무 위로 올라가 주변을 살펴라. 록시 넌 지시가 떨어질 때까지 계속해서 마력 결계를 유지하고 있어라. 그리고 쿨단. 선두에서 다른 병사들을 이끌어라."

제각기 역할에 맞춰 움직이기 시작하는 주력 병사들. 그렇게 한참 길을 따라 전진했을까.

[탐색이 발동됩니다.]

'음. 저건?'

또 다른 산맥으로 넘어가는 언덕길 부근에서 일련의 무리들이 포착됐다. 현재 탐색의 등급은 C급. 그간 끊임없이 숙련도를 올린 덕분에 한 단계 등급이 상승된 상태였다.

'탐색에 걸린다는 것은 C급 이하라는 뜻인데. 어디서 튀어나온 놈들이지?'

스킬에 표시된 몬스터들의 수는 대략 이백여 마리에 달했다. 중간중간 마족들이 섞여 있는 것을 보아 단순히 산맥에 자리 잡은 야생 몬스터들은 아닐 터.

"위르겐. 이 근방에 탐색자의 눈을 설치해 둬라."

"알겠습니다. 페펭!"

언덕 위에서 가장 먼저 시야를 선점한 용찬은 길을 따라 쭉 전진하고 있는 무리들을 보며 놈들의 목적을 추측했다.

'방향으로 볼 땐 지도창에 표시된 수입원의 위치 같은데. 설마 다른 곳에서 정보가 새어나간 건가.'

애당초 마계 위원회를 믿은 것은 아니지만, 현재 상황은 좀 곤란하다. 동일한 목표를 가진 두 무리가 서로 마주친다면 충돌은 피할 수 없을 것이다.

체계적으로 구성된 몬스터들만 봐도 다른 마왕성의 병사일 가능성이 컸다.

[추적 주문서를 사용했습니다.]

[지정된 대상에게 추적술이 시전됩니다.]

미리 챙겨온 C급 추적 주문서가 발동된다. 추적술이 발동된 대상은 가장 배후에 위치한 글레이브를 든 오크.

'전사로 전직한 오크인 만큼 저항력은 그리 높지 않겠지. 주변에 알아챈 놈들도 없는 것 같고. 우선 추적부터 해볼까.'

최대한 놈들의 감지계 기술 범위에서 벗어나 뒤를 밟는다면 금방 목적지에 도착할 것이다.

"마왕님. 언덕길 아래에서 몬스터들을 다수 발견했어요." 마침 나무 위에 올라가 있던 헥토르와 루시엔도 무리를 발견한 것인지 바닥으로 내려와 급히 보고했다. 미리 사일런스를 발동해 둔 용찬은 고개를 끄덕이며 아래로 시선을 돌렸다.

"이쪽에서도 방금 막 발견한 참이다."

"그럼 맨 앞에 마족도 보셨겠네요?"

"어떤 마족을 말하는 거냐."

"으음. 저도 사세히 보진 못했는데 녹색 머릿결의 여자 한 명이 호위를 받으며 가고 있었던 것 같아요."

직접 무리의 선두를 살피고 온 것일까.

선혀 금시초문이던 사실이 헥토르의 입에서 나왔다. 만약 그의 보고대로라면 탐색 범위가 닿지 않는 곳에 또 다른 마족들이 있다는 뜻이었다.

"녹색 머릿결의 여자라. 호위를 받고 있다면 마왕일 가능성도 있겠군. 헥토르. 위르겐을 데리고 다시 한번 선두를 살피고 와라."

"웃샤. 얼른 갔다 오겠습니다!"

"페펭. 요놈아. 좀 살살 붙잡아!"

시야 확대 안경을 착용한 위르겐이 헥토르의 품에서 버럭 소리친다. 힘은 높지 않지만 강인한 육체란 특성 덕분에 통통한 제피르도 쉽게 안고 다닐 것이다.

그렇게 둘이 나무 위로 올라가는 사이, 용찬은 수정구를 꺼내 그레고리에게 통신을 취했다.

-녹색 머릿결의 여인분이라. 단순히 절망의 대지 남부의 마왕이라 유추해 본다면 에린 리스엘일 가능성이 높겠군요.

"……그렇단 말이지."

아직까지 추측의 단계였지만 대충 감은 잡혔다. 서열전이 아닌 마력 코어 생산을 최대 목표로 두고 있는 리스엘 가문이라면 새로운 수입원에 크게 반응을 보일 터. 만약 선두의 마왕이 에린이라면 어떤 경로든 수입원의 위치를 전달받았을 가능성이 컸다.

"자, 그러면……."

콰앙!

불현듯 울려 퍼지는 폭발음. 헥토르가 향했던 곳의 나무들이 차례차례로 쓰러지자 대번 인상이 구겨졌다.

"……설마?"

쿵! 쿠웅!

우거진 수풀 사이로 나무들이 쓰러진다. 활활 타오르는 나무들 위로 연기가 퍼져가자 지팡이를 쥐고 있던 마법사가 고개를 저었다.

"놓쳐 버렸습니다. 찰나의 순간 몸을 뒤로 뺀 것 같군요."

"도망친 이들은 총 두 명이었죠?"

"그렇습니다. 아무래도 정찰을 위해 본대에서 잠시 빠져 있었던 것 같습니다."

마법사, 아니, 로스엔의 보고대로라면 정찰에 나선 병사 두 명 중 한 명은 시야 확보를 위한 디텍터일 것이다.

잠시 고민하던 에린은 지형 너머로 움직이기 시작한 무리를 보며 결정을 내렸다.

"우선 저 두 명부터 쫓도록 하죠. 어차피 저쪽 근방은 온통 절벽이니까 퇴로가 온전치 않을 거예요."

"알겠습니다. 에린 리스엘 님."

선두에 배치되어 있던 마법사 로스엔이 플라이를 시전해 공중으로 날아올랐다. 그리고 언덕 위로 펼쳐진 마력 결계를 꿰뚫으며 주변 일대 전체로 마력을 실어 보냈다.

[광범위 시야 확보가 발동됩니다.]

[지정된 범위의 시야가 확보됩니다.]

[시야 공유가 발동됩니다.]

연달아 시야 공유 스킬까지 시전되자 눈앞으로 주변 일대의 시야가 보이기 시작했다.

'로스엔이 감지계에 능한 마법사라는 것은 아직까지 모르고 있을 테지. 어떤 마왕인지는 몰라도 잘못 찾아왔어.'

가문의 요청에 따라 좌표를 통해 에리악 산맥에 들어선 마왕성 베르시안의 병사들. 사실 언덕 위의 무리들이 감지계 기술을 펼쳤을 때부터 이미 탐색 스킬을 간파하고 있었다.

그 덕분에 역으로 광범위 시야 확보를 시전하며 상대 무리의 움직임을 시시각각 살필 수 있었고, 지금은 따로 정찰을 위해 무리에서 이탈한 병사들까지 발견해 낸 참이었다.

아마 적들은 로스엔의 스킬이 마력 결계를 영향을 받지 않는다는 사실을 감쪽같이 모른 채 오히려 자신들을 추적하고 있다고 생각했을 터.

[베르시안의 용병 커렛의 화살비가 시전됩니다.]

달아나는 정찰병들에게로 화살들이 쏟아진다. 그사이, 방패병과 검사들은 에린의 지시에 따라 언덕길 부근을 장악했고, 추적에 용이한 나머지 용병 두 명이 공유된 시야에 들어온 궁병을 쫓아 광범위 스킬을 시전하기 시작했다.

'결국은 디텍터가 속한 정찰병을 구해내기 위해 언덕길에서 내려올 수밖에 없겠지. 하지만 그전에 미리 둘을 붙잡아 버리면 시야는 우리 쪽이 훨씬 더 유리해.'

상대방 너무 섣부른 판단이 실수로 작용한 상황이었다.

"저기 있다! 뱀파이어 궁수와 제피르 한 마리!"

"우왓. 들켰다. 이제 어쩌죠. 위르겐 님?"

"페페펭. 여기서 오른쪽으로 꺾어!"

마침내 수풀 사이에 숨어 있던 정찰병의 모습이 드러났다. 안겨 있던 위르겐은 당황하면서도 재빨리 우측을 가리켰다.

'손에 든 제피르 병사가 디텍터인 건가. 그렇다면 지금도 퇴로를 분석하고 있다는 뜻이겠지.'

몸놀림이 날렵한 궁수가 함께 있다면 단순히 광범위 스킬로 몰아넣는 것은 비효율적이었다. 에린은 근접에 취약한 궁병을 고려해 기동력에 특화된 기마병들을 위주로 보냈다.

[베르시안의 기마 부대의 쾌속 질주가 시전됩니다.]

[일정 시간 동안 기마병들의 이동 속도가 향상됩니다.]

이미 거슬리는 장애물들은 광역 스킬로 제거한 상태. 기마병들은 쾌속 질주를 통해 좌우로 갈라지며 정찰병을 궁지로 몰아넣었다.

그리고 선두에 있던 용병 마쿠스가 창을 내지르는 순간.

퍼억!

말에 올라타 있던 그의 신형이 단숨에 멀리 날아갔다.

"좋아. 한 마리!"

"……장궁을 휘둘렀다고?"

기동력을 위해 무게를 줄인 갑옷을 착용하고 있던 마쿠스다. 그렇다고 해도 궁병이 휘두른 장궁에 몸이 날아간다는 것은 쉽사리 믿기지 않는 장면이었다. 에린은 기마병들과 근접전을 벌이는 뱀파이어 궁수를 보며 잠시 멍을 때렸다.

"에린 님?"

"아, 죄송해요. 우선 케일 님이 나서주시겠어요?"

"알겠습니다."

묵직한 대검을 손에 쥐고 있던 기사 케일이 고개를 끄덕였다. 그사이, 에린은 양손을 쭉 뻗어 두 가지 마법을 동시에 발현시켰다.

[융합 권능이 발동됩니다.]

[포박술과 체인 라이트닝이 융합되어 시전됩니다.]

파지지직!

케일이 정면으로 달려드는 순간 일직선으로 쏘아진 체인 라이트닝. 얼마 남지 않은 나무들을 타고 흘러 그대로 뱀파이어 궁수에게로 향했다.

"마법이다. 얼른 피해. 페펭!"

"무, 무리……. 어어?"

기마병에게 시선이 쏠려 있던 탓인지 피할 틈도 없이 체인 라이트닝에 적중당했다. 몸을 죄여오는 전류에 발버둥 쳤지만 얼마 되지 않아 바닥으로 축 늘어졌다. 마침 달려온 케일이 대검을 횡으로 크게 휘둘렀다.

그 순간.

"취에에엑!"

"취익!"

"스, 습격이다. 췩. 취익!"

후방에서부터 오크들의 비명 소리가 들려왔다.

"로스엔. 이게 어떻게 된 거죠?"

-이런. 저희가 궁병을 추적하는 사이 한 명이 방향을 틀어

후방을 기습한 것 같습니다.

"아니, 그러니까 어떻게 광범위 시야 확보에 걸리지 않고 배후로 돌아온 거냐구요!"

-…….

이번에는 제대로 대답을 하지 못하는 로스엔이었다. 시시각각 적들의 움직임을 살피던 그조차 발견하지 못한 단 한 명의 병사. 뒤따라 언덕 위에 있던 무리들이 단체로 방향을 틀자 신경이 분산되었다.

'후방을 노린다는 것은 역시 저 둘은 버리겠다, 이건가. 확실히 다른 멍청한 마왕들과는 다른 것 같은데.'

대를 위해 소를 희생하는 판단은 적절했다. 다만, 안타깝게도 산맥의 지형이라면 시야를 확보한 무리에게 많은 이점이 있었다.

"어떻게 할까요?"

"어쩔 수 없죠. 일단 저 둘을 데리고 뒤따라오세요."

"알겠습니다."

다수의 기마병을 상대로 근접전을 벌인 것은 확실히 놀라웠지만, 속박된 지금은 그저 인질에 불과했다. 에린은 정찰병 둘을 기마병들에게 맡겨놓고 등을 돌렸다.

[로드멜의 채널링을 통해 상태 회복이 발동됩니다.]

[헥토르에게 걸려 있던 속박이 풀립니다.]

"어라? 풀려났네."

온몸을 압박하던 전류가 사라진다. 두 눈을 깜빡거리며 멍하니 자리에서 일어나는 헥토르. 긴장을 풀고 천천히 다가가던 기마병들의 두 눈이 휘둥그레졌다.

"뭐, 뭐야. 에린 님의 속박을 풀었다고!"

"뭐라구요?"

병사 중 한 명이 기겁하며 소리를 지르자 에린의 고개도 급히 돌아갔다.

[로드멜의 채널링을 통해 치유의 마법진이 발동됩니다.]

[로드멜의 채널링을 통해 마력 힐이 발동됩니다.]

채널링으로 발동된 힐을 통해 자잘한 부상들까지 치유되자 헥토르가 다시 멀쩡해졌다.

"……어."

"다들 뭐 하고 있어. 얼른 죽여!"

"일단 풀려났으니까 2차전을 시작해 볼까."

사방으로 포진한 기마병들이 다시금 달려든다. 하지만 미리 거리를 벌려둔 헥토르는 얼마 남지 않은 나무로 올라가 화살을 시위에 걸었다. 그리고 바닥으로 깔아둔 마력 트랩들이 발동되자 기마병들의 움직임이 순간적으로 경직되었다.

"페페펭. 왕관 받아라. 요것들아!"

결정적으로 시야를 가릴 위르겐의 왕관이 터졌다. 사방으로 뿜어지는 짙은 연기. 그 속에서 정밀 조준을 시전한 헥토르의 붉은 안광이 묘하게 일렁거렸다.

"나도 무식하게 활만 휘두르는 것은 아니라고."

그 시각, 언덕 위에서 경로를 우회한 바쿤 일행은 후방으로 지원에 나선 적들의 방패병들과 한창 충돌 중이었다.

"이것들아. 후딱 안 달려오고 뭐 해!"

"취, 취이익!"

"어휴. 이 멍청한 오크 자식들. 괜히 너희들 때문에 우리들만 고생하지."

선봉에 서 있던 우락부락한 마족이 한숨을 푹푹 내쉰다.

일찍이 나타나자마자 자신을 듀크라고 소개한 놈은 부대의 대장인 것인지 타원형 방패를 쥔 채 라이언 부대와 대치 구도를 벌이고 있었다.

-한다. 정복! 웃음, 비열한. 아하하하.

"저 빼다귀 새끼가 뭐라는 거야. 머리에는 이상한 것이나 쓰고 있고. 너 죽고 싶……."

까앙!

타원형 방패에 튕겨 나가는 기다란 창. 제법 숙련도가 상승한 덕분인지 아트란 투창술을 막아낸 듀크의 신형이 몇 발자국 뒤로 밀려났다.

그리고 쿨단은 잔뜩 폼을 잡으며 살짝 고개를 치켜들었다.

-웃음! 웃음!

"저 자식이!"

직접 도발 스킬을 사용하지 않아도 자연스레 적의 성질을 긁게 만드는 인공지능 고글이었다.

그 사이, 적의 마법사 부대와 후방에서 교전을 치르고 있던 록시는 서서히 화력에서 밀리기 시작하는 실버 부대를 보며 손을 쭉 뻗었다.

[록시의 안티 베리어가 시전됩니다.]

사방으로 펼쳐지는 푸른 방어막. 위력적인 화염 계열 마법에 부상을 입고 있던 샤먼 오크들은 두 눈을 빛내며 그녀를 바라봤다.

"취이이익. 역시 우리 부대장님이시다!"

"우리를 지켜주셨다. 취익!"

"……착각하지 마라. 그저 지시에 따라 움직이고 있는 것뿐이니까."

싸늘한 시선이 부대원들을 향한다. 하지만 그럼에도 오크들은 기쁜 마음으로 반격에 나서기 시작했다. 그리고 뒤따라 록시의 주특기인 청광이 쏘아지자 다수의 마법사들이 부상을 입으며 본격적으로 흐름이 넘어왔다.

'직접 나서서 피해를 줄이긴 했지만 역시 저쪽의 마법사 놈들, 만만치 않아. 만약 내가 없었더라면 그대로 부대원들이 전멸당했겠어.'

아직까지 비교적 마력 수준은 낮은 오크 샤먼들이다. 얼추 마법들을 배웠다고 해도 화력 면에선 다른 마법사들과 차이가 날 수밖에 없을 터.

[모래 폭풍이 발동됩니다.]

이렇게 된 이상 최대한 자신이 부족한 부분들을 메꿔야 했다.

"퉤퉤! 이젠 모래까지. 도대체 본대는 언제 오는 거야."

사방으로 몰아치는 모래바람.

그 순간, 정면에서부터 앙칼진 목소리가 들려왔다.

"쓸데없는 기대는 버리는 게 좋다고!"

"엉? 뭐야. 이 다크 엘프는?"

모래 폭풍의 범위 안에 있던 듀크가 팍 인상을 구겼다. 흐릿한 시야 사이로 쏜살같이 달려오는 까무잡잡한 피부의 다크 엘프. 이상한 적색 봉을 들고 달려드는 그녀의 모습에 다급히 실드를 내밀었지만 어림도 없었다.

[베르시안의 용병 듀크의 최선의 방어(공용)가 발동됩니다.]

[루시엔의 매화가 발동됩니다.]

하단에서부터 치고 올라오는 두 갈래의 빛줄기. 특성을 통해 한층 방패의 내구력을 강화시켰지만, 방어력 관통 옵션을 가진 레이저 소드를 버티긴 무리였다.

까앙!

"크윽!"

얼마나 손이 저린 것인지 순간 방패를 놓칠 뻔한 듀크였다. 그나마 보통 방패병들보다 배는 좋은 체력 및 내구 능력치 덕분에 간신히 위력을 버텨낸 상황.

하지만 루시엔이 그런 틈을 놓칠 리 없었다.

[루시엔의 댄싱 재능이 발동됩니다.]

[루시엔의 신속화(공용)가 발동됩니다.]

[루시엔의 광폭이 시전됩니다.]

기회를 붙잡고 속전속결로 몰아치자 타원형 방패가 움푹 파이기 시작했다. 새로운 무기를 통해 위력까지 보완한 루시엔은 마음껏 댄싱 검술을 펼치며 듀크를 압박해 갔다.

하지만 그것도 잠시.

[베르시안의 용병 듀크의 마혈이 발동됩니다.]

그의 신형에서 탁한 기운들이 부글부글 끓어오르기 시작하자 무너지던 균형이 다시금 잡혀갔다.

"아, 그래. 지원군이 안 오면 그때까지 버티면 되는 거지. 한번 해보자. 개 같은 것들아."

-감지 위험! 감지 위험!

"크윽. 뭐, 뭐야. 갑자기 덩치가 두 배로 불어났잖아!"

뒤따라 덩치가 불어나기 시작한 베르시안의 방패병들. 한껏 몰아치고 있던 루시엔, 쿨단, 록시의 기세에 제동이 걸리는 순간이었다.

-서열전 외에 절망의 대지에서 충돌이 일어날 시 마왕을 제외한 용병과 병사들은 사살 가능합니다. 서열전 내에서와 같은 형식이라고 볼 수 있죠. 물론, 마계 위원회에 요청해 중재를 맡길 수도 있지만 아무래도 수입원이 끼어들면 문제가 약간 복잡해질 것 같습니다.

수입원을 놓고 교전을 벌일 시 자동적으로 가문끼리 엮이는 상황이 발생하고 만다. 그렇게 되면 오히려 수입원을 차지하는 것이 더욱 복잡해질 것이다.

'역시 이 자리에서 해결하는 게 가장 낫겠군. 그나저나 분명 서열 73위 마왕이라고 알려져 있었는데 어떻게 이런 병력을 가지고 있는 거지.'

수정구를 통해 그레고리와 통신을 하고 있던 용찬은 잠시 의문이 들었다. 그도 그럴 게 평가전은 물론 서열전도 참여하지 않던 에린 아니던가. 한데, C급 마왕성 수준의 전력을 보유하고 있는 것도 모자라 상당한 수의 용병들까지 데리고 있었다.

-아마 가문에서 지원받은 용병들인 것 같습니다. 서열을 올리지 않고 꾸준히 마왕성의 등급을 올렸단 증거겠죠.

"음지에서 몰래 힘을 키우고 있던 건가. 마력 코어만 만들 줄 아는가 싶었는데 그게 아니었나 보군."

"으음. 제 생각엔 남부에 위치한 수입원들을 차지하기 위해 미리 전력을 키워놓은 것 같습니다."

등에 매달려 있던 로드멜이 그럴듯한 추측을 던졌다. 만약 가문에서 다른 마왕과의 충돌을 예상했다면 계속해서 용병 및 병사들을 지원해 준 것도 어느 정도 납득이 된다. 어찌 보면 베르시안을 맡고 있는 에린은 가문을 위한 희생양이나 다름없었을 터.

거기까지 생각이 미친 용찬은 고개를 끄덕이며 뒤따라오는 불한당과 한조 부대를 살폈다.

"우리 시야를 전부 파악하고 있다면 두 부대가 따로 움직이는 것도 이미 알 테지. 로드멜, 헥토르는 지금 어떻지?"

"채널링을 통해 확인해 보니, 아직까진 버티고 계신 것 같습니다. 최대한 힐과 상태 해제를 헥토르 님께 집중하고 있으니 도착하기 직전까진 괜찮을 듯합니다."

"으음. 그렇다면 라이언 부대와 실버 부대가 저쪽 방패병들을 뚫는 게 관건이겠어."

돌파를 위해 따로 루시엔까지 남겨놓고 온 상태다. 얼마나 최단 시간 내에 적들의 방패병과 마법사 무리를 뚫고 자신들과 합류하느냐가 가장 중요한 문제일 것이다.

[뇌안이 발동됩니다.]

[뇌보가 발동됩니다.]

민첩 능력치를 포기하고 내구 능력치를 택한 탓일까. 뇌안과 뇌보를 동시에 쓰고 있는데도 불구하고 좀처럼 이동 속도가 올라가질 않았다. 결국 용찬은 로드멜을 잠시 내려놓고 인벤토리에 넣어두었던 암살왕의 머플러를 다시 꺼냈다.

'배후를 기습한다고 투명화를 한 번 쓰긴 했지만, 이 정도 거리라면 시야를 피해 금방 도착하겠지.'

가장 먼저 노릴 목표는 적의 디텍터다.

"로드멜. 넌 불한당과 한조 부대와 합류해 뒤따라와라."

"알겠습니다."

두 부대가 적의 시선을 끄는 사이 중심지로 침투한다. 이런 계획을 세운 용찬은 멀리서 들려오는 폭발음에 급히 투명화를 시전했다. 그리고 소리가 들려온 근원지로 쭉 달려가자 금방 초토화된 주변 일대가 눈에 들어왔다.

다수의 기마병에게 포위를 당한 채 쫓기고 있는 헥토르와 위르겐. 후방에서 대검을 치켜든 채 기력을 끌어모으고 있는 기시까지.

"우선 나무들과 수풀부터 없애세요. 아예 몸을 숨길 공간부터……."

파사사삭!

녹색 머릿결의 여인이 지시를 내리던 찰나 정면으로 쏘아진 화살에서 얼음 기둥들이 솟아난다.

“페페펭. 좀 더 좌우로 꺾어서 쏘라니까!”

“아, 지금 정밀 조준 때문에 신경 거슬려 죽겠는데. 진짜!”

“내 말 좀 들어라. 페에에엥!”

적들에게 둘러싸인 와중에도 티격태격거리고 있는 헥토르와 위르겐. 디텍터의 스킬을 통해 사격 위치를 고르고 정밀 조준과 룬 화살로 행동 범위를 줄이고 있는 둘은 멀리서 봐도 제법 죽이 착착 맞고 있었다. 덕분에 기마병들과 기사들의 시야는 전부 그들에게로 쏠려 있는 상황.

용찬은 에린으로 추측되는 여인을 보다가, 공중을 올려다봤다.

‘저놈인가?’

마력 결계조차 꿰뚫는 광범위 시야 확보의 주범. 유유히 플라이를 시전해 주변 일대의 시야를 체크하던 마법사 한 명이 포착됐다.

“체셔. 저놈에게로 달라붙어라.”

“냐, 냐아아앙?”

“걱정 마라. 보이드를 시전할 만큼의 거리는 내가 직접 확보시켜 줄 테니까.”

한 손에 검은 가죽이 움큼 잡혀 든다.

마치 시구를 하듯 앞으로 쭉 내밀어지는 다리.

"냐아아아. 주, 주……."

방금 막 반지에서 튀어나온 체셔는 비명을 지르지도 못한 채 공중으로 날아가고 있었다.

"적은 장궁을 쓴다. 에린 님의 말씀대로 주변 나무들과 수풀부터 제거해!"

"젠장. 사정거리가 꽤 길잖아. 좀 더 기동력을 높여!"

"아까 활 휘두르던 놈 맞아? 아니, 그것도 그렇지만 무슨 화살에서 수속성 마법까지 튀어나오는 거야?"

접근하면 거리가 벌어지고 계속 연막이 터진다. 기껏 붙잡았다 싶으면 활을 휘둘러 기마병들을 넉백시키니 쉽사리 제압되지 않았다.

슈슈슉!

특히 커렛이 범위 스킬을 시전할 때마다 미리 방향을 예측해 피해 비키는 뱀파이어와 세피드. 자잘한 부상은 얼마 있지 않아 회복되는 탓에 시간만 계속 허비되는 상황이었다.

'분명 치료술사는 근처에 없다고 했는데 도대체 어떻게 된 거지. 이 정도로 사성거리가 긴 치료 스킬이 존재한다고?'

만약 그런 치료 스킬이 존재한다고 해도 시야를 뺏긴 상황에서 적절한 순간마다 부상을 치유한다는 것은 말이 안 됐다. 적의 본대를 막기 위해 방패병들과 마법사들을 따로 배치시켜 놓긴 했지만 겨우 병사 둘을 상대로 발이 묶인 것은 너무도 치명적이었다.

"케일 님. 이대로 시간을 뺏길 순 없어요. 이미 적들도 부대 두 개를 따로 이쪽으로 보낸 상태예요."

"……이런. 알겠습니다!"

에린이 다급히 소리치자 거대한 대검이 붉게 물들었다.

[베르시안의 용병 케일이 초토화를 발동 중입니다.]

단숨에 절반가량 이상의 기력을 소모하는 광범위 기술 초토화. 적의 본대를 상대하기 위해 아껴두고 있던 스킬이었지만 다른 부대가 추가로 오고 있다면 얘기는 달랐다. 케일은 서서히 모여드는 기력을 확인하며 미리 대검을 치켜들었다.

'좋아. 초토화라면 숨어 있는 쥐새끼도 금방 잡을 수 있어. 이제 남은 것은…….'

추가로 증원을 오는 두 부대를 떠올린 에린이 급히 뒤로 고개를 돌렸다. 시야를 확보 중인 로스엔에게 보고를 전달받아 대비만 갖춘다면 다른 병사들도 충분히 상대할 수 있을 터. 하지만 고개를 들어 봐도 그가 보이지 않았다.

"로스엔? 로스엔!"

"……."

"왜 반응이 없어요. 얼른 대답해 봐요!"

빈 허공을 향해 울려 퍼지는 의미 없는 메아리. 갑자기 그가 사라졌다는 사실에 오만 생각이 머리를 복잡게 만들었다.

'설마 시선이 저쪽으로 집중된 사이에 로스엔이 당한 건가. 아니, 아니지. 광범위 시야 확보 스킬로 계속 주변을 살펴보고 있었을 텐데 갑자기 당할 리 없잖아.'

혹여 이동 마법으로 접근했다고 해도 기습을 하기 직전 보고가 먼저 자신에게 왔을 것이다.

'만약 경로를 우회해 배후를 기습했던 때처럼 시야를 벗어날 수 있다면?'

문득 배후의 오크들이 기습당했던 순간이 떠올랐다. 에린은 시전이 거의 완료되어 가는 케일의 초토화를 보며 급히 소리쳤다.

"시야를 확보하던 로스엔이 사……."

쿵!

앞으로 팍 쏠리는 신형. 순간 무엇에 당한 것인지 감조차 잡히지 않던 차 이마로 커다란 충격이 전해졌다.

"에린 리스엘 님?"

다급히 자신을 부르는 목소리들이 들려온다. 머리를 짓누르는 압박감에 고개를 들어보려 해도 힘이 들어가지 않았다. 제압당했다는 사실을 깨달은 에린은 몸을 부르르 떨며 힘겹게 입을 열었다.

"……누, 누구시죠?"

파지지직!

묵직한 건틀릿을 타고 온몸으로 흘러들어 오는 전류.

"입 다물어라."

살기가 담긴 싸늘한 목소리에 두 눈이 파르르 떨려왔다.

그리고 감전 상태에 걸려 격렬한 고통이 느껴질 때 즈음.

"모두 꿇어."

그가 선언하자, 위협적인 살기가 일대를 장악했다. 끝을 알 수 없는 검은 눈동자와 짙은 흑발. 단 한 남자의 등장에 분주하던 병사들의 움직임이 한순간 멈췄다.

"어, 언제 뒤로!"

"내가 한 말을 못 들었나 보지? 꿇으라고 했을 텐데."

"큭. 당장 에린 님을 놔……."

콰콰쾅!

버럭 소리치던 기마병의 머리 위로 천둥벼락이 작렬했다.

흑발의 청년, 아니, 용찬은 시꺼멓게 타버린 병사를 가리키며 손가락을 아래로 까닥거렸다.

"두 번은 없어."

"……."

그제야 병사들이 입을 꾹 다문 채 눈치를 살피기 시작했다. 상황만 놓고 보자면 자신들의 주인은 용찬에게 강제로 제압당해 있는 상황이지 않은가.

당장 싸늘한 주검이 되어 있는 기마병만 봐도 그에게 자비는 없어 보였다. 혹여 경솔한 행동으로 용찬을 자극하게 되면 자연스레 에린의 목숨도 위험해질 것이다.

'하필 초토화를 준비하는데 이런 기습을 받을 줄이야.'

기력을 끌어모으던 케일조차 천천히 대검을 내려놓았다.

"으아아앙, 마왕님. 저 죽는 줄 알았어요!"

"페페펭. 역시 저희를 구하러 오셨군요!"

"쯧. 시끄럽다. 우선 뒤로 물러나 있어라."

분위기가 역전되자 궁지에 몰려 있던 헥토르와 위르겐도 기사회생에 성공했다.

'……이 남자가 마왕?'

바닥에 깔려 있던 에린은 복잡해진 머릿속을 빠르게 정리했다. 어떤 방법으로 광범위 시야 확보를 피한 것인지는 몰라도 공중에 떠 있던 로스엔을 처리한 것은 용찬이 분명했다. 아마 그를 제압하자마자 시선이 쏠려 있는 틈을 타 자신의 뒤로 접근한 것일 터.

'우리의 뒤를 밟고 있던 마왕이야. 그것도 뇌전의 속성력을

다루는 마왕. 도대체 어떤 마왕성의 주인이지? 남부의 마왕이라면 정보를 통해 대부분 알고 있는데.'

그에 대한 정보가 없다는 것이 아쉽긴 했지만 우선적으로 서로의 목표는 동일했다.

"저, 저희를 어쩔 셈이죠?"

"그 질문에 대답하기 전에 내가 먼저 한 가지 묻도록 하지. 네가 에린 리스엘인가?"

"……맞아요. 당신도 수입원을 노리고 이곳에 온 거 아니었나요? 당신은 대체 누구죠?"

"헨드릭."

"그게 무슨……. 꺄흑!"

강렬한 발길질에 다시금 이마가 땅에 부딪혔다. 아예 머리 위에 한쪽 발을 올려놓은 용찬은 싸늘한 눈길로 에린을 내려다보며 재차 입을 열었다.

"헨드릭 프로이스다."

"헤, 헨드릭이라면 그 망나니잖아!"

"프로이스 가문의 마왕이라면 서열 최하위권이었잖아. 도대체 어떻게 된 거야?"

마치 감염되듯 병사들과 기사들이 차례차례 동요하기 시작했다. 오직 수입원에만 관심이 있던 리스엘 가문의 일원들이었기 때문에 서열전에 관해서는 무지했고, 최근 어떤 변화가 있었는지 제대로 알지 못했다. 그것은 에린 또한 마찬가지였다.

덥석!

거친 손길에 머리채를 붙잡혀 끌어 올려진다.

"너희를 어떻게 할 거냐고 물었었지?"

"으윽!"

"널 제외하고 모조리 죽일 셈이다. 반대편에 있는 나머지 부대들만 정리되면 그것은 더욱 손쉬워지겠지."

"……과, 과연 그럴까요. 저희 방패병들은 그렇게 호락호락하지 않아요. 그리고 정말 저를 제압했다고 생각하시나요?"

"뭐?"

만신창이가 된 얼굴 속에서 미소가 피어났다. 주위 바닥에서부터 부글부글 끓어오르는 열기. 그제야 에린의 양손에서 뭉쳐지는 마력이 눈에 들어왔다.

[보호 배리어가 발동됩니다.]

[융합 권능이 발동됩니다.]

[마그마 실린더와 속박의 대지가 융합되어 시전됩니다.]

포자가 피어나듯 부풀어 오르는 용암들.

퍼퍼퍼펑!

점멸하는 시야 속에서 연쇄 폭발이 일어나고 있었다.

스르륵.

책상 위에 놓여 있던 서류들이 일제히 펄럭거린다. 집무실에 앉아 있던 중년 사내는 손가락을 까딱거리며 서류에 적힌 내용들을 꼼꼼히 확인했다.

"최근 마왕들의 서열이 크게 변동하는군."

"가장 예의주시할 마왕은 헨드릭 프로이스 같습니다."

"음. 74위던 망나니가 벌써 40위대에 진입했다니. 놀랍기 그지없군. 도대체 무슨 마법을 부린 거지."

수십 명의 막강한 마족들 사이에서 반전을 이뤄낸 헨드릭 프로이스. 가문의 지원도 받지 못하던 망나니의 최근 2년 간 성장은 누가 봐도 놀라웠다. 직접 서류를 가져온 가문의 집사 게이너조차 그의 잠재력을 예측하기 힘든 수준이었고, 가문의 주인인 에칸 리스엘도 마찬가지였다.

"하필 남부의 마왕 중 한 명이 이리도 성장할 줄이야. 게이너, 놈이 우리 가문에게 큰 영향을 줄 거라고 생각하나?"

"……아가씨와 직접적인 충돌만 벌어지지 않는다면 전혀 무관할 거라 생각합니다. 그리고 만약 충돌이 벌어진다고 해도 현재 베르시안의 용병들과 병사들은 대부분 C급에 속합니다.

아마 서열전에 적극적으로 참여했다면 바쿤처럼 금방 40위대에 진입했을 테죠."

"그렇지. 걔한테는 융합이란 권능도 있으니까."

"예. 아가씨의 권능은 기존의 능력들을 합쳐 새로운 능력을 태어나게 만듭니다. 마력석들이 합쳐져 마력 코어가 되듯 그 위력은 하나하나가 엄청난 수준일 겁니다."

비록 가문을 위해 융합이란 권능을 마력 코어 가공 쪽으로 활용하고 있었지만, 예전부터 마법에 재능이 있던 에린이었기에 다른 마왕에게 뒤처지는 부분은 없었다. 일부러 서열을 올리지 않고 있는 것일 뿐.

만약 수입원을 포기하고 서열을 올렸다면 C급 마왕성을 최대로 활용해 전력부터 더욱 강화했을 것이다.

'확실히 게이너의 말대로야. 혹여 충돌이 벌어지는 것을 대비해 병사들과 용병들도 지원해 주었으니 이번 원정도 순조롭게 끝내겠지. 한데, 왜 이리 불안할까.'

에리악 산맥에서 발견된 중 규모 이상의 수입원. 일찍이 마계 위원회의 일원을 통해 정보를 얻어오던 에칸은 잠시 그때의 기억을 회상했다.

'에칸 리스엘 님 덕분에 이렇게 마계 위원회의 간부로 자리 잡을 수 있었던 것 같습니다. 이번에도 어김없이 위원회 측에서

관리하고 있는 수입원의 위치 중 한 곳을 빼돌렸습니다. 부디 만족하셨으면 좋겠군요.'

막대한 투자를 통해 마계 위원회에 심어놓은 위원은 기대했던 대로 쓸 만한 정보들을 제공해 왔다. 특히 간부 중 한 명으로 자리 잡은 그였기 때문에 일부 정보를 빼돌릴 수 있었고, 항상 수입원의 위치나 서열전에 관한 정보들을 다른 가문보다 먼저 파악해 낼 수 있었다.

때문에 이번 에리악 산맥의 마력석 동굴도 크게 기대를 걸고 있었지만, 자꾸 책상 위에 놓인 서류로 눈길이 갔다. 과연 무엇이 자신을 이렇게 불안하게 만드는 것일까.

에칸은 침침한 두 눈을 매만지며 한숨을 내쉬었다.

"탑에서 벌어진 전쟁으로부터 벌써 몇 년이 지난 건가."

"초창기 플레이어들과의 그 일을 말씀하시는 것이군요."

"그때의 전쟁이 많은 것을 변하게 만들었지."

깊은 사연으로 복잡해진 두 눈가가 서서히 떨려왔다. 자리에서 일어난 에칸은 턱을 매만지며 창가를 바라봤다.

"게이너, 그 아이가 날 증오하고 있다고 생각하나?"

"……."

"음. 미안하군. 괜한 질문을 한 것 같군."

줄곧 아껴온 딸아이를 가문의 희생양으로 내세운다는 것은 좀처럼 쉽지 않은 결정이었다. 그것은 어릴 적부터 에린을 돌봐온 게이너도 마찬가지일 터.

쓴웃음을 흘리던 에칸은 얼굴을 쓸어 만지다 이내 고개를 떨구었다.

"정말 최악이야."

[화상 피해가 중첩되고 있습니다.]

[질긴 웨어 울프 가죽 튜닉 하의의 내구도가 50% 이하로 떨어졌습니다.]

다리에 붙은 불길이 활활 타오르다 이내 사그라든다. 다행히 페레스의 망토 덕분에 속박은 걸리지 않았지만, 폭발에서 완전히 벗어나는 것은 무리였다. 그나마 다간의 정밀한 흉갑의 우월한 방어력이 적용되어 타격은 그리 크지 않았다. 하나 순간 발동된 에린의 권능은 위협적이기 그지없었다.

'두 가지 마법 스킬을 합친 건가. 마력 코어를 가공한다고 하더니. 저런 권능을 가지고 있었군.'

자칫 잘못했으면 다리가 그대로 녹아내렸을 것이다.

"마왕님, 괜찮으세요?"

"호들갑 떨지 말고 우선 마력 트랩이나 설치해라."

"옙!"

"위르겐, 넌 제3의 눈과 기운 감지를 발동시켜 놓고."

"페페펭. 이미 발동 중입니다."

"좋아."

점점 뿌연 연기가 걷혀간다. 에린은 부대와 합류한 것인지 병사들에게 부축을 받으며 몸을 치유하고 있었다. 그리고 세 명의 용병을 필두로 기마병과 궁병 전원이 사나운 기세로 이쪽을 노려보고 있었다.

물론.

"키에에엑!"

"키에엑."

"늦어서 죄송합니다, 마왕님."

그것은 바쿤의 병사들도 마찬가지였다. 용찬은 뒤늦게 합류한 불한당과 한조 부대를 보며 입가를 말아 올렸다.

"이제 서로 동등해진 건가."

"……뭐, 그렇다고 볼 수는 있겠네요."

"그렇다면 답은 하나밖에 없겠지."

"다들 부탁드려요."

"한조 부대."

대치 구도를 벌이던 두 부대가 시위에 화살을 걸기 시작했다. 병사들은 등급은 동일한 C급. 서로 방패병들이 없는 상황에서 사격은 직접 견뎌낼 수밖에 없었다.

슈슈슈슉!

하늘을 가득 메우는 화살 세례. 그 속에서 기사들과 기마병들이 좌우로 갈라져 돌진해 왔다.

"칸, 켄. 병사들을 이끌고 기마병들을 맡아라."

"키에에엑!"

"헥토르, 불한당 부대를 지원해 놈들의 기동력을 끊어라."

"엇. 마왕님은 어쩌시려구요?"

"나야 당연히 저놈들을 맡아야겠지. 로드멜."

"예. 마력 포션도 복용한 상태입니다. 맡겨만 주십시오."

로드멜이 채널링을 통해 버프를 시전하자 칸과 켄을 따라 근접 병사들이 기마병들에게로 달려갔다. 아마 전투의 관건은 한조 부대가 최대한 기동력을 끊어내는 것일 터.

용찬은 로드멜의 집중적인 치유를 받으며 기사들에게로 파고들었다.

끼잉!

가장 먼저 쇄도해 온 것은 케일의 흑색 대검이었다.

"감히 에린 님에게 손을 대다니. 이곳에 온 것을 후회하게 만들어……."

타앙!

"크윽!"

일발의 총성과 함께 그의 신형이 뒤로 밀린다.

"입만 나불나불대지 말고 실력으로 보이지그래?"

"개자식이!"

간신히 검면으로 위력을 버텨낸 케일은 이를 악물며 다시 달려들었다.

그와 동시에 좌우로 치고 들어오는 네 명의 기사.

[다간의 정밀한 흉갑의 '스톤 아머' 스킬이 발동됩니다.]

[일시적으로 석화 상태에 걸립니다.]

티티티팅!

순식간에 수십 자루의 검이 전신으로 파고들었지만, 돌처럼 굳은 몸을 관통하지 못하고 전부 튕겨 나갔다.

"무, 무슨 몸이 이리 단단해?"

"단단한 것은 이것뿐만 아니지."

사방으로 몰아치는 검은 뇌전. 그 속에서 묵직한 건틀릿이 먹잇감을 노리며 쏘아졌다.

'최대한 이전에 끼고 계셨던 건틀릿의 모양을 본 따 제작했습니다. 볼버의 흑수만큼 위력이 강하진 않겠지만, 근접 스킬을 사용할 때만큼은 충분히 도움이 되실 겁니다.'

잭 펠터의 손에서 탄생한 하몰란 소재의 기간트 건틀릿이다. 비록 레어급의 장비이다 보니 볼버의 흑수처럼 특별한 능력은 없었지만.

파지직!

근접 스킬들의 위력은 두 배로 증폭시킬 수 있었다. 뇌신장을 통해 기사 한 명을 날려 보낸 용찬은 뇌보로 이동 속도를 제어하며 본격적으로 날뛰기 시작했다.

퍼억!

한 명.

파지직!

또 한 명.

타앙!

더 나아가 용병 케일까지.

변화무쌍한 움직임 속에서 기사들은 제대로 치명타를 적중시키지 못했고, 다간의 정밀한 흉갑으로 충격을 흡수하던 용찬은 덤으로 흡혈 효과까지 받으며 검술을 버텨냈다.

비탄의 반지를 통해 힘과 민첩을. 그리고 견고한 체인 부츠를 통해 내구를 끌어 올린 용찬에게 집중적으로 치유까지 시전되자 기세등등하던 기사들의 숨이 거칠어져만 갔다.

[베르시안의 용병 케일의 무쌍격이 발동됩니다.]

마침내 케일이 숨겨둔 한 수를 꺼내 들었지만 소용없었다. 이미 뇌안을 시전한 용찬의 신형은 무쌍격의 범위에서 벗어나 있었고, 그 순간에 눈앞으로 녹색 메시지가 나타났다.

[영혼이 성장했습니다.]

[영혼 결속의 등급이 C로 상승합니다.]

[모든 육체적인 능력치가 2 상승합니다.]

'언제 등급이 상승하나 했더니. 이럴 때……. 음?'

입가에 호선을 그리던 도중 눈앞으로 익숙한 동작들이 스쳐 지나갔다. 언뜻 봐도 회귀 이전 자신이 주로 사용하던 스킬들이었다.

기사들의 검을 막아내던 건틀릿으로 마권이 발동됐다.

그리고.

[백호신권 특성을 터득했습니다.]

[파이렛 1식 스킬을 터득했습니다.]

마권의 형태가 서서히 백호의 얼굴처럼 변하기 시작했다.

'이것들이 왜 갑자기? 아니, 그것보단 백호신권과 파이렛 1식

이면?'

뒤늦게 후방으로 빠져 치유를 받는 기사들이 보였다. 물론 케일과 세 명의 기사가 남아 자신을 포위하고 있었지만, 고민은 그리 길지 않았다.

쿠웅!

"뭐, 뭐야. 갑자기?"

대지를 뒤흔드는 무투가의 발걸음.

용찬이 앞발을 길게 내뻗으며 기운을 모으자 케일이 당황스러워하며 가드를 시전했다. 하지만 그것은 어리석은 생각이었다.

쿠구구구궁!

용찬이 자세를 잡자 금방 마력과 기력들이 모여들었다. 마치 소용돌이처럼 몰아치는 기운들 속에서 허리에 차고 있던 필리모터가 반짝거렸다.

[에린 리스엘의 융합 권능이 발동됩니다.]

[에어 커터와 작열 파동진이 융합되어 발동됩니다.]

에린도 무언가 불길함을 느낀 것일까.

주변을 빨아들이는 파동진과 합쳐진 바람의 칼날들이 머리와 목을 노리며 날아왔다.

하지만.

[파이렛 1식이 발동됩니다.]

[시전자가 서 있는 방향의 일직선으로 기력과 마력이 담긴 빛 줄기를 쏘아 보냅니다.]

[필리모터의 효과가 발동됩니다.]

손끝에서 쏘아진 백색 섬광은 역으로 그녀의 마법들을 흡수하며 케일의 신형을 꿰뚫고 후방으로 날아가고 있었다.

하멜에서 무투가는 근접 전투에 최적화된 직업으로 통한다. 기력을 베이스로 무술 형식의 전신 기술로 상대를 제압하는 것이 특기이며 기술이 대부분 근접 격투에 특화되어 있다 보니 거리가 가까우면 가까울수록 유리했다.

하지만 원거리 계열 적들을 제압할 기술이 거의 없다 보니 상황에 따라 불리한 점들도 많았는데, 그런 부분들을 보완하는 것이 바로 파이렛 1식이었다.

'이걸로 이종호에게 한 방 먹여준 기억이 있었지. 그땐 워낙 마력이 쥐꼬리만 해서 위력이 얼마 되지 않았는데 지금은 속성력 덕분인지 어느 정도 나오긴 하는군.'

필리모터의 관통력까지 더해져 살상력은 예상보다 더욱 뛰어났다.

"쿨럭, 쿨럭. 무투가가 원거리 마법을 쓸 줄이야."

앞을 가로막고 있던 케일이 뻥 뚫린 복부를 움켜쥔 채 바닥에 주저앉았다. 기사답게 풀 플레이트 아머를 착용하고 있었다지만 한 부분으로 집중된 파이렛 1식을 버텨내긴 무리였을 터. 특히나 후방에 있던 치료술사들과 궁병들은 관통까진 예상 못 한 것인지 피해가 이만저만이 아니었다.

털썩!

"에, 에린 님!"

간신히 마력 결계를 중첩 시전한 것일까. 일부 병사들을 살리는 데 성공한 에린은 마력 고갈 현상에 처한 것인지 창백해진 안색으로 주저앉았다.

"일부러 빗겨 가게 해놨는데. 사서 고생하는 건가?"

"하아, 하아."

"쯧. 귀찮게 만드는군."

"자, 잠깐 멈춰……."

콰콰콰쾅!

혀를 차던 용찬의 손에서 마력탄이 쏘아지자 남아 있던 마족들의 비명 소리가 들려왔다. 일말의 자비도 없는 손속에 에린은 망연자실했고, 불한당과 한조 부대를 상대하던 다른 병사들은 경악을 금치 못했다.

하지만.

"무, 무슨 검이 늘어나는…… 커억!"

"저 고블린의 몽둥이를 조심해. 약간이라도 스치면 그대로 기절 당한다고!"

"아니. 왜 궁병들이 활을 들고 뛰쳐나오는 거야. 도, 도망쳐!"

수적 불리함까지 극복할 정도로 바쿤 병사들의 기세는 엄청났다. 때문에 칸과 켄을 맡고 있던 마쿠스는 자리를 벗어날 틈이 없었고, 커렛 또한 화살들을 뚫고 돌진하는 한조 부대의 모습에 거리를 벌리느라 정신이 없었다.

결국 남아 있는 것은 기사들뿐이었지만.

"죽어. 헨드릭 프로이스!"

"냐아아앙!"

"이놈은 또 뭐…… 컥!"

그마저도 기체화된 체셔에게 시달림(?)을 받고 있었다.

그제야 용찬은 편안하게 발걸음을 옮기며 에린의 앞으로 다가섰다.

"자, 이제 너에게 남은 희망은 방패병과 마법사 정돈가."

"……."

"아, 그것도 사라졌나 보군."

마침 반대편 수풀 사이로 익숙한 안면들이 하나둘씩 보이기 시작했다.

베르시안의 방패병들과 마법사들을 뚫고 당당히 나타난 라이언 부대와 실버 부대. 뒤늦게 쿨단의 어깨 위로 혼절한 듀크가 보이자 실낱같은 희망마저 사라져 버렸다.

그리고.

"……항복할게요. 무의미한 싸움은 그만하도록 해요."

베르시안의 주인 에린이 지친 안색으로 고개를 떨구었다.

[마력석 동굴을 발견했습니다.]

['미발견 수입원 발견' 업적을 달성했습니다.]

[업적 보상으로 룰렛이 회전합니다.]

세 번째 수입원은 산맥 기슭의 돌덩이들 사이에 숨겨져 있었다.

'젬에 이어 마력석인가. 마력 코어들이 필요하긴 했는데.'

동굴의 초입부터 은은하게 아른거리는 마력석들의 빛무리들. 내부 곳곳에 깔린 마력석들을 확인하던 용찬은 끝을 알 수 없는 동굴의 깊이에 흡족해했다. 그리고 룰렛의 보상으로 지급된 능력치 스톤을 집어넣으며 바깥으로 나왔다.

"페페펭. 기운 감지로 봤을 때 중 규모 이상의 수입원 같군요. 동굴 내부에서부터 마력들이 끝없이 느껴집니다."

"마왕님, 마왕님. 근데 아까 그 기술은 뭐예요?"

“뭐야. 마왕님께서 새로운 기술이라도 쓴 거야?”

헥토르의 물음에 이야기의 주제가 바뀌었다. 다른 병사들을 상대했던 루시엔과 록시도 나름 궁금했던 것인지 두 눈을 빛내며 고개를 돌렸다.

[백호신권(전용 특성)]

[파이렛 1식(전용 스킬)]

‘이렇게 뜬금없이 얻게 될 줄은 꿈에도 몰랐는데. 영혼 결속의 등급이 상승할 때마다 성장에 큰 영향을 주는 건가.’

마권의 진화 단계 특성인 C급의 백호신권. 무투가의 단계별 스킬 중 첫 번째 단계라고 할 수 있는 C급의 파이렛 1식. 이 두 가지 기술 같은 경우 직접 흉내를 낼 수 없다 보니 스킬북 및 특성북을 통해 얻으려고 계획했지만, 이번에 운 좋게 시스템을 통해 터득한 상태였다.

크어어엉!

우렁찬 사자의 울음소리와 함께 건틀릿에 마권이 깃든다.

“오오오오! 백호다! 백호!”

“주먹에 신수의 형상이 깃들 줄이야.”

“이것도 무투가의 기술입니까?”

백색으로 물든 백호의 얼굴에 병사들의 두 눈이 초롱초롱해졌다. 용찬은 그런 시선들 속에서 백호신권의 효과를 떠올리며 잠시 건틀릿을 매만졌다.

'이거라면 적의 버프는 물론 신성력과 마력에 더욱 편하게 대응할 수 있겠지. 만약 파이칸 고대 유적지에서 백호신권이 있었더라면.'

회귀 이전에 가지고 있던 태현의 주 기술들은 하나같이 효과가 뛰어났다. 변칙적이면서도 위협적인 암살자의 일격들.

만약 최상층에서 백호신권을 발동했었더라면 승부는 어떤 결과로 이어졌을지 몰랐다.

뒤늦게 아쉬움이 남았지만 이미 지나간 일에 미련을 가지는 것만큼 멍청한 짓도 없었다.

"자, 그러면 이제 저놈들만 정리하면 되는 건가."

용찬의 싸늘한 눈빛에 뒤따라오던 베르시안의 병사들이 움찔거렸다.

하지만 그것도 잠시.

"페페펭. 마왕님. 잠시만 기다려 주시죠."

"음?"

"무작정 적들을 처리한다고 해서 만사가 해결되는 것은 아닙니다. 리스엘이면 마력 코어를 가공해 유통하는 가문이지 않습니까. 여기서 관계가 더욱 악화되면 애매해질 것 같습니다. 우선 얘기라도 들어보시죠. 페펭."

위르겐이 제시한 의견에 조금은 생각이 달라졌다. 원래라면 기존에 하던 방식대로 힘으로 제압해 원하는 것을 얻었을 테지만, 가문이 엮이는 이상 좀 더 이득과 실리를 추구하는 것도 필요해 보였다.

'……그러고 보니 아까 전부터 무언가를 얘기하려던 눈치였지. 원래는 협박해서 입막음시키려 했지만, 상단 때부터 보인 능력도 있고. 얘기 정도는 들어봐도 괜찮겠지.'

지금도 입을 우물쭈물하며 눈치를 살피는 에린이었다.

용찬은 손에 쥐고 있던 통신 수정구를 도로 집어넣고 그녀에게로 다가갔다.

"아까부터 무엇을 그리 눈치를 살피는 거지?"

"으음. 저희 거래를 하는 게 어때요?"

"거래? 지금 네 처지를 이해하고는 있는 거냐?"

"……물론이죠. 그래서 말씀드리는 거예요. 저희는 솔직히 수입원이 아니더라도 마력석이 당장 필요한 상황이에요."

"가문 내에 사정이라도 있는 건가."

"아뇨. 그런 건 아니에요. 그저……."

순간 누군가를 떠올린 것인지 불쾌한 눈빛이 스쳐 지나간다. 좀처럼 표정 관리가 되지 않던 에린은 한참을 고민하다 이내 한숨을 내쉬었다. 그리고 이어지는 그녀만의 속 사정. 이번에 가문에서 지시한 마력석의 할당량이 언급되자 곁에 있던 용병들이 고개를 푹 떨구었다.

"그렇군. 어쩐지 서열전도 포기하고 마력 코어를 유통한다고 하더니. 네 권능을 통해 마력석들을 융합시켜 왔던 거군. 그래서 이번에도 마력석을 가공해 가문에게 갖다 바쳐야 한다 이건가?"

"어, 음. 갖다 바친다는 게 좀 그렇긴 하지만…… 맞아요."

그제야 에리악 산맥에 있던 베르시안의 병사들이 이해가 됐다. 아마 가문에서 전달한 좌표를 따라 수입원을 차지하기 위해 이곳으로 이동했을 터. 다만, 문제는 기껏 얻어낸 수입원을 도로 뱉어낼 순 없다는 것이었다.

'전투를 치르면서 얻은 피해는 저놈들만 있는 것도 아니니까. 그렇다면 차라리…….'

절망의 대지 속 마왕들 간의 충돌은 주로 수입원을 놓고 빈번하게 일어나는 사건들이다. 때문에 바쿤과 베르시안의 전투는 서열전과 관련 없이 결과에 따라 서로 관계가 틀어질 수도 있는 일이었지만, 에린이 마력 코어를 가공한다는 점에서 합의점을 찾을 수도 있었다.

"좋아. 거래를 하지."

"저, 정말인가요?"

"대신 수입원은 넘겨주지 못해."

"잠깐만요. 그러면 어떻게……."

"어차피 할당량만 채우면 되는 거 아니었나. 마력석은 채광

하는 대로 나눠주도록 하지. 대신 넌 내가 원하는 것을 하나 들어줘야 할 거야."

용찬이 진실의 수정구와 거래 계약서를 꺼내 들었다.

"……그건 진실의 수정구와 거래 계약서?"

"너도 잘 알고 있는 아이템일 테지. 이 정도면 거래를 위한 준비로는 손색이 없겠지?"

대화가 새어 나가는 것을 방지하는 진실의 수정구. 동등한 위치에서 특정 조건을 갖추고 작성된 내용을 지켜야만 하는 거래 계약서. 모든 준비가 갖춰지자 용찬은 가장 먼저 할당량에 해당하는 마력석을 제공한다는 항목을 작성했다.

"이걸로 만족하는가?"

"아, 네에. 그렇긴 한데, 무엇을 원하시는 거죠. 젬인가요. 아니면 골드? 그것도 아니라면……."

"내가 너한테 원하는 것은 간단해. 잘하면 지속적인 거래도 가능하겠지."

에린이 고개를 갸웃거렸다. 그때, 전투 불능 상태에서 깨어난 듀크가 성난 얼굴로 저벅저벅 걸어왔다.

"잠깐만. 약간 얘기가 요상해지는데? 아까 전까지만 해도 우리를 전부 죽일 기세로 말하더니만 갑자기 이렇게 마력석까지 제공해 주려 하는 이유가 뭐야."

"무엇을 그리 걱정하는 거지. 너희들은 마력석을 원하고 나도 너희에게 조건을 따로 건다고 했을 텐데?"

"이 자식. 설마 에린 님한테 무슨 헛짓거리 하……. 컥!"

씩씩거리던 그의 신형이 저 멀리 날아갔다.

뇌신장을 날린 용찬은 가볍게 어깨를 풀며 고개를 돌렸다.

"그래서 거래에 응할 거냐. 말 거냐?"

"……그 조건이 도대체 무엇이죠?"

살짝 볼이 붉어진 에린이 다소곳이 물어왔다. 왜인지 좀처럼 눈을 마주치지 못하는 것 같지만, 기분 탓이리라.

"내가 원하는 조건은 마력 코어다."

"마력 코어요?"

"그래. 그저 내가 원할 때마다 마력 코어를 만들어주기만 하면 돼. 필요한 마력석도 모두 제공해 주도록 하지."

"으음. 그런 거라면 마다할 이유가 없겠네요. 너무 한 번에 많은 양을 맡기지만 않는다면 말이죠."

"그러진 않을 거다. 그리고 원한다면 필요할 때마다 마력석을 적절한 가격에 팔아주도록 하지. 어때?"

지금 당장 마력석이 급한 것은 베르시안이다. 사정만 들어봐도 마왕성에서 차지한 수입원은 대부분 가문에서 관리하고 있었고, 주기마다 할당량을 전달해 마력 코어를 건네받는 방식을 유지하고 있었다.

어찌 보면 에린이 가문을 위해 희생하고 있다고 해도 과언이 아니다. 때문에 이런 조건 앞에서도 고민은 그리 길지 않았다.

"좋아요. 그런 조건이라면 응하겠어요."

"잘 생각했다."

손에 쥐고 있던 계약서로 마력이 휘몰아쳤다.

[헨드릭 프로이스와 에린 리스엘의 계약이 성립됐습니다.]

[진실의 수정구가 발동됩니다.]

이로써 자신은 필요할 때마다 마력 코어를 공급받고 그녀는 할당량에 해당하는 마력석들을 계속 구매할 수 있었다. 용찬은 흡족스러운 미소로 통신 수정구 하나를 건네며 거래를 마쳤다.

"마력석 채광 작업이 시작되는 대로 통신을 주도록 하지."

"으음. 너무 한순간에 거래가 이루어져서 당황스럽긴 하지만 어찌 됐든 감사드려요."

전투 도중 머리채까지 붙잡히며 봉변을 당했음에도 불구하고 에린은 진심으로 감사를 표했다.

거래에 응한 것을 일말의 자비라고 생각한 것일까.

'아니, 오히려 가문의 압박이 그 정도로 심하다는 소리일 수도 있겠지.'

잠시 그녀를 쳐다보던 용찬은 쓰러져 있는 듀크에게로 고개를 돌렸다.

"얍얍!"

-상태. 기절. 부족하다. 지식!

손에 쥔 나뭇가지로 기절한 그의 몸을 툭툭 건드리고 있는 헥토르와 쿨단. 가만 보면 베르시안의 용병 중 듀크의 신세가 가장 처량해 보였다.

우우우웅.

마침 품에 넣고 있던 바쿤의 통신 수정구가 진동했다.

"무슨 일이지?"

-마왕님. 가주님의 지시가 떨어졌습니다.

"음?"

살짝 떨려오는 그레고리의 목소리. 심상치 않은 분위기에 용찬의 얼굴이 굳어졌다.

-아무래도 지하에 구금했던 모르안과 질시언이 저택에서 탈출한 것 같습니다!

예고도 없이 사건이 들이닥쳤다.

◀ 44장 ▶

위기

절망의 대지 남부의 플로스 평야. 마계에서 다섯 손가락에 들 정도로 최다 곡식 지대라 불리며 샤들리 가문이 가꾸어 낸 옥토는 굉장한 규모였다. 오직 자원 산출을 위해 가문에서 따로 관리하고 있는 영역이라고 해도 과언이 아니며, 동서로 숲과 강을 끼고 있어 지형상의 이점도 꽤나 많았다.

그러다 보니 일부 관리원들만 드나들며 고요한 분위기를 자아내곤 했는데, 오늘은 어찌 된 것인지 익숙지 않은 세 명의 마족이 평야로 들어선 상태였다.

"하아, 하아. 여기까지 왔는데 자, 잠시만 쉬면 안 되겠습니까?"

"휴식을 취할 틈은 없다. 너희들은 이대로 포란 숲으로 진입할 거다."

"포, 포란 숲이라면 가문의 영역도 아니지 않습니까?"
"사전에 듣지 못했나. 너희들은 그저 미끼에 불과하다고."
후드로 가려진 얼굴 속으로 붉은 안광이 비쳤다.
감옥에서부터 플로스 평야까지. 갇혀 있던 자신들을 여기까지 탈출시켜 준 샤들리 가문의 협력자였지만, 가까이만 있어도 느껴지는 음산한 기운에 질시언은 파르르 몸을 떨며 고개를 끄덕거렸다. 그사이, 곁에서 거친 숨을 내뱉고 있던 모르안은 아련한 두 눈길로 익숙한 평야를 쭉 둘러봤다.
'얼마 만에 이곳으로 돌아오는 건지. 그래. 역시 아버님은 날 버리지 않았어. 이런 역할을 맡았다고는 하지만, 언제고 나를 다시 저택으로 불러주실 거야.'
비록 계획을 시작도 하기 전에 망쳐 버렸다고 하지만 아직 기회는 있었다. 다만, 한 가지 불안한 점이 있다면 자신들을 이곳으로 이동시킨 정체불명의 마족이었다. 아무리 기억을 되뇌어봐도 저택에선 본 적도 없던 자인 것은 물론 가문의 혈육 앞에서도 간단한 예의 한번 차리지 않는 태도까지. 특히 전신 로브로 인상착의까지 가려 쉽사리 정체를 추측하기도 어려웠다.
"그래서 이번에도 이동 마법으로 움직이는 건가요?"
"잠시 기다려라. 마력의 흔적을 지워야 하니까."
어떤 뛰어난 감지계 기술도 가문의 영역에선 통하지 않았지만, 감옥 내에서 이동 마법을 발현하며 생긴 마력의 흔적은 그 자리에 남게 마련이었다. 그 때문에 정체불명의 마족도 추적을 따돌리기 위해 일일이 흔적을 지웠고, 얼마 되지 않아 세 명의 신형이 숲속 한가운데로 이동됐다.

'여기가 에니악 산맥과 이어지는 포란 숲?'

한때 반란을 일으킨 이종족들과 마족들이 대규모 전쟁을 벌였던 포란 숲. 하지만 지금은 그때의 흔적들만 남아 마물들의 서식지로 뒤바뀐 경계 구역이었다.

근처 바위에 걸터앉아 숨을 돌리던 모르안은 불안한 기색으로 주위를 살폈다.

"설마 마물이 튀어나오는 건……."

그르르르!

말이 씨가 된다고 했던가. 마침 건너편 수풀 쪽에서 온몸이 갈기갈기 찢긴 마물들이 걸어 나왔다.

"헤, 헬 하운드?"

"어머니. 뒤로 물러나 계세요!"

"……호들갑 떨지 마라."

마계의 마물들 사이에서 C급으로 통하는 헬 하운드. 보통 들개들보다 세 배는 큰 덩치를 가진 놈들이 바닥에 침을 질질 흘리며 이빨을 세웠다.

하지만 그것도 잠시.

"깨엥. 깨에엥!"

나무 위에서 착지한 수십 명의 괴인의 손에 헬 하운드의 몸뚱아리가 반토막 나기 시작했다.

털썩! 털썩!

싸늘한 시체가 되어 바닥에 너부러지는 마물들. 한순간에 헬 하운드들이 전멸하자 뒤로 물러나 있던 모르안이 몸을 벌벌 떨며 물었다.

"저, 저자들은 누구죠?"

"인간들이다."

"인간들이라뇨?"

일순 얼굴이 당혹으로 물들었다. 혹여 샤들리 가문은 마족이 아닌 인간들까지 부리고 있단 것일까.

하지만 뒤따라 이어진 로브 마족의 대답은 그런 의심을 단숨에 부숴 버렸다.

"정확히는 마왕성에 침입해 죽어버린 놈들이지. 머리 위를 잘 봐라."

"……저건 실?"

마치 꼭두각시 인형처럼 촘촘한 실과 이어져 강제적으로 움직이고 있는 시체들. 그제야 모르안과 질시언은 시체들이 흑마법에 의해 조종되고 있단 사실을 깨달았다.

'설마 아버님께선 이번 일을 플레이어의 짓이라고 꾸미려 하는 걸까?'

단순히 생각하자면 자신들은 프로이스 가문의 일원이며 동시에 샤들리 가문의 일원이기도 했다. 때문에 이런 탈출 사건은 누가 봐도 샤들리 가문의 개입이 분명해 보였지만, 정확한 증거 없이 다른 가문을 물고 늘어지기에는 애매했다. 만약 이번 일로 프로이스 가문이 샤들리 가문에게 따지고 든다면 마계 위원회를 통해 중재를 요청하면 그만이었다.

'……정말 여기서 헨드릭 프로이스를 제거할 속셈이야. 우리를 미끼로 삼아서.'

얼마나 프로이스 가문에 대한 증오심이 깊은 것인지 여실히 느낄 수 있는 계획이었다. 모르안은 불안한 기색을 띠며 자신의 아들인 질시언을 바라봤다.

"어, 어머님. 저만 믿으시기 바랍니다. 제가 반드시 지켜 드리겠습니다."

"……말이라도 고맙구나."

마족들의 나이로 치면 성인식을 치른 지 얼마 되지도 않은 아들이 손을 꼭 붙잡아왔다. 내색은 하고 있지 않지만 검을 쥔 반대편 손만 봐도 두려움을 애써 참아내고 있는 것이 뻔히 보였다.

정식 후계자가 되지 못한 프로이스 가문의 서자. 이번 계획이 잘 풀린다고 해도 과연 샤들리 가문에서 질시언을 받아들일지는 아직 모르는 일이었다.

'벌써부터 이렇게 무거운 짐을 맡기게 될 줄이야. 이게 다 헨

드릭 프로이스 그놈 때문이야. 여기서 반드시 그놈을 없애 버려야 해!'

점점 몰려드는 인간들의 시체들 속에서 모르안의 원한은 더욱더 깊어져만 가고 있었다.

그 시각, 세 번째 수입원을 차지하고 무사 귀환한 바쿤의 마왕과 병사들. 일찍이 통신을 통해 사건이 발생했단 것을 알고 있던 용찬은 돌아오자마자 낯선 얼굴의 마족을 맞이해야 했다.

"넌 누구지?"

"프로이스 가문의 직속 디텍터인 렐슨이라고 합니다. 이번 일 때문에 가주님께서 직접 저를 바쿤으로 보내셨습니다. 잘 부탁드립니다."

마치 산양처럼 뾰족하게 솟아나 있는 갈색 뿔. 진한 금발을 가진 마족 렐슨이 깊게 고개를 숙이며 소개를 해왔다.

[미궁을 개척한 자 렐슨]

[등급:B(히어로)]

[상태:호기심, 호의]

'역시 가문의 전속 디텍터가 있긴 했었군. 그동안 이놈을 이용해 전쟁을 이끌어온 건가.'

회귀 이전 마계의 전쟁이 발발할 당시 치밀한 전략들 속에서 플레이어들의 허를 찔러온 프로이스 가문이었다. 다만, 안타깝게도 놈들은 수백 명의 하이 랭커들을 감당하지 못했고 결국 끝에 가선 가주가 직접 나서기까지 했지만, 몇 명의 활약에 전멸당하고 말았다.

아마 전멸당하기 직전까진 렐슨의 정보를 통해 전쟁을 지휘해 왔을 터.

용찬은 고개를 끄덕이며 그와 함께 최상층으로 올라왔다.

"그래서 현재 상황은 어떻지?"

"예. 우선 감옥 내부에서 폭발이 일어나……."

"아니, 지금 현 상황만 말해."

"예?"

"쓸데없는 과정은 넘어가고 요점만 말하란 뜻이다. 설마 이해 못 한 건가?"

싸늘한 두 눈빛에 렐슨이 잠시 머뭇거리다 이내 네모난 화면을 만들어냈다. 전에 봤던 하이델 가주의 마법과 비슷한 종류의 기술인지 얼마 되지 않아 광활한 숲이 드러났고 그 속에서 곳곳마다 남아 있는 마력의 흔적들이 표시됐다.

그리고 이어지는 렐슨의 설명을 간단히 정리하자면 현재 금지된 구역이라고 알려진 포란 숲에서 이동 마법의 흔적들이 발견됐다는 것이었다.

"사냥꾼들을 고용해 추적해 본 결과 모르안과 질시언으로 추정되는 발자국들까지 다수 발견된 상황입니다."

"그래서 가주께서 나에게 이번 일을 맡기셨다 이건가?"

"예. 포란 숲이 절망의 대지 남부에 속한 것도 있고 당장 가주님께서 발을 뗄 수 없는 상황이기에 이렇게 제가 직접 바쿤으로 찾아온 것입니다."

"흐음."

즉, 바쿤의 병사들을 이끌고 렐슨과 함께 포란 숲으로 향하라는 지시였다. 사전에 가문의 사정을 들었던 용찬이었기에 두 모자의 추적은 그다지 꺼려질 것이 없었지만, 겨우 디텍터 한 명을 보냈다는 것은 영 석연치 않았다.

'일종의 시험인가. 아니, 그렇게 보기엔 사건 자체가 심각해 보이는데. 가문이 엮인 이상, 놈도 철저히 준비하고 있을 게 분명해. 그렇다면 따로 보험을 들어두었다 이건가.'

아마 전력을 직접 투입하지 않은 이유가 따로 있을 것이다. 용찬은 그렇게 추측하며 그레고리에게 수입원에 대한 사실을 전했다.

그사이, 방 안에서 뻘쭘히 대기하고 있던 렐슨은 예전과 달라진 용찬의 모습에 만감이 교차했다.

'평가전 때부터 쭉 봐오긴 했지만 정말 다른 마족 같아졌어. 이걸 어떻게 받아들여야 할까. 가문의 입장에선 좋은 일이겠지만 속내를 전혀 모르겠단 말이지.'

남다른 성장력을 보이며 순식간에 40위대로 진입한 반전의 마왕. 당장 눈앞에 서 있는 용찬에게서 예전의 망나니 시절은 결코 떠오르지 않았다. 때문에 차기 가주가 될 후계자에게 기대가 들기도 했지만, 한편으론 약간 불안해졌다.

'너무 이번 일에 대해서 가볍게 여기시는 것 같아. 자초지종을 생략한 것도 그렇고. 당장 출발해도 시원치 않을 마당에 수입원에 대한 얘기나 늘어놓고 있다니. 정말 믿어도 괜찮은 걸까.'

다른 마왕들과 비교해 봐도 특이한 점이 한두 가지가 아니었다. 특히나 남의 시선 따윈 무시한 채 플레이어 아이템 및 장비들까지 이용해 왔지 않은가.

렐슨은 기대 반, 불안 반의 심정으로 출발을 기다렸다.

그리고 더 페이서 상단주인 로버트에게서 아이템들을 조달받자 마침내 용찬이 1층으로 병사들을 집결시켰다.

"가문의 지시가 떨어졌다. 우린 곧바로 포란 숲으로 향할 거다. 목표는 가문의 배신자 추적. 마물들의 서식지라고 알려진 포란 숲인 만큼 한층 집중하도록."

-한다. 출전. 세운나. 공석!

"오오오. 그동안 쌓은 실력을 뽐낼 좋은 기회야!"

한껏 충성심이 높아진 병사들은 크게 함성을 내지르며 각오를 다졌다.

용찬은 평소보다 비장해진 쿨단과 헥토르를 보다가 이내 렐슨에게 눈짓을 주었다.

[대규모 이동 마법 주문서가 발동됩니다.]

[주문서에 적힌 좌표로 지정된 대상들을 이동시킵니다.]

미리 챙겨온 것인지 레어급에 달하는 주문서가 찢어지자 단숨에 배경이 뒤바뀌었다. 감겼던 눈을 뜨자마자 느껴지는 끈적하고도 불쾌한 기분. 정면으로 쭉 펼쳐진 울창한 숲속 모습에 루시엔이 귀를 쫑긋거렸다.

"……이 소리는 마물들의 울음소리?"

"페페, 페펭. 꺼림칙한 곳이구만."

"확실히 마력들의 흔적들이 남아 있군."

위르겐이 몸을 벌벌 떨던 차, 곁에 있던 록시가 마력의 흐름을 추적하기 시작했다.

얼마 되지 않아 허공으로 표시되는 푸른 아지랑이들.

"위르겐. 고성능 레이더를 발동해라."

"알겠습니다. 펭!"

"좋아. 이제……."

근처 숲 영역으로 쭉 퍼져가는 레이더의 범위 속에서 용찬이 주문서를 꺼내 들었다.

"사냥감을 한 번 몰아볼까."

플레이어 아이템의 종류는 다양하다. 수를 헤아릴 수 없을 정도로 효과는 가지각색이며 사용하는 방식 또한 전부 다르다. 때문에 길드에 속한 디텍터들도 대부분 소비 아이템을 전부 외우지 못하고, 원정 혹은 던전 공략에 필요한 아이템들만 챙겨서 가지고 다녔는데 그중 하나가 바로 레이더였다.

[고성능 레이더가 발동됩니다.]

레어급에 달하는 고성능 레이더는 보통 레이더의 다섯 배는 되는 범위를 가지고 있었고, 그 증거로 지금도 주변의 존재들이 하나둘씩 감지되고 있었다.

"이, 이것도 플레이어 아이템입니까?"

"처음 보는 건가."

"아, 예. 처음 보는데 신기하군요. 이런 광범위 시야 확보 아이템이 존재한다니."

"이런 건 마족인 우리들도 사용할 수 있는 아이템이지. 마계에서 관심을 끄고 있어서 문제지만."

가볍게 혀를 찬 용찬의 손에서 주문서들이 발동되기 시작했다.

[체취 제거 주문서가 발동됩니다.]

[존재 감지 주문서가 발동됩니다.]

[중급 추적 주문서가 발동됩니다.]

후각이 발달한 마물을 피하기 위한 체취 제거 주문서. 은신을 사용한 존재를 찾아내기 위한 존재 감지 주문서. 그리고 시야에 확보되지 않은 존재를 찾아내기 위한 중급 추적 주문서까지.

길잡이가 되기 위해 바쿤까지 찾아왔던 렐슨은 두 눈을 깜빡거리며 멀뚱멀뚱 지켜만 보고 있었다.

"뭐 하는 거지. 길잡이를 하려고 온 거 아니었나?"

"……그렇기야 한데."

'네놈이 다 해버려 놓고 나보고 뭘 더 하란 거야?'

애써 속마음을 숨기는 렐슨이었지만 그렇다고 해서 가만히 있기도 무안했다. 할 수 없이 그는 품에서 두 개의 동전을 꺼내 던졌다.

[소환수 전용 동전을 사용했습니다.]

[벼락을 부르는 천둥 매가 소환됩니다.]

[바람을 부르는 폭풍 매가 소환됩니다.]

디텍터 고유 스킬 중 유일하게 소환계에 속하는 소환수 전용 동전. 주로 정찰 및 추격을 위해 자주 사용되는 효과로서, 감지계와 추적계에 특화된 소환수들이 주인의 지시를 받아 움직이는 것으로 알려져 있었다.

'호오. 역시 B급 네임드급이라 이건가.'

렐슨의 어깨 위에 앉은 두 마리의 매는 겉만 살펴봐도 C급 이상은 되어 보였다.

"까아아악!"

"깍. 까악!"

"우와. 저것 좀 봐요. 매가 까마귀 소리를 내고 있어요!"

천둥 매와 폭풍 매의 요상한 울음소리에 헥토르가 두 눈을 반짝거렸다.

"크흠흠. 까마귀라뇨. 절대 아닙니다. 매입니다, 매."

"혹시 생긴 것만 저렇고 사실 까마귀 아니에요?"

"……."

일순 말문이 막히게 만드는 질문이었다.

결국 렐슨은 고개를 절레절레 저으며 두 마리의 매를 하늘로 날려 보냈다. 그리고 시야 공유 수정구를 꺼내 화면을 비추며 앞으로 걸어나갔다.

"자, 가시죠. 마왕님. 한시가 바쁩니다!"

"음."

어째서인지 렐슨의 어깨가 잔뜩 올라가 있는 것 같았다. 아마 길잡이란 역할의 책임을 느낀 것이리라.

용찬은 그렇게 생각하며 병사들과 함께 그의 뒤를 따랐다.

퍼억!

탐사는 사실 어렵지 않았다. 지금처럼 체취를 제거해도 달려드는 마물들만 제외하면 비교적 수월했다.

'마물들의 서식지라고 하더니 이런 놈들만 잔뜩 득실거리고 있는 거였나.'

헬 하운드의 안면을 뭉개 버린 용찬이 가볍게 손을 털었다. 마왕성에 침입한 마물들과 비교해 봐도 포란 숲의 마물들은 전부 C급 이상은 넘기는 수준이었다.

서엉!

루시엔의 레이저 소드에 마지막 한 마리가 마무리되었다.

"읏. 냄새가 뭐 이리 고약한 거야."

-발달 안 됨. 후각! 없음, 코!

"하긴. 스켈레톤들이 무슨 냄새를 맡겠어."

-굴욕! 굴욕!

달그락! 달그락!

창과 방패를 쥐고 있던 쿨단과 스켈레톤 병사들이 단체로 항의를 하기 시작했다. 다른 병사들과 달리 오감 중 일부가 없단 사실이 분했던 모양이다.

그 사이 렐슨은 다시금 소환수들을 불러들여 지속 시간과 재사용 대기 시간을 체크하고 있었는데, B급 히어로 디텍터답게 시야까지 꼼꼼히 체크하고 있었다.

다만.

"까아악?"

"냐아앙. 저리 가라!"

뇌전의 권능 때문인지 유독 천둥 매가 용찬에게 큰 관심을 보이고 있었다. 지금도 매는 용찬의 볼에 자신의 몸을 비비며 마음을 드러내고 있었고, 놈에게 질투라도 느낀 것인지 체셔가 열심히 날을 세우며 쫓아내려 들었다.

"아하하하. 속성력 때문인지 천둥 매가 계속 마왕님에게 애교를 피우는군요."

"……소환수라."

파지직!

뇌전의 기운이 발동되자 전신에서 전류가 흘러나왔다.

"까아아악!"

마치 아기 새에게 먹이를 주는 느낌이라고 할까. 뇌전이 흘러나오는 대로 쭉쭉 흡수하는 천둥매를 보자 약간은 호기심이 들었다.

'그러고 보니 뇌전의 정령은 아직 계약하지 않았었지. 이런 류의 정령이라면 전투 때 무척 쓸 만할 텐데.'

날을 세우고 있는 체서가 오히려 쓸모없어 보였다.

지지지직!

"음?"

얼마나 나무와 수풀들을 지나 숲속으로 진입했을까. 눈앞으로 글자들이 깨진 시스템 메시지가 수십 개씩 나타나기 시작했다.

"이건 또 무슨……."

"앗. 마왕님. 발견했습니다!"

의문의 메시지에 당혹스러워하던 차, 렐슨이 소리쳤다.

서쪽 부근을 가리키는 화면 속에서 달아나고 있는 두 명의 마족. 전신 로브로 인상착의를 가리고 있었지만, 후드 사이로 보이는 금색 머릿결까지는 감추지 못했다.

[렐슨의 로프 와이어가 발동됩니다.]

[지정된 타깃에게 와이어를 부착합니다.]

멀리 있던 나무로 길게 늘어진 가느다란 실이 부착된다. 장갑 속에서 와이어를 뽑아낸 렐슨은 반동을 이용해 부착된 나무로 날아갔다.

"먼저 추적을 시작하겠습니다. 천천히 뒤따라 오시죠!"

"아니. 그럴 것도 없지."

"예?"

용찬의 대답에 의아해하던 렐슨의 옆으로 가녀린 신형이 스쳐 지나갔다.

[루시엔이 신속화를 발동 중입니다.]

수십, 수백 년 동안 숲에서 살아온 다크 엘프 종족. 뛰어난 민첩 능력치를 자랑하는 그녀들에겐 신속화란 주요 특성이 있었고, 숙련도를 한껏 올려 신속화를 C급까지 성장시킨 루시엔은 남들보다 빠르게 숲 곳곳을 누빌 수 있었다.

"이런 숲 지형은 내 전문이지. 먼저 가 있을게요!"

"이건 받고 가라."

"엇. 이건?"

멀리서 던진 주문서를 받아 든 루시엔이 갸웃거렸다.

"중급 소환 주문서다. 최대한 가까워졌을 때 사용해라."

"알겠어요."

더 페이서 상단에서 챙겨온 아이템들이 하나, 둘씩 빛을 발하기 시작했다. 아마 얼마 되지 않아 루시엔의 손에 의해 주문서가 발동되고 반대편으로 병사들이 소환될 터.

멀어져 가는 그녀의 뒷모습을 바라보던 용찬은 침착히 걸음을 멈춘 후 위르겐에게 물었다.

"위르겐. 주변에서 수상한 기운이 감지되는 것은 없겠지?"

"페페펭. 아직까진 아무것도 느껴지지 않고 있습니다."

"좋아. 우선 우리들은 여기서 대기한……."

"펭?"

시야 확대 안경으로 주위를 둘러보던 위르겐이 갑자기 날개를 떨었다.

"마, 마왕님. 좌측 편에서부터 수상한 기운이 느껴지고 있습니다!"

"……이런. 함정을 파두고 있었던 건가. 록시."

"예."

미리 바닥에 모래 통로를 설치하던 록시가 재빨리 마력 결계와 사일런스를 시전했다. 그리고 뒤따라 헥토르가 장궁을 겨눈 채 전투태세에 돌입하자 자연스레 병사들이 사방을 두리번거리며 경계를 취했다.

[중급 추적 주문서의 효과로 시야가 밝혀집니다.]

[고성능 레이더에 존재가 감지됩니다.]

아예 숲 외곽 쪽에서 대기하고 있었던 걸까. 일부 무리들이 추적 및 레이더에 감지되어 화면에 나타났다.

'저놈들은?'

각 클래스에 걸맞는 장비들로 무장한 자들이 보인다. 달려오는 폼은 마치 병정 인형처럼 어색하기 그지없었지만 중요한 것은 그게 아니었다. 유독 신경에 거슬리는 몸 곳곳의 문신들. 그들이 플레이어란 것을 파악한 용찬은 다급히 라이언 부대를 내세웠다.

"다들 투창술부터 시전해라!"

-던진다. 투창을!

"위르겐. 혹시 지금 느껴지는 기운이……."

"페페펭. 마, 맞습니다. 그때 요르스 철광산에서 느꼈던 그 기운입니다!"

슈슈슈슉!

방패병들이 아트란 두창술을 시전하자 본격적으로 전투가 시작되었다. 가장 먼저 커다란 덩치로 달려 나가며 방패를 들이미는 트롤들. 그 사이로 헥토르와 한조 부대의 화살들도 연달아 쏘아졌다.

하지만.

[론리 켈자스의 블링크가 시전됩니다.]

[박승찬의 소울 아머가 시전됩니다.]

[리 챠오의 마력 결계가 시전됩니다.]

플레이어들이 스킬로 대응하기 시작하자 선제공격은 무용지물로 돌아가 버렸다.

'빌어먹을. 여기서 흑마법사를 만날 줄이야.'

광산 내부에서 느꼈던 기운과 일치한다면 더 의심할 것도 없었다. 점점 가까워질수록 드러나는 머리 위의 가느다란 실들. 렐슨의 와이어와는 달리 검은 마력들이 흐르고 있는 흑마법의 일종이었다.

"키에엑!"

마침 전사로 보이는 인간의 복부로 칸의 샴쉬르가 파고들었다.

까앙.

아니, 파고들려 했다.

"키, 키에엑?"

얼마나 내구 능력치가 높은 것인지 길게 늘어난 날이 옆으로 튕겨 나갔다. 그제야 불한당 부대도 놈들이 예사롭지 않다는 것을 느끼며 조금 더 신중히 대응해 갔고, 후방에 있던 실버 부대의 마법들이 쏘아지자 플레이어들도 본격적으로 대응

사격을 시작했다.

[뇌보가 발동됩니다.]

[뇌전의 갑옷이 발동됩니다.]

[뇌안이 발동됩니다.]

충돌이 벌어지기 직전 우측으로 돌아간 용찬의 건틀릿이 뇌전을 뿜어냈다.

퍽!

하지만 마법사들과 성직자를 보호하고 있던 무투가가 역으로 반격을 가하며 허를 찌르려던 시도는 시작부터 실패해 버렸다.

"쯧. 하필이면 무투가라니."

"……그르륵."

"어쩔 수 없지. 마력을 좀 낭비할 수…… 크윽?"

라이트닝 볼텍스를 시전하려던 찰나, 정체불명의 촉수가 용찬의 허리를 휘감았다.

파지지직!

뇌전의 갑옷조차 무시하며 몸을 끌어당기는 어마어마한 괴력. 페레스의 망토와 기의 파동 효과는 이미 먹히지 않는다는 듯 뒤편에 있던 구덩이로 신형이 빨려 들어갔다.

첨벙!

“냐아아앙?”

목까지 잠기는 물의 깊이에 체셔가 털을 쭈뼛 세웠다.

숲 한가운데에 동굴이라도 위치했던 것일까. 어두컴컴한 시야 속에서 자연스레 어둠의 눈이 발동됐다.

“……여긴.”

마치 해안 동굴처럼 천장에서부터 물이 뚝뚝 떨어지고 있는 내부 광경. 그 속에서 용찬은 허리에서 사라진 촉수를 확인하며 혼란스러워했다.

하지만 그것도 잠시.

[레비아탄의 영역으로 진입했습니다.]

[귀환 불가 페널티가 걸립니다.]

[소환 불가 페널티가 걸립니다.]

[이동 관련 기술들이 전부 봉인됩니다.]

정체불명의 마법이 발동되며 두 가지 페널티가 걸렸다.

“레비아탄?”

“호오. 성공적으로 발동된 건가. 영역을 선포하느라 며칠은 걸렸는데 말이지.”

서서히 동굴 안쪽에서부터 거대한 형체가 모습을 드러냈다.

수십 개는 되어 보이는 기다란 촉수들과 거대한 머리. 그리고 깜빡거리고 있는 열 쌍의 커다란 눈까지.

"……너는."

너무도 익숙한 생김새에 절로 마른침이 삼켜졌다. 한때 마계의 해상전을 지배했던 마수이자 권좌 중 한 명의 목을 날려버린 A급의 괴물.

[심해의 절대자 레비아탄]

[등급:B(히어로)]

[상태:흥분, 스킬 강화, 마력 강화, 기력 강화.]

마침내 정보창이 드러나자 불길함은 확신으로 뒤바뀌었다.

무투가로서 가장 상대하기 까다로웠던 상대. 그리고 수중에서 가장 만나기 싫었던 상대.

"헨드릭 프로이스. 여기가 네 무덤이 될 것이다."

"망했군."

하필 최악의 적 레비아탄이 자신의 눈앞에 있었다.

-미끼를 물었습니다. 예상대로 유인에 성공했다는군요.

"동행한 마족은 누구지?"

-프로이스 가문의 전속 디텍터인 렐슨으로 추정되고 있습니다. 아직까지 다른 마족은 확인이 되지 않는 것 같군요.

"계속 경계하도록 해라. 그놈이 겨우 디텍터 한 명만 보냈을 리 만무하니까."

-알겠습니다. 가주님.

통신 수정구의 불빛이 뚝 끊긴다. 아마 지금쯤 계획대로 일이 진행되고 있을 것이다. 이제 문제는 본 부대를 지휘하고 있는 펠드릭의 발을 묶는 것뿐.

'내가 직접 모습을 드러낸 이상 저놈도 가만히 있지 않겠지. 하지만 이대로 시간만 번다면 충분히 레비아탄이 놈을 제거할 수 있다.'

국경 지역인 하쿤으로 전 병력을 소집한 이상 미첼과 바이칼의 경각심은 최대로 치솟아 있다고 봐도 과언이 아니었다.

부글부글.

곧이어 물웅덩이 속에서 통신을 받고 있던 본체가 드러났다. 굵직한 눈썹과 강인함이 묻어나는 이목구비. 그리고 단정히 정리되어 있는 갈색 머릿결까지. 도통 수백 년을 산 마족이라고 믿기지 않을 정도로 젊어 보이는 가주가 수정구를 집어넣고 두 눈을 빛냈다.

[안개 장막이 파괴됐습니다.]

[중급 물의 정령 셀리나가 역소환됐습니다.]

"벌써 위치가 발각된 건가."

경로를 속이기 위한 수단이 하나둘 파괴되기 시작한다.

저벅저벅.

마침 후방에서 대기하고 있던 디텍터들도 적들의 움직임을 파악한 것인지 은신을 풀고 천천히 다가왔다.

"로이스님. 슬슬 놈들이 움직이고 있습니다. 어떻게 하시겠습니까?"

"굳이 정면충돌할 이유는 없지. 우리는 시간만 벌면 되니까. 지금쯤 레비아탄이 파둔 함정에 헨드릭 프로이스가 걸려들었을 거다. 다음 통신이 올 때까지 우린 최대한 거리를 벌리면서 대기만……."

콰콰콰쾅!

등을 돌리려던 차, 정면의 산봉우리가 폭발했다. 마치 화산에서 용암이 터져 나오듯 사방으로 비산하는 불길에 주변 일대가 뜨겁게 달아올랐다.

"저 무식한 자식! 정녕 하쿤을 불바다로 만들 셈인가?"

"가주님. 쎌느릭이 직접 나서기 시작한 이상 여기 가만히 있을 순 없습니다. 우선 물러나시죠."

디텍터들을 지휘하던 청안의 마족이 허공으로 물줄기를 만들어냈다. 그제야 대기하고 있던 병사들이 차례차례 지역을 벗어나기 시작했고 얼마 되지 않아 로이스도 물줄기를 타고 외곽 부근까지 이동하는데 성공했다.

청안의 마족, 아니, 가문의 전속 디텍터인 벨리스는 활활 타오르는 수풀과 나무들을 보며 물었다.

"가주님. 그래서 현재 포란 숲으로 투입된 전력은 레비아탄님이 끝입니까?"

"아니지. 단순히 모르안과 질시언을 미끼로 삼아 놈을 유인한다는 것은 멍청한 짓이지. 그 둘뿐만 아니라 특별한 미끼까지 함께 투입시켜 놨으니 걱정할 것은 없다."

"그렇다면 다행이지만 혹여 헨드릭 프로이스가 생존할 가능성도 있지 않습니까?"

"물론 펠드릭 놈이 따로 대비를 갖추어놨다면 얘기는 달라지겠지만……."

달랑달랑.

품에서 금색 방울을 꺼낸 로이스가 흐뭇하게 미소 지었다.

[구속의 방울의 효과가 발동 중입니다.]

[지정된 대상이 새로운 지시를 받아들입니다.]

"이놈이라면 충분히 그것까지 막아낼 수 있지."

지성을 가진 대상의 내면부터 천천히 장악해 나가는 정신계 아이템인 구속의 방울. 이것을 얻기 위해 흑단과의 거래도 마다하지 않았던 로이스는 방울을 살랑살랑 흔들며 레비아탄을 떠올렸다.

'미리 영역까지 선포했으니 그놈이 살아남을 가능성은 적다. 만약을 위해 그놈도 함께 보내놨으니까 헨드릭 프로이스의 죽음은 확실하다고 볼 수 있겠지.'

펠드릭이 저리 막무가내식으로 날뛰는 이유도 쉽게 예상 가능했다. 아마 렐슨을 통해 플레이어들의 시체를 이용한다는 사실을 뒤늦게 전해 들었기 때문일 것이다.

여기서 놈이 선택할 수 있는 판단은 두 가지. 하나는 이대로 하쿤을 강행 돌파하며 국경을 넘어오는 것. 또 하나는 병사들을 회군시켜 포란 숲으로 지원을 보내는 것.

하지만 어떤 선택을 하든 헨드릭 프로이스는 결코 레비아탄의 영역에서 벗어날 수 없었다.

"이대로 마계 위원회를 통해서 사건을 뒤덮기만 하면 이번 계획도 깔끔히 마무리될 거다."

이미 사건을 위장하기 위한 플레이어들의 시체는 완벽히 준비된 상태였다. 남은 것은 구속의 방울에 걸린 특별한 미끼가 지시대로 일을 잘 처리해 주는 것뿐.

"기대해라. 펠드릭. 네놈이 가진 모든 것을 차근차근 무너트려 줄 테니까."

모락모락 피어나는 산맥의 연기들 속에서 로이스의 비릿한 웃음소리가 고요히 울려 퍼지고 있었다.

쿠드득. 콰앙!

격렬한 추격전 속에서 커다란 나무가 쓰러진다. 뒤늦게 퇴로가 가로막히자 당황해하던 금발의 마족이 검을 뽑아 들었다. 그리고 쫓아오던 다크 엘프를 향해 발검을 쏘아 보냈지만, 소용없었다.

채앵!

가볍게 검날을 흘리며 눈앞까지 도달한 루시엔.

"공격은 볼품없지만, 도망은 잘 치네. 안 그래?"

"도망…… 도망이라고? 건방진 년이 어디서……!"

예상대로 질시언은 오만한 성격을 버리지 못하고 대항하는 것을 택했다.

[질시언의 고유 권능 예언의 마안이 발동됩니다.]

한때 저택의 대련장에서 뼈아픈 패배를 남겨주었던 권능이 다시금 발동됐다. 상대의 모든 행동을 미리 파악할 수 있는 붉은 눈동자. 그동안 나름의 수련도 거듭한 것인지 예전보다 숙련도는 더욱 늘어나 있었지만, 그것은 루시엔도 다르지 않았다.

"죽어!"

"내가 그때와 같다고 생각하는 거면 큰 오산이야!"

C급까지 성장하면서 새로 터득한 기술들이 빛을 발하기 시작했다. 광폭과 신속화를 통해 발검을 피해낸 루시엔은 예언의 마안이 따라오지 못할 정도로 빠른 속도를 보이며 질시언의 사각지대로 파고들었다. 그리고 부드러운 동작 속에서 댄싱 검술을 펼쳐 보이며 빈틈없이 압박을 가했다.

"크으윽. 대, 대체 언제 이런 기술들을……."

"오늘만을 기다렸다고. 각오, 단단히 해."

"젠장! 미천한 다크 엘프 따위에게 내가……!"

레이저 듀얼 소드의 위력에 인상을 구기던 질시언이 보폭을 줄이며 새로운 기술을 선보였다.

[질시언의 블러드 엣지가 시전됩니다.]

[질시언의 신위의 오오라가 시전됩니다.]

자신의 체력과 내구를 소모시켜 위력을 극대화시키는 블러드 엣지. 근처로 접근할 시 자동으로 적에게 반격을 가하는 신위의 오오라까지. 수십 검의 보호 속에서 붉게 물든 날을 든 질시언이 살기를 피워냈다.

"감히 이 기술까지 쓰게 하다니…… 곱게 죽이지 않겠다."

"하. 아직도 상황 파악이 안 되나 봐?"

우우우웅!

일찌감치 거리를 벌린 루시엔의 레이저 소드로 에너지가 모이기 시작했다. 오색빛깔로 번져가는 형형색색의 빛무리.

불길함을 느낀 질시언이 재빨리 발검을 쏘아 보냈지만 이미 늦은 직후였다.

[하몰란 듀얼 레이저 소드 스킬이 발동됩니다.]

[지정된 타깃에게 레이저 빔이 발사됩니다.]

콰앙!

몸을 내뺄 틈도 없이 일직선으로 쏘아진 레이저 빔.

"쿨럭! 쿨럭! 그, 그건 대체……."

"끝나려면 아직 멀었어."

신위의 오오라 덕분에 목숨을 건지긴 했지만 뿌연 연기 사이로 쇄도하는 레이저 소드를 막아내기란 그리 쉬운 일이 아니었다.

챙! 채앵!

어느새 검을 역수로 쥔 루시엔의 댄싱 검술 속에서 꽃잎이 피어난다. 이미 유이치의 기술 대부분을 터득하는 데 성공한 그녀는 매화에 이어 격류까지 시전하며 유리한 공방을 이어나갔다.

물론.

[질시언의 로드 아이언이 시전됩니다.]

검술에 재능을 타고난 질시언의 반격도 매서웠지만, 승부는 거의 결판이 나 있다고 봐도 과언이 아니었다.

[란이 발동됩니다.]

마치 물 흐르듯 자연스럽게 손목을 붙잡고 잡아당기는 연속 동작들. 균형이 앞으로 기울어진 질시언은 안면을 강타하는 무릎 공격에 그대로 바닥을 나뒹굴었다.

콰득!

질시언의 어깨를 지르밟은 루시엔은 차가운 미소를 지으며 입을 열었다.

"아까 뭐라고 했더라? 곱게 죽이지 않는다고 했나?"

"크으으윽. 내가, 내가 그놈도 아니고…… 그놈의 용병에게까지 진다고……?"

"이만 현실을 받아들여. 넌 겨우 이 정도밖에 안 되는 놈이니까."

"……."

목에 레이저 소드를 들이밀자 사방이 고요해졌다.

누구도 부정할 수 없는 루시엔의 승리였다.

그제야 나무 뒤에 숨어 벌벌 떨고 있던 모르안이 앞으로 튀어나왔고 이내 질시언을 안아 든 채 질끈 눈을 감았다.

"이, 이제 그만해! 이 정도면 됐어. 더 이상 우리 아들에게 검을 들이밀지 마!"

"어이가 없네. 여기까지 도망쳐 온 게 누군데."

"헨드릭! 전부…… 헨드릭 프로이스! 그놈 때문이야! 그놈만 아니었더라면!"

"진짜 끝까지……."

"여기서 그놈도 죽고 너희들도 전부 죽는 거야. 전부 살아서 나가지 못해!"

쿵! 쿵! 쿠웅!

모르안의 표독스러운 눈길이 루시엔을 향할 즈음 주변 일대가 흔들리기 시작했다.

앞뒤 좌우 할 것 없이 사방에서 몰려드는 거대한 형체들.

"루시엔 님. 얼른 소환 주문서를 찢으십시오!"

"아, 맞아. 그렇지!"

마침 와이어를 타고 도착한 렐슨의 외침에 그녀는 급히 챙겨온 소환 주문서를 찢어버렸다.

[중급 소환 주문서를 사용했습니다.]

[지정된 대상들을 현 위치로 소환합니다.]

얼마 있지 않아 주위로 모습을 드러내는 바쿤의 본 부대. 소환되기 직전까지 다른 누구와 전투를 치르던 것인지 하나같이 무기를 치켜들고 있었다.

"어, 어라. 여기는?"

"쿠어어어!"

"페페펭. 저건 오우거들이잖아?"

어리둥절해 하던 병사들의 눈 앞으로 B급 오우거들이 나타났다. 그제야 하나둘씩 주저앉아 있는 모르안과 질시언을 발견, 이내 소환된 사실을 깨닫고 나시금 전투태세를 갖추기 시작했다.

"뭐야. 마왕님은 어디 가고 너희들만 온 건데?"

"엇. 그러고 보니 마왕님이 안 보이네요. 함께 소환된 줄 알았는데?"

"……."

루시엔과 헥토르의 대화를 가만히 듣고 있던 렐슨이 인상을 굳혔다. 이미 천둥 매와 폭풍 매를 통해 본대를 기습한 플레이어들의 시체는 확인한 상태다. 당장 사방을 포위한 오우거들의 검게 물든 눈동자도 심상치 않은 가운데 헨드릭이 사라졌다는 것은 다른 누군가의 개입이 있지 않고서야 불가능한 일이었다.

'설마 오우거들의 시체까지 조종하는 건가. B급 몬스터까지 데려온 것을 보면 흑마법사의 수준도 상당하다는 의미겠지. 여기선 할 수 없이 그들을 불러야겠어.'

아직까진 바쿤의 병사들만으로는 오우거들을 상대하기 힘들었다. 그 사실을 깨달은 렐슨은 중지에 끼고 있던 반지를 단숨에 부숴 버렸다.

[피에날의 반지를 파괴했습니다.]

[지정되어 있던 대상들을 강제 소환시킵니다.]

혹시나 벌어질 위급한 상황을 위한 대비책. 그것은 다름 아닌 전대 마왕을 보좌했던 두 명의 정예 병사였다.

철컹!

묵직한 금속 소리가 울려 퍼지며 판금 갑옷으로 무장한 마족 두 명이 창을 치켜들었다.

"레, 렐슨 아저씨. 저분들은 누구예요?"

"전대 서열전 동안 가주님을 보좌했던 헤이트와 레말리입니다. 여기는 저 둘에게 맡겨놓고 병사분들은 저놈들을 맡아주십시오."

"그럼 아저씨는요?"

"……저는 따로 마왕님을 찾아보겠습니다."

슬슬 건너편에서부터 플레이어들의 시체가 접근해 오고 있었다.

콰직!

"크오오오오!"

예상대로 B급 히어로 수준의 헤이트와 레말리는 능숙히 오우거들을 상대하고 있었고, 바쿤의 병사들은 서둘러 뒤에서 몰려오는 플레이어들을 막아내기 시작했다. 그 사이 모르안과 질시언은 어수선해진 틈을 타 다시금 도망치고 있었는데, 당장 그들보다 중요한 것은 헨드릭 프로이스의 안위였다.

할 수 없이 렐슨은 추격을 포기하고 외이이를 통해 있던 길을 되돌아갔다. 그리고 천둥 매와 폭풍 매를 공중으로 날려 보낸 뒤, 미리 건네받은 수정구를 꺼내 들었다.

"마왕님. 제 말이 들리십니까?"

-…….

"마왕님?"

정녕 다른 누군가에게 이미 당해 버린 것일까. 아무리 외쳐도 응답이 없는 통신 수정구에 속만 점점 답답해져 갔다.

하지만 그것도 잠시.

-……들리니까 그만 입 다물어라.

지칠 대로 지친 헨드릭의 목소리가 통신구를 통해 들려오기 시작했다.

첨벙!

해일처럼 밀려오는 물살에 신형이 쓸린다. 대체 얼마나 동굴에 갇혀 있었을까. 온몸이 흥건히 젖어 찝찝할 만도 하건만 용찬은 그런 감각조차 무뎌질 정도로 정신이 없었다.

"제법 잘 버티는군. 발버둥은 이제 끝인 거냐. 헨드릭 프로이스?"

"하아, 하아."

"하긴. 공격을 피한다고 지쳐 제대로 대답도 못 할 테지."

공중에서 팔딱거리던 흉측한 촉수들이 다시금 쇄도했다. 마치 장난감을 갖고 노는 듯한 여유로운 태도에 화가 치밀어 올랐지만 당장은 피하는 것밖에 방법이 없었다.

첨벙! 투투투툭!

촉수를 내려찍을 때마다 쏟아지는 물줄기들. 좁아터진 동굴 내부에서 간신히 공격들을 피해내고 있었지만, 서서히 한계가 밀려왔다.

'위험해. 로드멜에게 치유도 못 받는 상태에서 이대로 버티기만 해선 답이 없어.'

이미 체력, 기력, 마력 모두 절반 이상은 소모한 상태였다. 어떻게든 틈을 만들기 위해 갖가지 기술을 사용하며 반격을 취해보기도 했지만, 수중 속에선 답답할 정도로 움직임이 느려졌다.

특히나 심해의 지배자답게 놈의 저항력과 방어력은 물속에서 배는 상승해 있었고, 선천적으로 단단한 가죽은 원거리 계열 기술들까지 가볍게 버텨내고 있었다.

'유일한 장점이라곤 물에서 강력한 위력을 발휘하는 뇌전인데. 그것마저도 통하지 않고 있으니.'

심지어 라이트닝 볼텍스도 견뎌내는 레비아탄이었다.

용찬은 힘겹게 고개를 들어 올려 자신이 떨어진 곳을 확인해 봤지만 안타깝게도 천장은 온통 깜깜하기 그지없었다.

결국 남은 희망은 놈이 틀어막고 있는 동굴의 입구뿐. 오히려 공간이 넓은 동굴 내부로 들어간다면 조금 더 시간을 벌 수 있을지 몰랐다.

하지만.

[레비아탄의 수중 분해가 발동됩니다.]

[지정된 범위로 속성력이 담긴 폭발이 일어납니다.]

콰콰콰쾅!

B급 히어로 수준의 괴물을 상대로 빈틈을 노리기란 쉽지 않았다. 뇌전의 갑옷과 마력 결계로 폭발의 피해를 견뎌낸 용찬은 턱밑까지 차오르는 숨을 몰아쉬며 벽에 등을 기댔다.

"냐아아앙. 주인. 괜찮은 거냐?"

"……거의 한계 직전이니까 조용히 해라. 젠장. 하필이면 여기서 저놈을 만나게 될 줄이야."

처음부터 수상하다고 느끼긴 했다. 갑자기 감옥에서 탈출한 모르안과 질시언. 그리고 절망의 대지 서부에서 발견된 그들의 흔적까지. 아마 펠드릭도 놈들이 미끼란 것을 예상해 렐슨을 바쿤으로 보냈을 것이다. 어쩌면 그를 통해 따로 대비책까지 마련해 두었을지도 모르는 일이었지만 문제는 플레이어들의 사체를 조종하는 흑마법사였다.

'설마 요르스 철광산에서 발견했던 일지와 관련이 있는 건가? 그게 아니면 단순히 샤들리 가문에서 보유한 흑마법사?'

문득 철광산 내부에서 읽었던 일지가 떠올랐지만 아직까지 정체를 확신하긴 일렀다. 알 수 있는 것은 두 모녀와 플레이어들의 사체를 동시에 미끼로 이용해 처음부터 자신을 노렸다는 것뿐. 이곳으로 레비아탄과 함께 흑마법사를 파견한 이유야 보나 마나 뻔했다.

'이번 일을 플레이어들의 소행으로 해서 덮으려는 거겠지.'

눈 가리고 아웅 하는 꼴이다.

용찬은 쓴웃음을 흘리며 달라붙는 체서를 밀어냈다.

"이런 얕은수를 쓰면서까지 날 죽이려 들 줄이야. 정말 상상을 뛰어넘는 가문이란 말이지."

"때론 이런 얕은수도 몇 번 입김만 불어넣으면 통하게 마련이지. 아무리 샤들리 가문을 의심한다 해도 확실한 물증이 없는 이상 이번 사건은 결국 뒤덮어질 거다."

"마계 위원회를 믿고 그딴 말을 지껄이는 건가?"

"……호오. 펠드릭 가주에게 따로 들은 게 있나 본데. 어디까지 알고 있는 거지?"

"네놈이라면 알려줄 것 같나?"

"하긴. 어차피 죽을 놈에게 이런 것을 묻는 것도 구차하겠지. 그러면 장난은 이만하고……."

첨벙. 첨벙.

동굴 안쪽에서부터 수십 명의 플레이어가 걸어 나왔다. 숲에서 봤던 것과 같은 영혼이 소멸한 시체들.

"예정된 수순대로 여기서 죽어줘야겠어."

레비아탄은 계획대로 플레이어들을 통해 자신을 처리할 속셈인 것인지 갑자기 공격을 중단했다.

'또 흑마법사의 시체 조종술인가. 보아하니 저놈은 이대로 구경만 할 것 같은데…….'

어쩌면 기회가 될 수도 있는 상황이긴 했지만, 시체의 숫자가 너무 많았다.

크어어엉!

용찬의 기간트 건틀릿에 백호의 형상이 깃들었다.

'시체들의 등급은 얼추 D급에서 C급. 기술들을 모조리 쏟아부으면 어떻게든 될 것 같지만 역시 저놈이 문제겠지.'

마치 방관자처럼 느긋하게 구경만 하고 있는 심해의 괴수. 만약 장비만 유니크급 이상이었다면 저 단단한 가죽도 뚫어볼 만했겠지만, 지금의 장비들로는 어림도 없었다.

[페이 웽의 윈드 스피어가 시전됩니다.]

슈웅!

마침 후방에 있던 마법사 한 명이 바람의 기운이 담긴 창을 집어 던졌다.

하지만 백호신권의 효과는 기력, 마력, 신성력에 물리력을 가하는 것. 손목을 내밀어 카운터를 시전하자 윈드 스피어는 건틀릿을 꿰뚫지 못하고 바닥으로 튕겨져 나갔다.

우우우웅!

서서히 원거리형 플레이어들이 스킬을 준비하기 시작한다. 뒤따라 근접형 플레이어들까지 하나둘씩 거리를 좁히며 최악의 상황을 알려왔다.

"후우. 정말 미쳐 돌아버리……."

-마왕님. 제 말이 들리십니까?

인상을 팍 구기던 차, 품속에 있던 수정구가 진동했다. 혹여 잘못 들은 것은 아닐까 싶어 통신 수정구를 확인해 보니, 다행히 착각은 아니었다.

-마왕님?

"……들리니까 그만 입 다물어라."

-아아, 다행입니다. 현재 어디에 계신 겁니까. 혹시 큰 부상이라도 당하신 것은…….

까앙!

통신을 할 틈도 주지 않으려는 것일까. 전전히 접근하던 시체들이 한꺼번에 달려들었다.

"젠장. 입 닥치고 한 가지만 말해. 내 위치를……. 큭! 추적할 수 있겠나?"

-무, 물론입니다. 통신 수정구의 위치만 추적하면 지금 당장

그쪽으로 지원도 갈 수 있습니다!

"좋아. 그러면 바로…… 아니, 위르겐과 병사들도 함께 데려와라!"

-알겠습니다. 하지만 이쪽도 당장 상황이 좋지 않아서 얼마나 지원 갈 수 있을지…….

"상관없어. 최대한 빨리 오기나 해!"

-예, 옛!

렐슨의 대답을 마지막으로 통신이 끊겼다.

하필 수중에서 전투를 치르게 된 용찬은 수정구를 회수할 여력도 없이 쇄도해 오는 대검을 뇌신장으로 막아냈다. 그리고 흠뻑 젖은 얼굴로 주위 플레이어들을 경계하며 남은 속성력을 모두 짜내었다.

하지만 그것도 잠시.

덥석!

긴 촉수가 온몸을 죄여오자 끝없이 고통이 밀려왔다.

"크으으윽."

"누구지. 누구와 통신을 한 거지. 설마 내가 못 들을 거라 생각한 거냐?"

"크흐. 과연 누굴까."

"……아직도 착각하고 있는 것 같군. 내가 직접 널 죽이지는 못하지만 이렇게 고통을 선사하는 것쯤은 간단한 일이지.

자, 말해라. 방금 그 목소리는 누구였지?"

수십 개의 눈동자가 이리저리 굴러간다. 예상대로 레비아탄은 통신하던 모습을 놓치지 않고 금방 협박해 왔다.

다만, 놈은 대화 내용까진 정확히 듣지 못한 상태.

'정말 통신 수정구를 추적할 수 있다면 유일한 희망은…….'

당장 바깥 상황을 모르는 가운데 그나마 기대를 걸어볼 수 있다면 미궁의 개척자인 렐슨뿐일 것이다.

그리고.

쿠쿠쿠궁!

그는 기대를 저버리지 않고 이변을 일으켰다.

[미궁의 개척자 렐슨이 가속 굴착을 발동 중입니다.]

마치 지진이라도 일어난 듯 요동치는 동굴 내부. 천장을 꿰뚫고 파편들과 함께 바닥으로 착지하는 무리들까지.

"마왕님!"

"렐슨 요르비언?"

"눈을 감으십시오!"

"그렇게 두지 않는……."

샤아아앙!

렐슨이 던진 플라스크 병이 터지자 사방이 온통 빛으로 가득해지고 있었다.

뚝! 뚝!

잠시 동안 정신을 잃었던 것일까. 종유석에서 떨어지는 물방울 소리에 서서히 감겨 있던 눈이 떠졌다.

"정신이 드십니까. 마왕님?"

"……여긴?"

가장 먼저 시야에 들어온 것은 숨을 헐떡이는 렐슨이었다.

그는 무언가에 쫓기고 있는 것인지 사방을 이리저리 경계하고 있었고 그 옆으로 위르겐, 로드멜, 록시, 헥토르가 진을 치고 대기하고 있었다.

"아직까진 레비아탄의 영역에서 벗어나지 못하고 있는 상태입니다. 간신히 섬광을 던져 눈을 멀게 했지만, 마왕님을 구하는 사이 뻥 뚫린 천장을 다시 막아버린 것 같습니다."

"레비아탄에게 쫓기고 있다 이거군. 바깥 상황은?"

"현재 포란 숲에서 헤이트와 레밀리가 바쿤의 병사분들과 함께 시체 무리를 막아내고 있는 상황입니다."

"헤이트와 레밀리?"

"으음. 자세한 얘기는 나중에 바깥에서 다시 설명해 드리죠.

일단 일어나실 수 있겠습니까?"

혼절해 있는 사이 로드멜이 직접 치유를 시전한 것인지 한결 몸이 편해져 있었다. 용찬은 렐슨의 부축을 받으며 자리에서 일어났고 이내 남은 기력과 마력을 체크했다.

'역시 무리가 있었던 건가. 이대로라면 스킬 몇 번 시전하지도 못하고 금방 바닥나겠어.'

레비아탄과 플레이어들의 시체를 상대로 버틴 대가는 치명적이었다. 그나마 위안이 되는 것이라면 땅을 뚫고 동굴로 진입한 렐슨과 병사들일 것이다.

'미궁의 개척자란 호칭부터 특이하다고 여기긴 했지만, 확실히 가문의 전속 디텍터다워.'

특히 통신 수정구의 위치를 추적하고 깊은 동굴 내부까지 땅을 굴착한 렐슨은 B급 히어로 디텍터란 것을 떠나 수준급 이상의 능력을 가지고 있다고 해도 과언이 아니었다.

-크아아아. 헨드릭 프로이스!

멀리서부터 동굴 전체를 쩌렁쩌렁 울리는 목소리가 메아리쳤다. 점점 가까워지는 빌소리에 렐슨이 인상을 구겼다.

"이런. 벌써 여기까지 추적해 온 모양입니다."

"아직도 쫓고 있는 건가. 탈출 방법은?"

"정확한 것은 아니지만, 이 동굴은 인공적으로 만들어진 지하 동굴인 것 같습니다. 여기 흐르는 물들도 전부 어딘가와 이어지게 만들어놓은 것이겠죠. 당장 추적계와 감지계 기술도 먹히지 않을 것을 보아 일단 반대편으로 도망쳐야 할 것 같습니다."

확실히 숲 지하에 이런 대규모 동굴이 만들어져 있는 것부터가 수상쩍었다.

용찬은 그의 예리한 추측에 고개를 끄덕이면서도 서둘러 병사들과 함께 자리를 옮겼다.

"괜찮으십니까?"

"아, 움직일 만해. 나는 신경 쓰지 말고 계속해서 사일런스에 집중해라."

"……알겠습니다."

이런 상황까지 예상해 병사들을 데려온 것일까. 록시는 지속적으로 사일런스를 시전하며 소리를 죽이고, 헥토르가 지나온 길마다 흔적들을 지우자 추적에 혼동이 생기기 시작했다. 그리고 로드멜이 자신을 치유해 주고, 위르겐이 계속해서 경로를 분석하자 거리는 점점 벌어져만 갔다.

갈수록 놀라운 렐슨의 능력에 감탄하던 용찬은 순간적으로 플레이어들의 시체가 떠올라 잠시 발걸음을 멈추었다.

"어라. 왜 그러세요?"

"이럴 게 아니지. 목표를 바꾼다."

"예? 목표를 바꾸다니. 설마 탈출 방법을 찾으신 겁니까?"

당황해하던 렐슨이 희망을 품고 물어온다.

하지만 당장 탈출하는 방법이라고 해봤자 물이 흘러들어 오는 길을 찾아 동굴을 빠져나가는 것뿐. 진정 또 다른 출구가 존재하는지조차 알 수 없는 상황에서 이대로 도망만 다니기엔 석연치 않은 점들이 한두 가지가 아니었다.

게다가 만약 다른 길이 존재한다고 쳐도 직접 동굴을 영역으로 선포한 레비아탄이 그것을 모를 리 없지 않은가. 혹여 출구를 원천 봉쇄하고 역으로 함정을 파두고 있다면 그때부턴 상황이 좀 더 최악으로 치닫게 될 뿐이었다.

때문에 용찬은 고개를 저으며 다른 방법을 택했다.

"아니, 우리는 역으로 시체들의 근원을 친다. 위르겐. 어깨 위로 올라와라."

"페페펭. 알겠습니다."

"자, 잠시만 기다려 주십시오. 알다시피 전 비전투 계열입니다. 자칫 잘못해서 레비아탄과 맞닥뜨리기라도 한다면 저희는 그대로 전멸당할 겁니다."

예상대로 렐슨은 레비아탄에 대한 정보를 대충 알고 있던 것인지 반대 의견을 냈다. 특히나 수중에서 놈은 거의 무적이나 다름없으니 더욱 불안해하고 있을 터.

하지만 용찬의 생각은 달랐다.

"지금 상황만 놓고 보자면 우리는 레비아탄의 영역 때문에 직접 길을 찾고 있는 거 아니었나?"

"예. 그렇긴 합니다만."

"이런 이동 관련 기술을 봉쇄하는 기술에 설마 약점이 없을 거라고 생각하는 거냐?"

"……영역 선포진."

"그래. 지금도 영역 선포진이 어딘가에서 계속 유지되고 있을 테지."

"하, 하지만 선포진의 위치도 모르는 데다가 누군가가 그곳을 지키고 있을지도 모릅니다!"

"바로 그거다."

"예?"

엉뚱한 대답에 당황하는 기색이 역력하다. 만약 영역 선포진을 찾는다고 해도 다른 누군가가 그곳을 지키고 있다면 시도조차 쉽지 않을 테니 렐슨이 의견에 반대하는 것도 당연했다. 하지만.

"여태까지 시야에 걸리지 않은 시체들의 근원."

"……설마."

"흑마법사가 그곳에 있을 거다."

반대로 생각해 본다면 역으로 두 마리 토끼를 모두 잡을 수 있는 기회이기도 했다. 용찬은 파르르 날개를 떠는 위르겐을 보며 입꼬리를 말아 올렸다.

그 시각, 예상 못 한 렐슨과 병사들의 난입으로 인해 용찬을 놓쳐 버린 레비아탄은 눈앞의 시체들을 터트리며 성질을 풀고 있었다.

"쓸모없는 흑마법사 자식! 기껏 오우거들의 시체까지 던져줬건만. 겨우 렐슨 한 명 묶지 못해서 일을 이렇게 만들어?"

무려 며칠간 공을 들여 만들어낸 숲속 지하의 동굴이다. 오직 이 계획을 위해 주변 강가와 이어지게 통로까지 뚫으며 영역을 선포해 놨건만. 렐슨의 난입으로 인해 거의 쓰러지기 일보 직전이던 목표를 놓쳐 버리고 말았다.

도대체 지상에서의 전투가 어떻게 되어 가고 있는 것일까. 흥분을 주체하지 못하고 날뛰던 레비아탄은 뭉개진 시체를 던져버린 뒤 몸속에서 울리던 통신 수정구를 꺼내 들었다.

"케슬라! 도대체 뭐 하고 있었던 거냐? 렐슨을 놓쳤다면 네 놈이라도 나서서 놈의 발을 묶고 있어야 할 거 아니냐!"

-진정해. 계획상 나는 아직 모습을 드러내면 안 된다고. 벌써 잊은 거야?

"……센장!"

이번 유인 계획을 위해 따로 투입됐던 케슬라다. 로이스에게 개별적으로 받은 지시 때문에 정체를 드러내고 있진 않고 있었지만, 그녀도 포란 숲에 있는 것은 자신과 동일했다.

-그리고 렐슨에 대한 정보가 부족한 게 컸어. 지하의 동굴까지 땅을 뚫는 기술을 가지고 있을 줄이야.

"지상의 상황은 어떻게 돌아가고 있는 거냐."

-우리 쪽에서 투입한 비밀병기가 흑마법사라면 저쪽은 흑창대였나 봐. 지금도 렐슨이 소환시킨 헤이트와 레밀리가 오우거 시체들을 상대하고 있어.

"……하필 흑창대 놈들이라니. 그 두 놈이 여기 오지 않은 것이 천만다행이군."

-일단 렐슨의 폭풍 매와 천둥 매는 역소환시켰어. 그쪽은 어떻게 돌아가고 있는데?

그녀의 물음에 레비아탄은 성질을 죽이고 차분히 과정들을 설명했다. 천장을 뚫고 들이닥친 렐슨과 바쿤의 병사들. 섬광을 던지고 눈을 멀게 만든 사이 놈들이 헨드릭을 구출해 도망치고 있는 것까지.

물론 지금도 플레이어들의 시체를 통해 추격을 벌이고 있었지만 아직까지 놈들을 발견하지 못했다.

-좋아. 대강 이해했어. 우선 강으로 통하는 길부터 막아야 하겠는데?

"설마 내가 그것을 놓칠 거라 생각한 거냐. 이미 통로 곳곳에 이동 트랩을 설치해놓은 상태다. 가까이 접근만 해도 바로 발동되어 역으로 놈들을 궁지로 몰 수 있겠지."

-그건 다행이네. 영역 선포진에 있는 흑마법사는 어때?

"구속의 방울에 정신이 사로잡혀 열심히 시체들을 조종 중일 거다. 그깟 놈은 걱정할 필요 없어. 넌 계속 그놈들이나 주시하고 있어라. 이렇게 된 이상 여기서 헨드릭은 물론 렐슨까지 모조리 집어……."

수십 개의 다리를 이끌며 통로를 지나던 차, 온몸을 자극하는 신호가 전해져 왔다.

[설치되어 있던 감시 산호초가 발동됩니다.]

[범위 내에 있던 존재들의 위치를 파악합니다.]

"……감시 산호초가 발동됐다고?"

영역 선포진으로 향하는 통로에 깔아두었던 산호초 아니던가. 한데, 어째서 지금 그것들이 발동된 것일까.

무언가 일이 잘못 돌아가고 있다는 것을 직감한 레비아탄은 수십 개의 눈을 굴리며 표시된 인영들을 확인했다.

-이번에는 또 뭐야. 무슨 일인데?

"놈들이다! 놈들이 영역 선포진으로…… 빌어먹을!"

-하? 무작정 반대편으로만 도망치고 있던 게 아니었어?

"어떻게 알아챈 거지. 감지계와 추적계 기술을 방해하기 위해 흑마법사가 마법진을 활성화하고 있었을 텐데? 도대체 무슨 술수를 부린 거냐. 렐슨 요르비언!"

-어이. 레비아탄. 레비아탄!

풍덩!

어느새 물속에 둥둥 떠다니는 통신 수정구. 레비아탄은 들려오는 목소리마저 무시한 채 다급히 표시된 위치로 향했다.

그리고.

-영역 선포진을 발견해 낼 줄이야. 이거 잘하면…….

우우우웅!

버려진 통신 수정구의 빛은 얼마 되지 않아 사그라들고 말았다.

[록시의 성질 변화 권능이 발동됩니다.]

[로드멜의 채널링을 통해 그룹 힐이 발동됩니다.]

[헥토르의 마력 넉백이 시전됩니다.]

왔던 길을 되돌아가는 것은 그리 쉽지 않았다. 플레이어들의 시체를 얼마나 회수한 것인지 조종당하는 시체의 숫자는

턱없이 많았고, 추격을 위해 통로 곳곳에 배치되어 있던 놈들은 끝도 없이 몰려왔다.

쿠웅!

또 하나의 시체가 거대한 마력 팔에 짓눌려 터져 나간다.

"하아, 하아. 정말 끝도 없군."

"끄응. 저도 힘들어 죽겠…… 으랏차차!"

심지어 궁수로 보이던 헥토르는 거대한 장궁까지 휘두르며 접근해 오던 시체를 박살 냈다. 뒤에서 보조만 하고 있던 렐슨으로선 당황스럽기 그지없는 광경들.

'가주님에게 전해 듣긴 했지만, 이 정도일 줄이야. 설마 헥토르에게 근접 기술들을 가르친 것도 마왕님인 걸까?'

적의 방심을 노려 장궁으로 근접 전투를 벌이는 방식은 예상보다 더욱 놀라웠다. 다만.

"내가 내구도 때문이라도 적당히 휘두르라고 했을 텐데?"

"윽. 죄송해요. 마왕님."

안타깝게도 그런 의도로는 보이지 않았다.

자신의 추측이 빗나갔나는 사실에 멍하니 두 눈만 깜빡이던 렐슨은 헥토르의 머리를 짓누르는 용찬을 보다, 이내 정신을 차렸다. 그리고 어깨 위에서 열심히 날개를 파닥거리고 있는 위르겐을 보며 생각을 달리했다.

'역으로 흑마법사와 영역 선포진을 노린다고 했을 때만 해도 불안한 점이 한두 가지가 아니었는데, 위르겐에게 흑마력의 기운을 추적하는 능력이 있을 줄이야. 확실히 감지계가 아닌 다른 계열의 특성이라면 방해받지 않고 금방 흑마법사가 있는 곳으로 찾아갈 수 있겠어. 이제 문제는…….'

샤들리 가문에서 키워낸 해상전의 괴물 레비아탄. 그리고 오우거의 시체들까지 조종하는 수준급의 흑마법사까지. 물론 아직까지 레비아탄에게 추격당하고 있진 않았지만 이대로라면 들키는 것도 시간문제였다.

게다가.

[소환수 전용 동전을 사용할 수 없습니다.]

[소환수가 역소환되어 재사용 대기 시간이 갱신된 상태입니다.]

시시각각 포란 숲의 시야를 체크하던 두 마리의 매까지 돌연 역소환되어 버린 상태였다.

'분명 시체들을 피해 상공에서 시야를 유지하고 있었는데 이게 어떻게 된 일이지. 설마 시야에 포착되지 않은 다른 마족이 또 있다는 건가?'

만약 자신의 예상이 맞다면, 놈은 두 모자를 이곳까지 이동시킨 샤들리 소속의 마족일 가능성이 컸다. 그렇다면 더더욱 흑마법사와 영역 선포진을 제거해야만 할 터.

'처음엔 무작정 반대했지만, 성공만 한다면 역으로 흑마법사와 레비아탄을 둘 다 잡아낼 수 있겠어. 그렇게만 되면 설사 다른 마족이 있다고 해도 우리가 유리하다.'

어쩌면 용찬은 이런 상황까지 예상하고 이런 위험천만한 판단을 내린 것일지도 몰랐다.

"……과연. 위기를 기회로 바꿀 수도 있다는 건가."

"무엇을 그리 혼자 실실 웃고 있는 거냐. 따라와라. 렐슨."

"앗, 죄송합니다."

괜히 혼자 감탄하던 도중 한소리를 듣고 마는 렐슨이었다. 그사이 위르겐은 눈앞에 놓인 두 갈래 길을 보며 또 한 번 방향을 가리켰다.

"왼쪽, 저 통로만 지나면 도달할 것 같습니다. 페펭!"

"거의 다 도착한 건가. 렐슨, 섬광 플라스크는 얼마나 남아 있지?"

"아, 예. 아까 마왕님을 구출할 때 하나를 썼으니 이제 두 개 정도……."

촤아아악!

미처 대답을 끝내기도 전에 들이닥치는 심해의 괴물.

"드디어 찾았다. 이 생쥐 같은 놈들. 내가 영역 선포진까지 가게 내버려 둘 것이라고 생각……."

샤아아앙!

"크아아아! 내 눈!"

하지만 위협적인 기세와 달리 섬광 플라스크엔 맥을 못 추리는 레비아탄이었다.

"어, 음. 이제 하나 남았습니다!"

"좋아. 이대로 진입한다!"

쾅! 쾅! 콰앙!

"빌어먹을 렐슨 요르비언! 잡히기만 해라. 사지를 찢고 찢어 키메라로 만들어 버릴 테니!"

시야가 멀자 수십 개의 촉수를 이리저리 휘두르며 날뛰는 레비아탄이었지만, 이미 렐슨과 용찬의 일행은 뒤도 돌아보지 않고 근원이 있는 목표지까지 내달리고 있었다.

그리고 마침내 눈앞으로 넓디넓은 공간이 드러나자.

[레비아탄의 영역 선포진]

중앙의 사각형 선포진과 함께 선포진을 지키고 있는 정체불명의 흑마법사가 확인됐다.

첨벙! 첨벙!

따로 영역 선포진을 지키는 시체들을 포진시키고 있던 것일까. C급에 달하는 플레이어의 시체들이 흰자위를 보이며 천천히 접근해 왔다.

"페페펭. 저놈이 확실합니다. 저놈에게서 수상한 기운이 계속해서 느껴지고 있습니다."

"역시 여기 있었군. 위르겐, 헥토르. 너희 둘은 미리 입구에 폭탄과 마력 트랩을 설치해 둬라. 록시. 넌 성질 변화를 풀고 헥토르와 함께 나를 지원한다."

"그러면 저는 후방에서 로드멜 님을 지키며 레비아탄을 상대로 시간을 벌어보겠습니다."

순식간에 그럴듯한 포지션이 갖추어졌다.

미리 로드멜에게 수차례 치유를 받으며 몸을 회복한 용찬은 달려드는 전사 플레이어의 공격을 맞받아치며 백호신권을 활성화시켰다.

'지금부턴 시간 싸움이야. 최대한 남은 기력과 마력을 짜내어 싸운다.'

우선적인 목표는 영역 선포진을 지키고 있는 검은 로브의 흑마법사. 지금도 놈은 감지계와 추적계를 방해하기 위한 마법진과 함께 시체 조종술을 시전하며 대놓고 빈틈을 드러내고 있었다.

콰과과광!

적절한 순간에 안티 베리어를 시전해 마법들을 막아내는 록시.

[헥토르의 마력 압축 화살이 시전됩니다.]

마침 헥토르가 쏘아 보낸 화살까지 무리 사이로 폭발하자 빈틈이 만들어졌다.

쿵!

그 기회를 놓칠 리 없다는 듯 용찬이 앞발을 내밀었다. 쭉 뻗은 오른손으로 모여드는 기력과 마력.

그 순간, 가까이 있던 검사 한 명이 검을 찔러왔다.

"마왕님. 위험합……."

까앙!

급히 투척용 대거를 집어 든 렐슨이 두 눈을 깜빡거린다.

어느새 스톤 아머를 시전한 용찬은 주위로 몰려든 시체들의 공격을 몸으로 버텨내고 있었고, 록시와 헥토르가 지원 사격을 하는 사이 파이렛 1식의 발동 준비 시간을 모두 끝마쳐 버렸다.

"기왕 이렇게 된 거 모조리 죽여주마. 한 명도 남김없이 여기 수장시켜……."

뒤늦게 시야를 회복한 레비아탄이 폭탄과 마력 트랩을 뚫고 들이닥쳤지만 이미 건틀릿으로 모여든 빛줄기는 정확히 흑마법사를 향해 쏘아지고 있는 상태였다.

"안 돼-!"

콰아아앙!

시야가 점멸하며 놈의 유일한 희망이 산산조각 난다.

[유한성의 시체 조종술이 캔슬됩니다.]

[유한성의 방어 본능(공용)이 발동 중입니다.]

아쉽게도 흑마법사는 공용 특성을 가지고 있던 것인지 이중 보호막을 통해 간신히 목숨을 건진 것 같았지만, 뒤에 있던 영역 선포진은 필리모터의 관통 효과에 버티지 못하고 박살이 나 있었다.

[레비아탄의 영역이 해제됩니다.]

[모든 페널티가 해제됩니다.]

조종당하던 시체들이 하나, 둘 쓰러지기 시작했다. 아마 포란 숲에서 병사들을 기습한 다른 시체들도 모조리 활동이 정지됐을 것이다. 이제 더 이상 영역의 페널티마저 적용되지 않는 상황. 오지 이 순간만을 노린 렐슨은 눈을 빛내며 재빨리 소환 주문서를 찢었다.

"마왕님. 잘 해내주셨습니다. 마왕님께서 만들어주신 이 기회. 절대 놓치지 않겠습니다. 이제부턴 저희들에게 맡겨주시죠."

좌아아아!

육중한 덩치를 자랑하는 두 명의 창기사가 바닥으로 착지했다.

"흐, 흑창대!"

"그래. 기껏 숨어 있던 곳이 여기였나?"

"전대 서열전에서 네놈을 죽이지 못한 게 끝내 한이었는데 잘 됐군. 내가 가주님을 대신해서 영면을 선사해 주마."

판금 갑옷을 입은 헤이트와 레말리가 긴 창대를 치켜들자 수십 개의 촉수가 파르르 떨려오기 시작했다.

심해의 지배자마저도 생명의 위협을 느끼게 만드는 흑창대의 기세. 전대 서열전에서의 뼈아픈 기억을 가지고 있던 레비아탄은 끝내 두려움을 이기지 못하고 달아났다.

"저 자식. 다른 출구를 통해 탈출할 심산이야! 놓치면 안 돼. 뒤쫓아!"

"우리도 알고 있다고!"

"너나 제대로 따라와. 멍청한 렐슨 자식!"

커다란 덩치에도 불구하고 엄청난 속도로 추격에 나서는 헤이트와 레말리. 뒤따라 렐슨이 와이어를 타고 둘과 합류하자 쫓고 쫓기는 그들만의 추격전이 시작됐다.

"페페펭. 정신없다. 정신없어. 순간 뭐가 지나간 거냐."

"저, 저도 잘 모르겠어요."

"……오우거들을 상대할 때부터 알아봤지만 정말 엄청난 기세로군. 저게 프로이스 가문의 흑창대라는 건가."

마치 태풍이 휩쓸고 간 듯 혼란스럽던 분위기가 점점 가라앉았다. 가장 먼저 정신을 차린 것은 후방에 있던 록시와 로드멜이었고, 둘은 얼마 되지 않아 마력 고갈로 쓰러진 흑마법사의 앞에 서 있는 용찬을 발견해 냈다.

"마왕님. 거기서 무엇을 하고 계십니까?"

"……."

"마왕님?"

대답이 들려오지 않자 고개만 갸웃거리는 로드멜. 주위에 있던 다른 병사들도 영문을 알지 못해 두 눈만 깜빡였지만, 용찬은 끝까지 고개를 돌리지 않았다. 오히려 시스템 설명창이 보이지 않는 흑마법사를 내려다보며 당황해할 뿐.

'……이 자식.'

끝까지 그에게서 시선을 떼지 못하는 용찬이었다.

◀ 45장 ▶
연결 고리

하멜이란 세계에서 생명체는 크게 두 종류로 나누어진다. 첫 번째는 현대에서 소환된 플레이어. 두 번째는 기존부터 정착해 온 NPC. 이 두 존재의 차이점은 시스템의 특혜에서 극명하게 갈렸는데, NPC보다 플레이어가 좀 더 시스템에 관여할 수 있는 권한이 높았다.

그 좋은 예가 바로 NPC들에 대한 시스템 설명창. 플레이어끼리는 오직 특정 감지계 기술이나 주문서를 통해서만 남의 정보를 꿰뚫어 볼 수 있었지만, NPC가 대상이라면 특별한 스킬 없이도 간략한 정보까진 즉시 확인이 가능했다. 물론 주문서나 특정 기술로 정보를 아예 숨기거나 먼저 정보를 공유해 주는 경우도 존재하긴 하지만 중요한 것은 NPC들에겐 플레이어처럼 간편한 인터페이스 시스템창이 존재하지 않는다는 것이다. 때문에 샤들리 가문의 흑마법사도 간단한 정보쯤은 바로 확인이 가능할 것이라 여겼건만.

'……이 자식. 시스템 설명창이 안 보이잖아.'

안타깝게도 보여야 할 상태창은 보이지 않았다. 만약 정보를 숨겼다고 해도 물음표로라도 보여야 정상 아니던가.

'설마!'

용찬은 혹시나 싶어 미리 챙겨온 간파 주문서를 꺼내 사용해 봤다.

[플레이어명:유한성]

[등급:B]

눈앞에 떠오른 익숙한 메시지에 머릿속이 혼란스러워진다. 어느 정도 의심하긴 했지만 흑마법사는 정말 플레이어였다.

'유한성. 역시 그 일지의 주인이었어.'

이로써 풀리지 않던 일지의 비밀도 직접 본인을 통해 들을 수 있을 터. 다만, 한 가지 의문은 왜 한성이 가문을 위해 일하고 있느냐는 것이었다.

달랑달랑.

용찬의 시선이 바지춤에 달린 금색 쇠 방울로 향했다.

'……이건 구속의 방울. 설마 샤들리 가문에게 사로잡혀 여태까지 강제로 명령을 따르고 있었던 건가?'

플레이어 전용 아이템이 있다면 반대로 마족 전용 아이템도 존재하게 마련이었다. 그중 하나가 바로 유니크급 아이템에 속하는 구속의 방울. 상대방의 정신 상태가 거의 한계에 몰려 있을 때만 사용 가능하며 걸릴 시, 세뇌당해 시전자에게 강제로 복종하게 되는 고도의 정신계 아이템이었다.

'이것을 풀려면 A급 디텍터 혹은 동일한 등급 해제 주문서가 필요할 텐데. 으음. 그러면 당장 방법이 없는 건가.'

시전자가 효과를 해제하지 않는 이상 어떤 물리적인 스킬 및 특성으로도 부서지지 않을 것이다.

할 수 없이 용찬은 한성을 등에 짊어진 채 고개를 돌렸다.

"어라. 마왕님. 흑마법사를 마왕성으로 데려가시게요?"

"일단 그럴 생각이다. 렐슨과 레비아탄은 어디로 갔지?"

"방금 못 보셨어요? 흑창대 아저씨들이 소환되자마자 그 문어 괴물이 도망쳤고, 렐슨 아저씨랑 흑창대 아저씨가 그놈을 급히 쫓아갔잖아요."

"……흑창대."

한성에게 정신이 팔려 있던 사이 다른 증원이 있었던 모양이다. 그것도 하필이면 회귀 이전 마계에서 랭커 척살자라고 불린 흑창부대.

'헤이트와 레말리가 누구인가 했더니 그놈들이었나 보군.'

불현듯 전쟁 당시 기억이 떠오른 용찬은 인상을 구기며 록시에게로 시선을 돌렸다.

"우선 우리도 병사들과 합류해야겠어. 록시. 여기로 내려오기 전에 설치해 둔 모래 터널이 있나?"

"……죄송합니다. 미처 설치하지 못하고 내려왔습니다."

"쯧. 네가 그런 것을 놓칠 줄이야. 어쩔 수 없지. 번거롭긴 하지만 먼저 우리 쪽으로 소환할 수밖에."

결국, 품속에서 두 번째 소환 주문서를 꺼내 들자 그녀가 고개를 푹 떨구었다.

'마왕님과 통신에 성공했습니다. 정황상 다른 적에게 끌려가신 듯한데 우선 위르겐 님과 로드멜 님. 그리고…….'

'저도 가겠습니다.'

'아, 알겠습니다. 록시님.'

용찬이 끌려갔다는 말에 뒤도 돌아보지 않고 렐슨을 따라갔던 기억들.

'모래 터널도 깜빡하고 도대체 나는 무슨 짓을…….'

차마 본인 입으로 설명할 수 없는 기억에 록시는 변명도 못하고 그저 화끈거리는 얼굴을 부여잡기만 했다.

그사이 용찬은 소환 주문서를 찢어 바쿤의 병사들을 동굴 내부로 불러들였고, 귀환 주문서를 꺼내 준비를 마쳤다.

'그나저나 이놈을 어떻게 처리할까. 당장 마왕성으로 데려간다 해도 구속의 방울 때문에 대화도 안 통할 테고. 그냥 가문에게 이 사실을 알려서 사건을 크게 부풀려야 하나.'

만약 프로이스 가문의 도움을 받게 되면 구속의 방울은 쉽게 해제할 수 있겠지만, 인간인 한성을 마족들이 가만히 놔둘 리 없었다. 보나 마나 역으로 빼낼 정보들을 모두 빼내고 샤들리 가문을 압박할 수단으로 사용할 터. 결국 마지막에 다다라서 죽는다는 것은 변함이 없었다.

하지만 그것도 잠시.

'아, 맞아. 그런 방법도 있었지.'

문득 뇌리를 스치는 회귀 이전 기억에 입가가 올라갔다.

[플레이어 유한성에게 메신저 친구를 요청합니다.]

[플레이어 유한성에게 메신저 친구를 ……]

굳이 강제 복종의 효과를 풀지 않고도 세뇌된 정신을 차리게 만드는 방법. 그것은 다름 아닌 메신저 시스템을 통한 정신 간섭이었다.

'주로 대형 길드가 이 방법을 통해 역으로 마족들의 정보를

빼내기도 했었지.'

도배되어 가는 메시지 속에서 한성이 점차 침음을 흘렸다.

'귀환할 때 즈음이면 깨어나겠군. 좋아. 이대로 귀환…….'

퍽!

주문서를 찢으려던 찰나, 신형이 뒤로 쏠린다. 기습적인 발길질에 당황한 용찬은 반격할 새도 없이 쓰러졌다.

"미안하지만 도구는 회수해야 해서 말야."

여유롭게 한성을 낚아채며 나타난 로브 차림의 마족. 후드 속으로 비치는 붉은 안광에 온몸이 점점 굳어져 갔다.

'빌어먹을. 레비아탄 말고 한 놈이 더 있었나. 당장 기력과 마력도 없는데 큰일이군.'

기의 파동조차 무시하고 기습을 한 것을 봐선 B급 이상의 실력자였다.

"페페펭? 언제부터 여기에 있었던 거지?"

"다들 뭐 하고 있어. 도망치기 전에 얼른 공격해!"

-한다. 공격. 던진다. 투창!

마침 사방을 둘러싼 병사들이 동시에 달려들었다.

하지만.

덥석!

놈은 쿨단이 던진 투창을 너무도 간단히 잡아채며 코웃음을 쳤다.

"너희 같은 버러지들을 상대할 시간 따윈 없어. 헨드릭 프로이스. 네놈도 운 좋은 줄 알아."

"잘난 척하지…… 어어?"

목표를 맞추지 못하고 허공을 가르는 레이저 듀얼 소드. 신속화를 통해 몸을 날렸던 루시엔은 멍하니 마족이 사라진 자리를 쳐다만 봐야 했다.

"뭐, 뭐야. 어디로 간 거야?"

"……텔레포트 마법이군. 이렇게 빠르게 마법을 캐스팅할 줄이야."

뒤늦게 록시가 마력을 추적하려 했지만, 상대 마법의 등급이 높아 쉽사리 건들지도 못했다. 결국 정체도 모르는 마족에게 제대로 반격도 못 하고 한성만 뺏겨 버린 상황.

"마왕님. 괜찮으십니까?"

"별문제 없어."

"끄응. 그나저나 이렇게 갑자기 기습을 해올 줄이야. 다 잡은 흑마법사만 빼앗긴 셈이로군요."

자신을 부축하던 로드멜이 분한 감정을 드러냈지만 이젠 상관없었다. 아니.

[유한성 님이 등록됐습니다.]

오히려 잘 되었다고 볼 수 있었다.

"어쩔 수 없지. 일단 레비아탄은 렐슨과 흑창대에게 맡겨놓고 우린 먼저 바쿤으로 귀환한다."

"그러면 모르안과 질시언은 포기하시는 것입니까?"

"상황이 이렇게 된 만큼 추격은 포기해야겠지. 나머진 가문에게 맡겨보는 수밖에."

그렇게 용찬은 흡족히 메신저 창을 확인하면서 병사들과 함께 바쿤으로 귀환했다.

달랑달랑!

계획을 위해 투입됐던 도구가 볼썽사납게 바닥을 나뒹군다. 오직 헨드릭을 제거하기 위해 플레이어들의 시체까지 조종하며 레비아탄과 함께 놈을 궁지로 몰았지만, 계획은 보기 좋게 실패하며 역으로 혼절만 당한 상태였다.

"아, 팔 아파 죽을 뻔했네. 왜 이런 임무는 자꾸 나한테만 맡기는 건지."

"결국 뒤처리를 위해 보내진 게 너였나. 도구의 상태는?"

"뭐, 보다시피?"

전신 로브의 마족, 아니, 케트라가 깊게 눌러쓴 후드를 뒤로 젖히며 마력 포션을 꺼내 들이켰다. 아무리 이동 마법에 특화되어 있다고 해도 단숨에 하쿤 지역까지 넘어오는 것은 그녀로서도 어느 정도 무리를 한 셈. 그사이, 대기하고 있던 벨리스는 도구에게로 다가가 간단히 상태를 살폈다.

"다행히 큰 손상은 없는 것 같군. 치유가 끝나는 대로 계속해서 활용할 수 있겠어."

"어련하시겠어. 그래서 레비아탄은 어쩌려고?"

"가주님께서 미리 수를 써놓으셨으니 바이칼에서 다시 볼 수 있겠지. 물론 계획을 실패한 대가는 감수해야겠지만."

아직까지도 레비아탄의 가치는 높게 평가받고 있다. 아마 차후에 벌어질 해상전을 대비하기 위해 가문 내에서 계속해서 성장시킬 터. 그런 면에서 볼 때 계획을 실패하고도 살아남은 레비아탄은 운이 좋다고 볼 수 있었다.

"안타깝네. 그 징그러운 놈. 더는 안 봐도 되나 싶었는데."

"보통 같았으면 즉시 그 자리에서 자멸시켰겠지만 레비아탄은 아직까지 쓰임새가 있다는 거겠지."

흔적도 없이 자멸시키거나 혹은 살려서 데려오거나. 실패한 샤들리 병사들의 운명은 언제나 둘 중 한 가지였다.

[벨리스의 물방울 쿠션이 시전됩니다.]

허공에 만들어진 커다란 물방울이 도구의 몸을 감싼다. 주로 자신의 몸을 보호하거나 인질을 데리고 다닐 때 사용하는 물방울 쿠션이다. 벨리스는 뒤따라오는 물방울을 확인한 뒤 케트라와 함께 자리를 옮겼다.

콰콰콰쾅!

멀리서부터 들려오는 포성. 이젠 가문에서 공성병들까지 투입시킨 것인지 산 곳곳에서 폭발이 일어나고 있었다.

짙어지는 연기 속을 헤치며 어느 정도 걸었을까.

"좀 늦었군."

한참 병사들을 지휘하고 있던 로이스가 굳은 얼굴로 그들을 맞이했다.

"죄송합니다. 도구를 회수한다고 약간 지체됐습니다."

아까 전과는 판이하게 다른 태도로 한쪽 무릎을 꿇은 케트라가 보고를 시작했다. 레비아탄의 영역까지 땅을 뚫어 진입한 렐슨에서부터, 흑창대 소속 병사인 헤이트와 레밀리의 개입. 그리고 영역 선포진을 박살 내고 도구까지 무력화시킨 헨드릭 일행까지.

물론 그 과정들 속에 흑창대에게 쫓기고 있는 레비아탄도 포함되어 있었지만 벨리스에게 전해 들은 말이 있었기 때문에 굳이 언급하진 않았다.

"……분명 성공할 줄 알았거늘."

"렐슨의 정보가 부족했던 게 가장 컸던 것 같습니다. 레비아탄의 영역까지 땅을 뚫어 난입할 줄은."

"아니, 아니지. 그놈도 그놈이지만 가장 문제가 된 것은 헨드릭 프로이스겠지. 어떻게 감지계와 추적계가 차단된 와중에 영역 선포진까지 길을 알아냈을까."

"그것까진 저도 잘……."

흉악한 기세에 온몸이 부르르 떨린다. 마치 목숨의 위협을 받는 것처럼 조금씩 두려움이 몰려왔다.

하지만 그것도 잠시.

[램버스의 차원 관문이 시전됩니다.]

산 중턱으로 광대 복장을 한 마족이 나타나면서 마계 위원회의 중재를 알려왔다. 그제야 귀를 쩌렁쩌렁 울리던 포성들이 멎어 들었고 눈을 부릅뜨고 있던 로이스도 혀를 차며 등을 돌렸다.

"어쩔 수 없지. 나머진 저택으로 돌아가서 듣도록 하마."

"알겠습니다. 아, 가주님. 모르안 님과 질시언 님은……."

"누구지? 그놈들은?"

"……."

벌써 가문에서 퇴출이라도 시킨 것일까. 친혈육임에도 불구하고 로이스는 냉혈하기 그지없었다.

결국 벨리스는 입을 꾹 다문 채 멀어지는 그의 뒷모습을 바라만 봤고, 뒤늦게 케트라가 안도의 한숨을 내쉬며 다가오자 정신을 차렸다.

"하아. 정말 죽는 줄 알았네."

"설마 했지만 정말로 모르안 님까지 퇴출시킬 줄이야."

"차라리 잘된 거 아냐? 가문의 일원도 아니면 게네들이 프로이스 가문에게 붙잡혀도 우리로선 전혀 곤란할 게 없잖아. 안 그래?"

"으음. 그렇긴 하지만."

"됐고 피곤해 죽겠으니까 우리도 얼른 돌아가자."

서서히 고요해지는 분위기 속에서 물방울에 갇힌 도구가 눈에 들어왔다.

'……도구라.'

마계에 잠입해 마계 위원회를 조사해 오던 흑마법사 플레이어. 우연히 서부에서 붙잡아 도구로 전락시키긴 했지만 사실상 그도 자신의 이름을 가진 인간 중 한 명이었다. 한데.

'그러고 보니 이놈의 이름이 무엇이었지. 분명 초기 때만 해도 알고 있었는데.'

왜 지금은 그 이름조차 기억나지 않는 것일까. 벨리스는 의문의 해답을 찾지 못하고 케트라를 따라 발길을 내밀었다.

"……."

도구, 아니, 유한성의 두 눈이 떠진 것도 모른 채 말이다.

모르안과 질시언을 둘러싼 일련의 소동은 하룻밤 사이에 종결이 났다. 두 모녀를 미끼로 삼아 포란 숲까지 유인한 샤들리 가문과 예상치 못한 흑마법사의 개입으로 인해 함정에 빠졌던 바쿤까지.

특히 용찬은 레비아탄의 영역으로 끌려가 목숨을 잃을 뻔하기도 했지만, 렐슨과 병사들의 활약 덕분에 역으로 영역 선포진을 부수며 적들을 몰아세울 수 있었다. 다만, 안타깝게도 흑창대와 합류한 렐슨이 레비아탄을 그만 놓쳐 버리면서 숨가쁜 추격적은 대충 일단락이 되었는데.

'거의 다 몰아세웠다고 생각했는데 거기서 이동 트랩이 발동될 줄은……. 분명 위치까지 파악해 일부러 접근하지도 않고 있었는데 말이죠. 후우. 단순히 운이 좋은 건지 아니면 또 다른 마족의 개입이 있었던 건지.'

아무래도 다른 누군가의 개입도 심심찮게 거론되고 있는 모양이었다. 그리고 정작 추적의 본 목표였던 모르안과 질시언은 행방불명 상태였고, 거의 다 붙잡았던 흑마법사까지 놓쳐 버리며 프로이스 가문은 아무런 소득도 없이 일방적으로 당한 격이 되어버렸다.

쾅!

"로이스 샤들리. 이젠 흑마법사까지 투입해 플레이어들의 시체로 수작을 부려?"

그 결과 하쿤 지역에서 샤들리와 한바탕 격전을 벌이고 돌아온 펠드릭은 하루 종일 저택에서 몸을 불태우고 분노를 표현했고, 얼마 있지 않아 용찬을 저택으로 불러들였다.

"감옥에서 탈출할 때부터 다른 놈의 개입이 있을 것이라 예상은 했지만 그렇게 포란 숲에서 미리 함정을 파두고 있을 줄이야. 거기다가 레비아탄과 플레이어 시체를 다루는 흑마법사까지. 확실히 이번 일은 내가 너무도 안일했어."

"그것보단 모르안과 질시언은 어떻게 됐습니까?"

"음. 따로 렐슨과 디텍터들을 투입시켜 놨으니 얼마 있지 않아 행방이 잡히긴 하겠지만, 그것도 이미 샤들리 가문이 손을 써놓았을 수도 있겠지. 벌써 로이스가 직접 둘을 가문에서 퇴출시켰다고 소식을 전해 왔으니까 아마 그럴 가능성이 클 거다."

"그렇다면 당장 확보 가능성이 큰 단서는 헤르덴 상단과 픽스 파이멀린 쪽이겠군요."

"아무래도 그럴 거다. 우선 그쪽으로 소식이 들려올 때마다 너에게도 알려주도록 하마. 그리고……."

차마 뒷말을 내뱉지 못하고 끝내 일어나는 펠드릭. 맞은편에 앉아 있던 용찬으로선 낯설기 그지없는 태도였다.

"쯧. 렐슨에게 들었다. 동굴에서 네놈의 활약 덕분에 역으로 기회를 잡을 수 있었다고 말이다. 비록 모르안과 질시언은 붙잡지 못했지만, 그 공을 생각해 가문의 지원을 한 단계 더 높여주마. 그리고 이전에 부탁한 치료술사들과 함께 특별한 선물들도 보내주도록 하마."

레비아탄과 흑마법사의 개입이 벌어질 때부터 이미 단순한 추격적은 아닌 임무였다. 때문에 직접 지시를 내린 본인도 오히려 보상을 내려주는 상황이었지만.

'결국 고생했으니 그만큼 보상을 쥐여주겠다. 이건가. 그러면 그냥 처음부터 그렇게 말하면 될 것을. 뭐 이리 시간을 끄는 건지.'

정작 용찬은 답답한 기분으로 자리에 앉아 있어야만 했다.

끼이이익!

얼마나 집무실 안에 있었던 것일까.

포란 숲에서의 사건부터 시작해 에리악 산맥에서 발견한 세 번째 수입원까지. 정식으로 절차를 밟고 마력석 동굴로 게이트 개설 작업까지 허가를 받아내자 몇 시간은 지나갔다.

'그나저나 결국 그때 유한성을 가로채 간 마족의 정체는 밝혀내지 못한 건가. 분명 이동 마법에 능한 놈 같았는데.'

아마 그 로브 차림새의 마족도 샤들리 가문의 주요 전력일 것이다. 끝내 놈의 정체를 밝혀내지 못했다는 사실이 아쉽긴 했지만 당장은 그 부분도 프로이스 가문에게 맡겨둬야 했다. 게다가 정작 중요한 것은 따로 있지 않던가.

[유한성:당신은 도대체 누구십니까?]

이동 마법진으로 발걸음을 옮기던 용찬의 입꼬리가 살며시 올라갔다. 비록 유한성을 샤들리 가문에게 빼기긴 했지만, 결론적으로 그의 정신을 깨우는 데는 성공한 상태였다. 그 증거로 지금도 메신저 창을 통해 혼란스러운 심정의 메시지들이 수두룩 쏟아지고 있지 않은가.

물론.

[유한성:대체 누구냐고. 얼른 정체를 밝혀. 이 시부렁 새끼야!]

인상을 구기게 만드는 내용도 많았지만, 아무튼 지금 샤들리 가문 내부에 스파이를 심어둔 것이나 다름없었다.

[닥치고 연기부터 해라. 아직도 마족들은 네가 구속의 방울에 정신이 세뇌된 줄 알고 있으니까.]

[유한성:설마 당신도 마계에 잠입해 계신 분이십니까?]

[그렇다고 할 수 있겠지. 우연히 샤들리 가문에 붙잡혀 있던 네 정신을 깨운 것도 나다. 당장 구속의 방울을 해제하지 못해서 일단 메신저 시스템으로 정신만 깨운 상태지. 분명 친구 신청을 승낙한 것도 너일 텐데. 설마 그것도 기억나지 않는 거냐?]

[유한성:아닙니다. 눈을 뜨자마자 본 메신저 창은 확실히 기억납니다. 기억하고말고요! 아아, 감사합니다. 용찬 님!]

절망의 끝에서 한 가닥 희망의 끈을 붙잡게 된 유한성. 세뇌된 이후의 기억은 없는 것인지 자신과 싸웠다는 것은 감쪽같이 모르고 있었다. 그 이후로도 그는 메시지를 통해 억울한 심정들을 모조리 토해냈고, 자신이 저택 지하에 갇혀 있단 사실까지 세세히 알려왔다. 하지만 그것도 잠시.

“마왕성으로 돌아가는 것이냐. 헨드릭 프로이스.”

이동 마법진을 앞두고 원로 한 명이 다가오며 메신저 창은 잠시 뒷전이 되어버렸다.

용찬은 보통 마족보다 두 배는 되어 보이는 덩치의 나이언을 올려다보다 이내 고개를 숙였다.

"오랜만에 뵙습니다. 나이언 님. 막 가주님과 대화를 끝내고 바쿤으로 돌아가려던 참이었습니다."

"그렇군. 얘기는 들었다. 레비아탄에게 습격을 받았다지?"

"예. 간신히 목숨만 건져서 돌아왔습니다."

"확실히 지금 네놈의 수준으로 그놈을 이기긴 힘들었을 테지. 뭐, 부질없는 몸뚱아리라도 건졌다니 다행이로구나."

"……."

일찍이 원로들과 대면할 때부터 자신을 언짢아했던 나이언은 지금도 여전히 독설 아닌 독설을 내뱉으며 경계해왔다. 아마 펠드릭이 가문의 지원을 약속해 줄 때부터 언급했던 내부 사정은 그를 비롯한 원로들의 의견 충돌이었을 것이다.

'그때도 이놈은 질시언의 편을 들었었지.'

미첼 토벌 당시 가장 먼저 자신의 손에 죽었던 마족. 하지만 지금은 가문의 원로로서 헨드릭을 견제하는 입장이었다.

"이만 가보거라."

"알겠습니다."

뒤늦게 나이언이 싸늘한 시선으로 등을 돌리자 불편한 대화도 끝이 났다.

'역시나 거슬리는 놈이야. 저런 태도로만 봐선 샤들리 가문의 협력자로 가장 의심을 받을 만한데.'

문득 아리사와 펠드릭의 대화가 떠올랐지만 확실한 물증이 없어 무작정 몰아세우기도 애매했다.

잠시 집무실로 걸어가는 나이언의 뒷모습을 바라보던 용찬은 이내 그에게서 관심을 끄고 발길을 내밀었다.

그 순간.

지지지직!

불현듯 익숙한 두통이 느껴지며 배경이 뒤바뀌었다.

'젠장. 이번에는 또 뭐야.'

시작은 녹색 매 가면을 쓴 마족이 그의 복부에 칼날을 박는 장면부터였다. 익숙한 집무실 안에서 고통 어린 신음을 흘리며 주저앉는 가주. 그리고 가면을 쓴 마족의 곁에 쓰러져 뻗은 손을 부르르 떨고 있는 장신의 마족까지.

이 모든 상황은 오직 집무실 문 뒤에 숨어 구멍을 통해 바라보고 있는 헨드릭의 시점으로만 보여지고 있었다.

'아니야. 나는 이런 것까지 바라지 않았어. 그저 프로이스 가문을 위해 줄곧 의견에 반대해 왔던 것뿐이야. 그런데, 그런데 어째서-!'

'……'

'어째서 네놈이 이런 짓을 저지르는 것이야!'

뼈에 사무칠 정도로 깊은 배신감에 울분이 터져 나온다.

장신의 마족, 아니, 원로 나이언은 피눈물까지 흘리며 원망 어린 눈빛으로 매 가면을 노려봤다. 하지만 매 가면은 그저 단검에 묻은 피를 털어내며 등을 돌릴 뿐이었다.

'어딜 가는 것이냐. 이런 짓을 저질러놓고 목숨을 보존할 수 있을 거라고 생각하는 것이냐?'

'……이미 프로이스가의 영광은 끝났네. 헨드릭 프로이스는 유폐됐고 그 쟁쟁하던 홍염의 패자의 기세도 이제 더 이상 볼 수 없겠지. 나는 옳은 선택을 한 걸세. 나이언. 그러니 날……'

덜덜 떨리는 두 손으로 천천히 가면을 벗어간다. 마치 자기 자신을 억누르는 것처럼. 끝없는 고통 속에서 몸부림치는 것처럼. 그렇게 그는…….

[동기화율 116%…….]

가면 속 얼굴이 드러나려던 찰나, 어둠이 찾아왔다.

'……도대체가. 방금 그 기억은 대체 뭐였던 거지?'

다시 눈을 떴을 땐 이미 저택의 복도로 되돌아온 상태였다. 낯선 기억에 혼란스러워하던 용찬은 홱 고개를 돌려 집무실 앞에 선 나이언을 다시금 쳐다봤다.

'저번이랑 똑같아. 방금 전 기억은 분명 헨드릭의 고유 기억이 아니었어. 역시 회귀 이전 헨드릭의 기억인가?'

몇 차례 이런 현상을 겪으며 어느 정도 의심은 하고 있었다. 아리샤의 말마따나 영혼이 결속되어 있다면 그 영혼은 다름 아닌 회귀 이전 헨드릭의 영혼일 터.

하지만 그런 것을 떠나 원통 어린 목소리로 울부짖던 나이언과 펠드릭을 단검으로 찌른 매 가면의 장면은 상당히 충격적이었다.

'……일단 바쿤으로 돌아가서 생각해 봐야겠어.'

결국 용찬은 복잡한 머릿속을 부여잡고 빠르게 바쿤으로 귀환했다.

"쯔쯧. 갈수록 영혼이 합쳐지고 있구나. 도대체 어디서 무슨 짓을 하고 돌아다니는 게냐."

바쿤으로 돌아오지미자 보게 된 것은 뻔뻔하게 남의 침대에 누워 혀를 차고 있는 아리샤였다.

"냐아아앙?"

"이놈의 정령은 성질 한 번 사납구나."

"건들지 말라. 냐앙!"

자리를 비운 사이 체셔를 괴롭히고(?) 있던 것일까. 아이리스는 보이지 않고 마녀가 침대를 차지하고 있었다.

"너도 할 짓이 더럽게 없나 보군."

"그런 시답잖은 소리 하지 말고 얼른 고민이나 털어놔 보거라. 얼굴에 뻔히 고민이 있다고 쓰여 있구나."

"쯧. 다른 것보단 이놈의 영혼이 가지고 있던 기억들이야. 설마 영혼이 합쳐지면서 그 기억들까지 공유되는 거냐?"

"오호. 플레이어의 기억이 보였던 모양이로구나. 그건 당연한 현상이지. 아마 영혼이 결속되면 될수록 계속 그 플레이어의 기억들이 보일 게다. 그게 네놈에게 독이 될지 득이 될지는 알 수 없는 문제지만 한 가지 확실한 것은 있지."

양손을 쫙 펼친 아리샤가 점점 손바닥을 포개기 시작했다.

짝!

"현상이 반복될 때마다 두 영혼이 점점 합쳐진다는 것."

과도한 속성력에 이어 이젠 회귀 이전 헨드릭의 기억까지. 갈수록 영혼에 간섭하는 방해 요소들이 많아지고 있었다.

와락, 인상이 구겨진 용찬은 기회를 틈타 어깨 위로 올라온 체셔를 밀어내며 물었다.

"이것도 해결 방법은……."

"없지."

"……."

결국 가만히 손 놓고 영혼이 합쳐지는 과정들을 지켜만 봐야 된다는 뜻이었다.

'좀 더 빠르게 예언자의 마녀를 만날 필요가 있어. 혹여 의심을 살 수도 있지만 일단 펠드릭을 재촉해 보는 수밖에.'

점점 앞길이 막막해져 간다. 당장 영혼에 대한 해결 방법이 나오질 않자 용찬은 한숨을 내쉬며 메신저 창을 켰다.

[유한성:일단 최대한 세뇌된 연기를 하고 있습니다. 계십니까. 용찬 님?]

[유한성:설마 절 버리신 것은 아니죠? 그런 거죠?]

[유한성:야, 이 새끼야. 살려달라고. 미친놈아!]

잠시 확인을 안 한 사이 수많은 메시지가 가득 쌓여 있었다. 아마 구속의 방울에 걸린 그의 입장에선 오직 자신만이 유일한 희망일 것이다.

[입버릇이 참으로 나쁘군. 혹시 친구 삭제를 원하는 거냐?]

[유한성:헉. 절대 아닙니다. 네버. 네버!]

[설마 마족 놈들에게 걸리거나 한 것은 아니겠지?]

[유한성:물론입니다. 네발로 기어 다니는 연기부터 해서 시체랑 포옹하는 연기까지 아주 완벽하게……]

도대체 샤들리 가문에서 어떤 지시를 내려왔던 것일까.

순간 마족들의 성향을 의심하게 되었지만, 용찬은 이내 정신을 차렸다. 그리고 한성의 소속 진영에서부터 마계로 찾아와 샤들리 가문에게 붙잡힌 과정까지 세세히 묻기 시작했고, 얼마 되지 않아 마계 위원회의 흑단이란 집단이 언급됐다.

[유한성:대륙에서 줄곧 마족에 대해 연구하던 저로선 마계를 관리하는 마계 위원회에 대한 호기심이 가득 했습니다. 그 때문에 디텍터까지 피해 다니며 마계 위원회의 본부를 조사해 왔던 것이었죠. 그러다가 우연히 샤들리 가문의 마족과 위원회의 간부가 접촉하는 장면을 보게 됐는데 거기서 마왕성을 만들어낸 흑단 놈들에 대해 듣게 됐습니다.]

'마왕성을 흑단 놈들이 만들어냈다고?'

흑단이 위원회 최상층 계급이란 것은 일찍이 펠드릭에게 들어서 알고 있었지만, 놈들이 마왕성을 만들었단 사실은 금시초문이었다.

'잠깐. 만약 이놈의 말이 사실이라면 왜 회귀 이전 하멜에선 이놈들이 나타나지 않았던 거지? 그 정도로 마왕들을 성장시키는 데 큰 기여를 했는데 전쟁이 끝나기 직전까지 가만히 구경만 했었다고?'

하멜의 고유 시스템 속에서 새로운 마왕성 기능들을 만들어낸 존재들이다. 한데, 그런 자들이 마계가 토벌되는 순간까지 손 하나 까딱하지 않았다?

회귀자인 용찬으로선 당최 이해할 수 없는 부분이었다.

[유한성: 흑단에 대해 좀 더 알아보기 위해 아예 샤들리 가문 쪽으로 조사 방향을 틀었지만 결국 추적이 붙게 되면서 서부에서 잡히고 말았죠. 지금 생각해 보면 그때 저는 거기서 반드시 빠졌어야 했습니다. 이렇게 붙잡혀서 놈들의 노예가 되리라곤 도저히 상상도…….]

서서히 일지에서부터 시작된 비밀들이 하나둘씩 풀리기 시작했다. 아마 요르스 철광산의 실험실은 마계 위원회를 조사하기 위해 개설한 임시 거처였을 것이다.

한성의 과거를 얼추 알게 된 용찬은 잠시 고민했다.

'자, 그럼 이놈을 어떻게 할까. 이대로 메신저 창을 통해 계속해서 샤들리 가문의 정보를 빼내?'

당장 구속의 방울을 풀 방법도 없을뿐더러 샤들리 가문에게 붙잡힌 한성을 구하는 것은 사실상 불가능에 가까웠다.

게다가 굳이 그렇게까지 해야 할 이유조차 없지 않은가.

[그렇게 된 거였군. 네놈의 사정은 잘 알겠어. 하지만 지금 당장 내가 구해줄 방법이 없다는 것쯤은 알고 있겠지?]

[유한성:그 문제라면 걱정 마십시오. 제가 악몽의 탑에 숨겨둔 비밀 거처가 있습니다. 거기에 구속의 방울을 풀 만한 아이템들은 물론, 저를 소환시킬 수 있는 아티팩트까지 마련되어 있는 상태입니다. 그러니 부디 저를 도와주십시오. 부탁드립니다.]

[호오. 그런 아티팩트가 존재한다고? 확실히 그런 거처가 있다면 구출해 내는 것도 불가능은 아니겠어. 근데 왜 내가 너를 위해 그렇게까지 해야 하는 거지?]

[유한성:…….]

역시 예상대로 놈의 말문이 틀어막혔다. 아무 관계도 아닌 상태에서 단순히 호의를 베풀기 위해 마족들에게 사로잡힌 그를 구한다는 것은 하멜에서 비현실적인 일에 가까웠다. 애초에 아무런 이득도 없는 일에 목숨을 버리는 꼴이지 않은가. 때문에 한성도 더 이상 메시지를 보내지 않고 있었고 용찬은 다시금 당근을 쥐여주기 위해 준비를 하고 있었다.

그 순간.

[유한성:절 구출해 주시기만 한다면 그동안 수집해 온 마계의 정보는 물론 여태까지 모아온 아이템과 장비를 모두 용찬 님께 드리도록 하겠습니다! 그리고 따로 원하시는 것이 있다면 무엇이든…….]

띠링!

[마왕성 퀘스트가 갱신되었습니다!]

살아남기 위해 그가 무심코 던진 말에 시스템이 먼저 반응해 버렸다.

◀ 46장 ▶

악몽의 탑

몇 날 며칠을 이곳에서 지냈는지 모른다. 단지 도망치기 위해, 그저 몸을 숨기기 위해 이 지옥 같은 곳에 들어와 생명을 연명하고 있었다.

'슬슬 골드도 떨어져 가고 있어. 이대로 가다간 몬스터한테 죽기 전에 먼저 굶어 죽고 말 거야.'

식량과 생필품은 각 층마다 존재하는 세이브 포인트 속 마을을 통해 구매할 수 있었다. 물론 마을에 방문할 때마다 정체가 드러날 위험을 감수해야 했지만 몬스터에게 비명횡사하는 것보단 나았다.

하지만 이세는 수중의 골드도 다 떨어졌기에, 어쩔 수 없이 다시 사냥에 나서야 했다. 동굴 깊숙한 곳에 숨어 있던 사나운 몰골의 청년은 후드를 깊이 눌러쓴 채로 조심히 바깥으로 걸어 나왔다.

"취, 취익?"

"취익."

주변을 어슬렁거리던 오크 두 마리가 가까이 접근해 온다.

'C급 티탄 오크 두 마리. 한 번이라도 실수하면 죽는다.'

마른 침을 꿀꺽 삼키던 청년은 녹슨 철검을 꺼내든 채 기회를 노렸다. 그리고 오크 한 마리가 등을 돌리는 순간 남아 있던 오크에게로 달려들었다.

서걱!

십자로 교차하는 검날에 절단되는 왼팔.

"취에에엑!"

사방으로 뿜어지는 녹색 피와 동시에 티탄 오크의 비명 소리가 울려 퍼졌다. 그제야 뒤로 돌아가던 동료 오크도 습격을 알아채고 급히 지원에 나섰다.

하지만 청년은 그 틈을 놓치지 않고 왼팔이 잘린 오크의 목숨을 완전히 끊어놓으며 이내 마력을 끌어 올렸다.

[사일런스가 발동됩니다.]

[마력탄이 발동됩니다.]

피땀 흘리는 고생 끝에 터득한 마력 기술들이 발현됐다.

퍽! 퍽! 퍽!

글레이브를 들고 돌진하던 오크는 멀리서 쏘아지는 마력탄에 제대로 대응하지 못하고 바닥을 뒹굴었다.

'젠장. 위력이 약했나?'

태어날 때부터 마법 저항력을 가지고 있는 티탄 오크였다.

사일런스의 지속 시간을 체크하던 청년은 이를 악물며 품속에서 주문서를 꺼내 찢었다.

[중급 방어력 강화 주문서를 사용했습니다.]

[일정 시간 동안 내구 능력치가 소폭 증가합니다.]

먼지투성이던 몸이 주문서의 영향으로 붉게 물든다.

까앙!

"크윽. 더럽게 아프네!"

"취이익!"

일지선으로 쇄도한 글레이브에 신형이 뒤로 밀려났지만, 방어력 강화 주문서 덕분에 그럭저럭 버틸 만했다. 하지만 티탄 오크는 마력탄에 당한 것이 화가 나는지 성난 콧김을 뿜어내며 계속해서 압박을 가했다. 그리고 광전사인 것을 드러내듯 광폭을 시전하며 단숨에 청년을 궁지로 몰았다.

'아, 안 돼. 여기선 어떻게든 틈을 만들어야…….'

불현듯 뇌리를 스치고 지나가는 악몽 같은 기억들.

'네놈이 날 제압할 수 있을 거라 생각했나?'

'크윽!'

'멀어도 한참 멀었다.'

속사포처럼 쏘아지는 수십 개의 창날을 피해 역으로 반격을 가하던 플레이어가 불쑥 떠올랐다. 청년, 아니, 리우청은 인상을 팍 구기며 쇄도하는 글레이브에 집중하기 시작했다.

'그때 강혁의 창 기술보단 훨씬 느려. 나도 할 수 있다고!'

점점 경로를 따라 쫓아가는 두 눈동자. 비록 능력치와 스킬이 뒷받침해 주진 못했지만, 반격을 가할 틈을 찾아낼 수 있었다.

"취에에!"

"이때다!"

단순무식하게 힘을 끌어모으던 티탄 오크의 복부로 검날이 파고든다. 거의 벽 끝까지 내몰렸던 리우청은 천금 같은 기회를 놓치지 않고 검을 잡은 손에 힘을 가했다.

"취, 취이이……."

"제발 뒤져라. 제발 뒤져, 좀!"

"취……."

얼마나 아등바등 버티고 버틴 것일까. 한참 눈을 부릅뜨고 있던 티탄 오크가 마침내 손에 들고 있던 글레이브를 떨어트렸다.

털썩!

그제야 리우청도 거친 숨을 몰아쉬며 자리에 주저앉았다.

"하아, 하아. 마력 기술들까지 터득했는데도 이런 티탄 오크 두 마리한테 고전하고 있다니. 그놈들이었으면 두 마리 정도는 쉽게 처리했을 텐데."

아직까지도 나비 계곡에서 봤던 플레이어들이 잊혀지지 않았다. 그들에 비해 자신은 평범한 노말 클래스일뿐더러 뛰어난 재능도 없었다. 심지어 특별한 스킬이나 특성은 쥐뿔도 없는 상태였다.

이 얼마나 냉혹한 현실이란 말인가. 특히나 이런 자신을 아직도 추적하고 있는 디어스 길드 때문에 더더욱 앞날이 막막해져 왔다.

'괜히 그때 나비 계곡으로 가는 바람에. 하아. 그 한상훈이란 놈도 문제였지만 애초에 거길 가면 안 되는 거였어. 도대체 언제까지 여기서 숨어 지내야 하는 걸까.'

이렇게 신세 한탄을 하는 동안에도 괴물 같은 놈들은 계속 성장을 하고 있을 것이다.

바닥에 주저앉아 있던 리우청은 결국 긴 한숨을 토해내며 자리에서 일어났다.

"그래. 어떻게든 살아 있다는 사실에 감사해야겠지. 이렇게라도 살아 있는 게 어디야."

다행히 티탄 오크들에게서 골드와 아이템들이 충분히 드랍된 상태였다. 바닥에 있는 금화들을 모두 주워든 리우청은 서서히 흔들리는 천장을 올려다보며 안색을 굳혔다. 상층에서 충격이 전해져 온다는 것은 탑 전체가 비상이라는 것.

'이 빌어먹을 탑은 하루도 빠지지 않고 지랄이구나!'

하층에서부터 플레이어들이 몰려오기 전에 미리 마을로 대피해야만 했다. 리우청은 어쩔 수 없이 포션을 입에 문 채로 다급히 동굴의 중심부로 향했다.

"험험. 반갑습니다. 프로이스 가문의 전속 재봉사 윌트릿이라고 합니다. 가주님의 명을 받아 한동안 바쿤에서 신세를 지게 되었습니다. 잘 부탁드립니다. 마왕님."

포란 숲에서의 사건 이후 얼마 되지 않아 가문에서 새로운 마족들이 찾아왔다. 그것도 이전보다 많아진 골드와 젬을 마차에 가득 싣고서 말이다.

'이게 펠드릭이 언급했던 특별한 선물이라는 건가.'

특히 새로 파견된 마족들 중에선 재봉사도 함께 포함되어 있었는데 겉모습부터가 예사롭지 않았다. 마치 벼락이라도 맞은 것처럼 폭탄 머리를 하고 있는 중년의 사내.

용찬은 윌트릿을 보며 고민했다.

'재봉사라면 천과 가죽을 다루는 쪽인가. 확실히 잭에게 장비를 맡겨두면 모든 장비가 갑옷처럼 만들어졌었지. 저놈이 있으면 로브와 가죽 장비도 쉽게 만들 수 있겠어.'

대장장이와 재봉사의 조합. 재료만 충분해진다면 좀 더 세부적으로 장비를 제작할 수도 있을 것이다.

"전속 재봉사라면 그동안 가문의 옷들은 대부분 네가 맡아 온 건가?"

"그렇습니다. 특히 가주 자…… 아니, 가주님을 위한 옷들을 제작해 왔죠. 하도 옷들을 태워먹으셔서 화염 저항력을 더해 건네 드린 적도 있지만, 소용이 없더군요. 지금 제 목표는 가주님의 불길에도 끄떡없는 옷을 제작하는 것입니다."

"……힘든 길을 택하고 말았군."

홍염의 패자가 빌휘하는 불꽃을 버티기엔 보통 수준의 장비들로는 어림도 없었다. 심지어 상성이라고 볼 수 있는 물속성 마법에도 쉽게 꺼지지 않는 권능이지 않은가.

하지만 활활 타오르는 윌트릿의 눈빛은 이미 각오를 다진 듯해 보였다.

"모쪼록 나도 잘 부탁하마. 그리고 다른 마족들은 전부 치료술사인가?"

"예. 로드멜 님과 함께 활동해 오던 가문의 치료술사라고 하더군요."

"그러면 우선은 로드멜에게 맡겨두면 되겠군. 그레고리. 일단 저들에게 방을 안내해 줘라."

"알겠습니다."

최상층에 있던 마족들이 하나둘씩 그레고리의 안내를 따라 내려가기 시작했다.

이걸로 로드멜을 포함해 치료술사는 다섯 명이 된 상황. 거기에 전속 재봉사였던 윌트릿의 합류까지 생각해 본다면 꽤 만족스러웠다.

[마력석 동굴의 입구로 게이트 개설 작업이 진행되고 있습니다.]

[프로이스 가문에서 파견 나온 일꾼들이 투입됩니다.]

슬슬 세 번째 수입원도 채광 작업을 위한 준비가 착착 진행되고 있었다. 아마 철광산과 동일하게 얼마 있지 않아 게이트가 완성될 것이다.

'본격적으로 채광 작업이 시작되면 에린 리스엘에게 따로 통신을 해둬야겠어. 그러면 이제 남은 것은……'

[흑마법사의 숨겨진 거처를 찾아라.]

[등급:B]

[설명:샤들리 가문에게 붙잡힌 유한성이 도움을 요청하고 있다. 구속의 방울을 풀어낼 방법은 숨겨진 거처에 있는 아이템뿐. 그를 구하기 위해 악몽의 탑 27층으로 향하라.]

[목표:숨겨진 거처 발견 0/1, 남은 기간 30일.]

[보상:새로운 마왕성 기능 오픈.]

불현듯 발동된 마왕성 퀘스트. 순전히 유한성의 한마디 때문에 생겨난 강제 퀘스트였다.

'결국은 악몽의 탑도 목표지 중 한 곳이었지만 하필 27층이라니. 왜 갑자기 이런 퀘스트가 발동된 거지?'

악몽의 탑. 총 100층 구조로 이루어진 커다란 건축물은 각 진영의 도시마다 세워져 있었고, 등급 제한 없이 진영의 모든 플레이어가 입장할 수 있는 미지의 공략지였다. 특히 악몽의 탑은 층이 높아질수록 난이도가 더욱 괴랄해졌는데, 직접 악몽의 탑을 경험한 용찬으로선 그때의 기억들이 하나같이 끔찍하기만 했다.

"……새로운 마왕성 기능이라. 일단 히든 피스 때문이라도 가봐야 하는 건가."

"냐아아앙?"

갈수록 상황에 따라 변하는 마왕성 시스템이 마음에 안 들긴 했지만, 어차피 목표로 하던 히든 피스들도 일부는 악몽의 탑에 존재했다.

미리 그레고리를 통해 날짜를 확인한 용찬은 체셔를 어깨에 올려둔 뒤 1층으로 내려갔다.

[악몽의 탑 게이트]

'그나저나 마왕인 상태에서 악몽의 탑으로 입장하게 되면 어디서부터 시작하는 거지?'

플레이어는 입장 시 1층에서부터 차근차근 층을 올라가게 되어 있었다. 하지만 지금 자신은 플레이어이자 동시에 마왕이기도 한 상황. 어쩔 수 없이 용찬은 통신 수정구로 그레고리를 불러들였다.

"드디어 악몽의 탑으로 가시는 것입니까?"

"그렇긴 한데, 마왕들은 어떤 식으로 입장 하는 거지?"

"기본적으로 서열대에 맞춰 각 층수로 입장합니다. 현재 40위대에 안착하고 계신 마왕님은 곧바로 20층에 진입하실 수 있으실 겁니다."

"으음. 반대로 공략을 저지하는 입장이라 이건가."

"정확합니다. 하지만 마왕성 플레이어이신 마왕님께선 역으로 플레이어 상태로 입장도 가능하실 겁니다."

마왕성 플레이어만의 특혜라는 것일까. 두 가지 방식으로 모두 입장할 수 있단 사실에 머리가 빠르게 돌아갔다.

'그렇다면 굳이 1층부터 시작할 필요 없이 마왕으로서 입장해 퀘스트부터 클리어해도 된다는 뜻이군. 당장 정보통들에게서 특별한 소식도 들려오지 않는 것 같고 우선 두 가지 방식 모두 체감해 볼까.'

너무 급하게 생각할 필요는 없었다. 어차피 플레이어로서 입장해 노릴 히든 피스들도 있지 않은가.

[악몽의 탑에 입장하시겠습니까?]

[1. 마왕]

[2. 플레이어]

악몽의 탑 게이트가 작동되자 선택권이 주어졌다.

"그레고리. 악몽의 탑에 들어가 있는 동안 선전포고가 걸려올 경우 어떻게 되지?"

"아, 그 부분은 걱정하지 않으셔도 됩니다. 악몽의 탑에 들어가 계시는 동안은 다른 마왕들이 선전포고를 할 수 없는 상태가 됩니다. 마계 위원회에서 정한 기간만 지키신다면 특별히

별 지장은 없으실 겁니다."

마왕으로서 악몽의 탑에서 활동할 수 있는 기간은 한 달. 기간 내에 마왕성으로 돌아와 다시 한 달을 기다리면 또 한 번 악몽의 탑에 입장할 수 있는 형식이었다.

"그건 괜찮군. 일단 저번처럼 부대장들에게 전달해 놔라. 내가 악몽의 탑에 가 있는 동안 신규 병사들을 훈련시켜 놓고 있으라고."

"아, 수행 과제 말씀이시군요. 알겠습니다. 그럼 수정구를 통해 수행 과제 내용을 알려주실 때마다 바로 병사분들에게 지시를 내리도록 하겠습니다. 모쪼록 조심히 다녀오시길."

개별적으로 병사들에게 수행 과제를 맡겨놓자 모든 준비는 끝이 나 있었다. 잠시 인벤토리 속 아이템과 주문서를 확인하던 용찬은 이내 판단을 마치고 발걸음을 내밀었다.

"플레이어로 입장한다."

[악몽의 탑에 입장했습니다.]

[1층-시작의 구역.]

서서히 감긴 눈이 떠지고 익숙한 배경이 드러난다. 가장 먼저 보인 것은 탑 바깥으로 쭉 펼쳐져 있는 음침한 해안가. 그 다음으로는 방 안에 앉아 꾸벅꾸벅 졸고 있는 장발의 노인이었다.

'슬슬 히든 피스 때문에 찾아오려 하긴 했지만 퀘스트 때문에 좀 더 일찍 와버렸군. 남은 기간이 30일이라고 했던가. 만약 실패하게 되면 어떻게 되는 거지?'

퀘스트창에 실패 시 페널티가 적혀 있진 않았지만, 어느 정도 예상은 되었다. 아마 30일 내로 구하지 못한다면 한성은 그대로 죽게 될 터. 어찌 보면 마왕성 시스템이 미래를 내다보고 강제 퀘스트를 발동시킨 것일지도 몰랐다.

[유한성:혹시 가보셨을지 모르시겠지만, 악몽의 탑 27층은 무법 지대나 다름없습니다. 같은 진영 플레이어라도 일절 자비가 없는 전쟁 지역이죠. 뭐, 그 덕분에 숨겨진 거처를 마련해 놓긴 했지만, 어찌 됐든 상당히 위험한 곳일 겁니다. 동료분들이 계시더라도 단단히 준비를 하시고 찾아가시길.]

'27층이면 팔람의 지배 구역이었던가. 20층에서 시작하면 딱 적당하겠군. 그나저나 구속의 방울을 풀 만한 아이템이 있다니. 도대체 어디서 그런 것들을 모아온 거지.'

특히 플레이어를 강제로 소환시키는 아티팩트 정도면 거의 유니크급 이상이었다. 1차로 소환되어 마계까지 홀로 넘어온 것부터 수상하다고 여기긴 했지만 무언가 자신이 모르는 또 다른 비밀들도 숨겨져 있는 듯했다.

'이런 놈들은 정작 구해줘도 금방 뒤통수를 치게 마련인데. 일단 남은 30일 동안 샤들리 가문의 정보라도 열심히 뽑아봐야겠군.'

잘하면 그가 모아온 아이템들까지 독차지할 기회이기도 했지만, 가끔씩 은혜를 원수로 갚는 놈들도 존재하기 때문에 끝까지 방심해선 안 됐다.

할 수 없이 용찬은 퀘스트 보상에 기대를 걸어보며 졸고 있는 노인을 바라봤다.

[탑의 감시자 델 마구스]

[등급:A]

[상태:피로]

각 진영의 탑마다 존재하는 감시자들. 주로 1층에서 플레이어들을 맞이하는 NPC로서, 탑에 대한 설명 및 안내를 맡고 있었지만, 그들 중에서 델은 특히 귀찮은 상대였다.

"어이. 일어나."

"……끄응. 신입인가?"

"그래. 2층으로 올라갈 거다. 얼른 허가를 내줘."

"으음. 잠시 기다려 보게."

침침한 눈을 비비던 델이 지팡이를 꺼내 자리에서 힘겹게 일어난다. 이렇게만 보면 비실비실한 노인네에 불과하지만, 실상은 A급에 달하는 괴물이다. 때문에 용찬도 불만을 가지지 않고 얌전히 손등의 나비 문신을 보였다.

"리미트리스 진영이로군. 탑에 대해선 들어본 적이 있나?"

"어느 정도는."

"흐음. 그럼 간단히 탑에 대해 설명해 주겠네."

"아니, 이미 동료들에게 대충은 들은 상태야. 그러니까……."

"듣게."

살며시 떠진 눈 속으로 끝을 알 수 없는 공포가 느껴져 온다. 단숨에 기세로 압도당한 용찬은 인상을 팍 구기다 이내 한숨을 내쉬었다.

"마음대로 해라."

"허허. 진작 그럴 것이지."

정녕 설명을 안 하고는 못 배기는 것일까. 결국 델에게 붙잡혀, 1시간 동안 탑에 대한 설명을 듣게 된 용찬이었다.

"……라는 것이지. 대충 이해했나?"

"아, 확실히. 완벽하게 이해했어."

"으음. 내가 보기엔 아직 부족한 것 같은데……."

"으드득. 직접 내가 들었던 내용들을 전부 다시 읊어줘야 성이 차겠나."

"허허허. 그런 말이 나올 정도라면 충분하겠군. 좋네. 이만 허가를 내어주지."

장장 1시간의 사투(?) 끝에 마침내 허가가 떨어졌다. 아직까지도 귓가를 맴도는 델의 목소리에 머리가 혼란스럽기 그지없는 상황. 간신히 자리에 버티고 서 있던 용찬은 문신에 뿌려지는 마력 가루를 확인하며 등을 돌렸다.

"아, 혹시 최근에 진영을 변경한 플레이어가 있나?"

"흐음. 최근에는 없었네. 진영 변경 퀘스트 자체가 그리 쉬운 일은 아니라서 말일세."

"다른 진영은?"

"허허허. 그것까진 나도 모르지. 아, 그러고 보니 저번에 다인 진영에서 몇 명이 리미트리스 진영으로 넘어온 것 같기도 하고. 끄응. 늙으니까 기억력이 점점 퇴화되어 가는구만."

어물쩍 말을 흘리는 델의 모습에 생각이 깊어진다.

'다인 진영이라. 설마 그 여자도 있는 것은 아니겠지?'

거의 1년 동안은 악몽의 탑에서 재료를 모아야만 하는 진영 변경 퀘스트. 불현듯 뇌리를 스치고 지나가는 플레이어가 있었지만 당장 확신하긴 일렀다.

[안개섬(미클리어)-참가 가능.]

'일단 기억대로 안개섬은 아직 미클리어 상태고. 그놈이 나타나는 것은 대충 일주일 후였나. 그래도 그동안은 퀘스트에 집중할 수 있겠군.'

악몽의 탑에서 유일하게 1층부터 도전할 수 있는 안개섬 미션이다. 등급 상관없이 최대 여섯 명까지 참가할 수 있는 구조였지만 여태껏 클리어된 적은 단 한 번도 없었다.

해안가를 바라보던 용찬은 판단을 마치고 등을 돌렸다.

"흐음. 자네도 안개섬에 관심이 많은가 보지?"

"신경 꺼라."

"괜히 보상에 혹해 도전할 생각이면 관두게. 당장 탑을 오르는 것만 해도……."

"알고 있으니까 설교는 그만하지그래."

"허허. 자존심이 드센 청년이로군."

수십 년 동안 탑을 지켜온 델의 진심 어린 충고였지만 가볍게 무시해 버렸다. 악몽의 탑이라면 회귀 이전에 질릴 정도로 경험했던 곳이다. 안개섬 또한 마찬가지. 탑의 괴랄한 난이도쯤이야 이미 겪어봐서 알고 있었다.

[2층-마령의 숲]

'10층까진 각 진영별로만 진행되던가. 그러면 우선 간단히 10층까지만 가볼까.'

마령의 숲은 주로 언데드 몬스터들이 등장하는 2층의 고정 필드였는데, 나선 계단을 통해 2층으로 올라가자 우거진 숲 필드가 드러났다.

"그어어어!"

"그으으."

"그륵. 그르륵?"

마침 맞은편에서부터 E급 구울과 스켈레톤들이 천천히 걸어 나왔다. 아마 2층부터 10층까진 난이도가 대부분 E급 혹은 D급일 터. 용찬은 쉴 틈 없이 전투를 치르며 거침없이 각 층을 돌파해 나갔다.

그리고 간간이 기억을 더듬으며 하층에 숨겨진 히든 피스들을 하나둘 회수했는데, 일부는 위치가 바뀌어 있거나 이미 회수되어서 예상보다 수중에 들어온 아이템들은 적었다.

[공용 스킬북]

[공용 특성북]

[힘의 돌]

[최하급 엘릭서]

'역시 직업 전용 스킬북과 특성북은 모조리 회수해 간 건가. 약간 아쉽긴 하지만 여기서 만족할 수밖에.'

초기 시절 들어온 리미트리스 플레이어들을 생각해 봤을 때 이 정도만 해도 큰 소득이었다.

[5층-넬슨 백작령(세이브 포인트)]

단숨에 4층 출구를 찾아 5층으로 진입하자 이번에는 넓은 도시가 눈앞에 펼쳐졌다. 각 층마다 구조가 무작위인 악몽의 탑에서 넬슨 백작령은 가장 첫 번째로 도전하게 되는 미션 형식의 필드였고, 6층으로 올라가기 위해선 반드시 5층의 미션 목표를 완수해야만 했다.

[긴급 미션!]

[현재 넬슨 백작령은 몬스터들의 침공을 받고 있는 상태다. 병사들과 함께 몬스터들을 상대로 영지를 수호하라!]

[몬스터 웨이브 0/1]

'6층으로 올라가는 조건이 몬스터 웨이브를 한 번 막는 거였

나. 약간 타이밍이 안 좋은 것 같기도 하군.'

성벽 건너편에서부터 뿔피리 소리가 들려온다. 하필 도착과 동시에 침공이 시작된 모양이다.

"어이. 당신 뭐 하고 있어. 세이브 포인트라고 안심하지 말고 후딱 이리로 오라고!"

5층에 진입해 있던 플레이어 한 명이 급히 손짓해 왔다.

'그러고 보니 여긴 자체 세이브 포인트 장소였던가.'

탑의 5층마다 존재하는 세이브 포인트는 층수를 저장할 수 있을뿐더러 휴식을 취할 수 있는 공간까지 마련되어 있는 특별한 층이고, 넬슨 백작령은 시작부터 세이브 포인트인 곳이었다.

콰콰콰쾅!

적들의 공성 병기들이 커다란 돌덩이를 던지기 시작했다.

[층수를 저장했습니다.]

간단히 시스템을 통해 층수를 등록한 용찬은 병사들을 따라 성벽으로 향했다.

"젠장. 무슨 몬스터가 이리 많아. 이거 깰 수 있는 거야?"

"일단 최대한 할 수 있는 데까진 해봐야지. 백작령의 기사들과 병사들도 함께 있으니까 침입만 허용하지 않는다면 충분히 막을 수 있을 거야."

"아! 이럴 때 랭커라도 나타나서 버스 태워준다면 좋으련만."

"아서라. 랭커들은 벌써 20층 이상 올라가 있다고. 이런 곳에…… 어어?"

대화를 나누던 사내 두 명이 경악성을 내지른다. 수십 명의 플레이어들을 제치고 단숨에 성벽을 넘어가 버린 로브 차림의 플레이어. 심지어 병사들과 기사들까지 당황한 틈에 정문 쪽으로 트롤 두 마리가 돌진해 왔다.

"쿠어어어!"

"헉. 위험……."

쿠웅!

커다란 팔이 쇄도하는 찰나, 정면으로 마력 결계가 생성됐다. 아직 마력 기술을 배우지 못한 E급 플레이어들은 그 광경에 입이 쩍 벌어졌고, 무투가는 하늘 위를 뒤덮은 화살들을 막아내며 건틀릿으로 백호의 형상을 담아냈다.

그리고 시작된 학살의 장.

[뇌신장이 발동됩니다.]

[라이트닝 볼텍스가 발동됩니다.]

[어둠의 쇠사슬이 발동됩니다.]

사방으로 물결치던 검은 뇌전은 먹잇감을 찾아 빠르게 퍼져

나가기 시작했고, 끊임없이 쏟아지던 마법은 현란한 손놀림 속에 찢겨져 나갔다.

"키에에에!"

"키엑!"

단숨에 수십 마리의 몬스터들이 쓰러져 나가자 위험을 직감한 것인지 고블린들이 투석기의 방향을 정문으로 틀었다.

"어어, 저건 좀 위험한 거 아냐?"

"버프라도 걸어드려야 할까요?"

"오, 온다!"

플레이어들이 요란법석을 떠는 사이, 커다란 돌덩이가 무투가를 향해 쏘아졌다. 공성 병기의 위력 정도라면 마력 결계쯤은 간단히 박살이 날 터. 성벽 위에 있던 궁병들이 급한 대로 마력 화살을 쏘아 봤지만 별 소용이 없었다.

"위험해요-!"

"음?"

한참 오크들을 깔아뭉개던 무투가, 아니, 용찬이 마침내 고개를 치켜들었다.

'5층의 공성 병기면 D급 수준이었나. 귀찮으니까 한 번에 없애 버려야겠군.'

커다란 돌덩이에도 개의치 않고 자세를 잡자 성벽 위에 있던 성직자가 버프를 걸기 시작했다. 하지만 마족인 용찬에게 신성력이 담긴 버프는 오히려 독이 되는 상황.

[투명화가 발동됩니다.]

[파이렛 1식이 발동됩니다.]

[필리모터의 효과가 발동됩니다.]

따끔거리는 고통 속에서 신형이 투명하게 물들자 커다란 돌덩이가 그대로 관통되어 정문에 틀어박혔다.

그리고.

콰아아앙!

건틀릿에서 쏘아진 빛줄기가 후방에 있던 공성 병기들을 단숨에 초토화시켜 버렸다.

"……."

성벽 위에 있던 플레이어들은 물론 NPC들까지 어안이 벙벙한 상황. 뒤늦게 정신을 차린 사내 한 명이 가볍게 어깨를 풀고 있는 용찬을 내려다보며 중얼거렸다.

"이기 실화나?"

그 시각, 리미트리스의 제1도시 홀란더는 예상치 못한 방문

객들로 인해 거리 곳곳이 어수선해져 있었다.

"저놈들. 설마 그 엿 같은 퀘스트를 클리어하고 온 거야?"

"미친놈들. 끈기 하나는 인정해 줘야겠네. 근데 왜 다른 진영들 다 냅두고 리미트리스 진영으로 넘어온 거래?"

"몰라. 그래도 다인 진영 문신은 그대로잖아. 아직 설레발치긴 일러. 어차피 남을 놈만 남을 테니 좀 두고 보자고."

플레이어들의 시선을 단숨에 끌고 있는 일련의 행렬들. 대부분은 그들을 경계하는 분위기였지만 일부는 길드 소속인 것인지 크게 작게 관심을 보이고 있었다. 그리고 선두에 있던 여성이 가볍게 손짓을 하자 열 명 남짓하던 행렬이 순식간에 해산됐다.

아마 그들은 얼마 되지 않아 목표로 하고 있던 길드 하우스를 방문할 터. 슬슬 자신도 계획을 위해 움직여야만 했다.

[악몽의 인장]

탑의 감시자를 통해 받을 수 있는 진영 변경 퀘스트. 거의 1년간 악몽의 탑에서 재료를 모아야만 하는 이 퀘스트를 클리어하기 위해 얼마나 많은 시간을 투자해 왔던가.

선두의 여성, 아니, 민아는 손에 쥔 인장을 품에 끌어안고 곧장 디어스 길드의 본부 '리퍼'로 향했다.

"누가 찾아왔길래 이리 어수선하나 했더니 김민아, 너였군. 결국 악몽의 탑 퀘스트를 깨고 넘어온 건가."

'이 여자가 12 권좌 중 한 명인 차소희.'

길드 하우스의 접대실 내부 공기가 무겁게 가라앉는다. 소문으로만 접하던 리미트리스의 최상위 랭커를 실제로 보게 되자 절로 마른침이 삼켜졌다. 최근에 체이서 집단 때문에 치명적인 부상을 입었단 소식도 있었지만, 지금은 멀쩡한 상태로 오히려 자신에게 압박감을 주고 있었다.

"절 알고 계시는 건가요?"

"어느 정도는. 실제로 리우청의 일부 기억을 통해 보기도 했고 말이지."

"……그렇다면 얘기가 쉽겠네요. 지금 그는 어디에 있죠?"

"그전에 먼저 인장은?"

"아직 확실히 결정을 내린 것은 아니에요. 지금은 그저 인장의 보유자로서 리미트리스에 들린 것일 뿐."

악몽의 인장을 소유한 플레이어는 가장 먼저 다른 진영에 방문할 권리가 생긴다. 문신에 인장을 사용하기 직전까진 순전히 다인 진영 소속이라는 것이다.

소희는 약간 곤란하다는 눈빛으로 잠시 고민했고, 얼마 되지 않아 판단이 선 것인지 이내 입을 열었다.

"하아. 안타깝지만 놈은 이미 여기에 없어."

"네? 그게 무슨 소리죠? 분명 그의 일부 기억까지 확인하셨었다고……."

"확인하긴 했었지. 강제 미션 이후 도망쳐서 문제지."

온몸의 기가 턱 빠진다. 대체 무엇을 위해 여태껏 노력해 온 것일까. 오직 리우칭에게 진실을 듣기 위해 탑의 퀘스트까지 깼던 민아는 허탈한 표정으로 고개를 떨구었다.

'말도 안 돼. 내가 어떻게 여기까지 온 건데. 아무리 강제 미션이 발동됐었다고 하지만 최상위 길드인 디어스 길드의 하우스에서 도망쳤다고? 혹시 거짓말은 아닐까?'

혹여 자신에게 원하는 것이 있어 일부러 그의 신변을 숨기고 있는 것일지도 모른다. 문득 그런 생각이 들자 민아는 의심 어린 눈길로 그녀를 쏘아봤다.

하지만 그것도 잠시.

"쓸데없는 의심은 접어둬. 별다른 이득도 없는 일에 거짓말까지 늘어놓을 정도로 한가하진 않으니까."

"……죄송해요. 하지만 너무 당황스러워서."

"그럴 만도 하겠지. 그 토 나오는 퀘스트까지 클리어하고 여기까지 왔으니까. 네 목표는 아마 나비 계곡에서 동생을 죽였던 무투가겠지?"

불현듯 악몽 같은 기억들이 스쳐 지나간다. 정곡을 찔린 것인지 민아의 두 눈빛이 살기로 가득해졌고, 다리를 꼬고 앉아 있던 소희는 피식 웃으며 자세를 고쳐 잡았다.

"지금 리우청은 악몽의 탑에 들어가 있을 가능성이 커. 아마 하층의 필드 속에 숨어 추적을 따돌리고 있겠지."

"이제 와서 제게 그걸 얘기해 주시는 이유가 뭐죠?"

"도와주지. 리우청을 추적하는 것은 물론 그 무투가에게 복수하는 것까지 말야. 대신……."

초기 시절부터 마탄의 사수로 이름을 날렸던 신규 루키. 그리고 나비 계곡의 사건을 계기로 복수란 뚜렷한 목표를 얻은 원석. 단숨에 협상가의 기질을 발휘한 소희는 그 원석을 가공하기 위해 미끼를 던졌다.

"우리 디어스 길드로 들어와라. 김민아."

[넬슨 백작령을 침공한 몬스터들이 전부 제압됐습니다.]

[미션 클리어!]

[보상이 지급됩니다.]

[다음 층으로 올라갈 자격이 부여됩니다.]

가히 학살의 절정을 보여준 무투가. 홀로 침공한 몬스터들을 모두 처치한 탓인지 NPC는 물론 플레이어들까지 넋 나간 얼굴로 성벽 아래를 내려다보고 있었다.

하지만 무투가, 아니, 용찬은 그런 시선들을 외면한 채 무덤덤하게 보상부터 확인했다.

'1만 골드와 하급 포션이라. 보상은 달라진 게 없군.'

기본적으로 악몽의 탑은 층이 높아질수록 보상의 질도 높아진다. 다만, 안타깝게도 5층의 경우 난이도 자체가 E급이다 보니 그리 쓸 만한 보상이 나올 일은 없었다.

"저, 정말 대단한 무위로군. 그 정도면 백작님께서 친히……."

"거절하지."

기사단장 NPC가 다짜고짜 회유하려 들었지만 이런 도시에서 괜히 시간을 썩힐 생각은 없었다. 단박에 제의를 거절한 용찬은 묵묵히 도시 안으로 들어왔고, 얼마 되지 않아 넋이 나가 있던 플레이어들이 하나둘씩 정신을 차렸다.

"자, 잠시만요. 혹시 성함이라도 알 수 있을까요?"

"가능하시다면 메신저 등록이라도!"

"랭커로 보이시는데 혹시 대형 길드 소속이신가요?"

하층에서부터 강렬한 인상을 남긴 플레이어는 어쩔 수 없이 모든 이의 관심사가 된다. 일부는 편하게 상층으로 올라가기 위해 또 일부는 인맥으로서 발이라도 걸쳐보기 위해 말이라도 걸어보려 노력하지만, 소용없는 짓에 불과했다.

'간단히 상점이라도 둘러보려고 했는데. 어쩔 수 없지.'

시도 때도 없이 달라붙는다면 아예 그들이 따라오지 못할 정도로 높이 올라가는 수밖에. 이미 층수를 저장한 용찬으로선 더 이상 망설일 것도 없었다.

[다음 층으로 이동합니다.]

[6층-9층]

[판의 미로]

환한 빛과 함께 눈앞으로 꼬불꼬불한 수풀 길이 펼쳐진다.

6층부터 9층까진 세 개의 층이 합쳐져 있는 미로 형식의 필드. 다행히 출현하는 몬스터들의 수준은 이전 층과 동일하게 E에서 D급 정도였지만, 필드 자체가 넓다 보니 소환되는 몬스터들의 숫자도 상당히 많았다.

"어라. 여긴 또 새로운 필드네. 미로 같은 건가?"

"아까 그 사람은 어디 갔어. 얼른 찾아봐!"

"엇. 저기 있다. 방금 전 그 무투가 분이야!"

자신을 따라온 것일까. 백작령에 있던 플레이어들이 뒤따라 미궁 입구로 모습을 드러내기 시작했다.

'귀찮게 달라붙기는. 일단 속도를 좀 더 높여볼까.'

미리 수정구를 꺼내 어딘가로 통신을 취한 용찬은 재빨리 뇌보로 자리를 벗어났다. 그리고 허겁지겁 달려오는 플레이어들을 떨쳐내며 미로 속 길을 쭉 내달리기 시작했다.

[마왕성 병사 소환]

[바쿤 등급:C (등급의 영향으로 인해 소환 가능 인원은 5로 조정됩니다.)]

[1. 루시엔]

[2. 쿨단]

…….

[9. 아이리스]

마왕성의 등급이 상승하며 새로 업데이트된 병사 목록들. 그런데 새로 추가된 마지막 항목은 당황스럽기 그지없었다.

'왜 여기에 아이리스가 있는 거지? 인간 NPC가 마왕성 소속이 될 리는 없을 텐데?'

혹여 정원사로 전직한 것이 무슨 영향이라도 준 것일까.

예상치 못한 아이리스의 이름에 순간 호기심이 동했지만 당장 그녀의 능력들은 여기서 필요가 없었다. 때문에 용찬은 미리 통신을 통해 준비시켜 둔 루시엔, 쿨단, 헥토르, 위르겐, 록시 등을 소환시켰다.

"엇차. 착지 성공!"

"페페펭. 급히 준비하고 오긴 했지만 여긴 또 어디입니까. 마왕님.”

“미궁? 아니, 그런 것치곤 느껴지는 마력들이 희미해.”

소환된 병사들은 복잡하게 얽힌 미로를 보며 제각기 다른 반응을 보였다.

하지만 그것도 잠시.

“쿠어어어!”

“그륵. 그르륵!”

“뭐야. 저것들은. 엄청 비실비실하게 생겼는데 죽여도 되는 거예요?”

정면에서 몰려오는 구울과 스펙터들의 모습에 루시엔이 가장 먼저 레이저 소드를 꺼내 들었다. 보통 미로를 잘 모르는 플레이어들이라면 거의 며칠 동안은 헤매게 되는 판의 미로. 매일같이 미로의 길이 뒤바뀌어 앞서 나간 자들도 완벽한 공략법을 내놓지는 못했지만, 누구나 알고 있는 단 하나의 법칙이 있었다.

“어차피 피라미 같은 놈들이다. 죽이면서 따라와라.”

-죽인다. 몬스터. 처단한다. 방해꾼!

“페페페펭. 절 버리지 마십시오. 마왕님!”

기껏 D급 수준의 언데드형 몬스터들. 지긋지긋한 수행 과제에 매달려 있던 병사들은 스트레스를 풀듯 마음껏 날뛰었고, 선두에 선 용찬은 왼쪽 벽을 따라 쭉 내달리기 시작했다.

"체셔. 네가 할 일이 생겼다."

"냐앙? 맡겨만 달라. 주인!"

"날아가라."

"냐아아아아-!"

강속구처럼 쏘아진 체셔가 수백 마리의 몬스터들 사이에서 기체로 물들었다.

털썩! 털썩!

하급 몬스터들을 상대로 뛰어난 효과를 발휘하는 기체화.

그사이 록시는 아예 공중으로 올라가 빠르게 출구를 찾으려 했던 것인지 뒤늦게 플라이를 시전했다.

다만.

"아아악!"

안타깝게도 판의 미로 속에선 감지계, 소환계, 변화계는 일절 금지되어 있었다.

'이런. 미리 설명해 준다는 것을 깜빡했군.'

페널티를 어긴 대가는 경련이 일 정도의 치명적인 고통.

한참 비명을 내지르던 록시는 얼마 되지 않아 바닥으로 추락했고, 빠르게 몸을 날려 신형을 낚아챈 용찬 덕분에 간신히 추가적인 피해는 모면할 수 있었다.

"내가 말해주는 것을 깜빡했군. 여기서 그런 마법은 통하지 않는다. 내 잘못도 있으니 이 상태로 몸부터 추슬러라."

“저, 전 괜찮습니다. 그러니까…….”

“고집 피우지 마라. 당장 거동도 못 할 테니 이대로 간다.”

“…….”

어쩌다 이렇게 되어버린 것일까. 거부할 새도 없이 용찬의 품에 안기게 된 록시는 화끈거리는 얼굴을 차마 숨기지도 못한 채 계속해서 그의 얼굴을 올려다봐야 했다.

“칫. 저 자식. 뭐 하고 있는 거야.”

“정 부러우시면 누님도 마왕님한테 부탁해 봐요.”

“뭐, 뭐라는 거야. 죽을래?”

“으악. 살려줘요!”

여유가 묻어나는 전투 속에서 눈치 없이 굴던 헥토르가 금세 머리를 쥐어 잡힌다.

“페에에엥. 편하구만.”

-승리, 나의! 지상주의, 외모!

“이이익. 다신 그딴 소리 못 하게 해주마!”

어깨 위에서 연초를 뻑뻑 피워대는 위르겐, 스켈레톤 병사를 상대로 뼈 자랑을 하고 있는 굴단, 헥토르의 머리를 쥐어 잡고 한껏 성질을 부리는 루시엔까지. 겉으로만 보면 정말 가관이었지만 그만큼 병사들이 성장했다는 뜻이기도 했다.

물론.

‘가면 갈수록 난장판이 되어가는군. 조만간 날 잡아서 다시

교육이라도 시켜야겠어.'

용찬의 참교육(?)만큼은 피해가지 못하는 운명이었지만 말이다.

그렇게 난장판이 되어가는 분위기 속에서 바쿤 일행은 단 하루 만에 미로의 출구를 찾아냈고, 얼마 있지 않아 10층으로 정상 진입할 수 있었다.

[10층-지하 세계 라비스(세이브 포인트)]

[층수를 저장했습니다.]

기나긴 미로를 지나 한 층 위로 올라서자 이번에는 감히 규모를 추정할 수 없을 정도로 넓은 동굴 내부가 드러났다.

'역시 10층까진 얼마 걸리지 않는군. 마왕으로 입장하면 세이브가 불가능할 수도 있으니 일단 도시까진 가볼까.'

지상과 달리 지하의 세계는 끝을 알 수 없을 정도로 깊었다. 도시를 중심으로 수십 갈래 길이 쭉 이어져 있었고 인간은 소인으로 보일 정도로 동굴도 넓었다. 당장 현재 위치가 어디인지도 알 수 없는 상황에서 가장 시급한 것은 지도일 것이다.

[탐색이 시전됩니다.]

[탐색 불능!]

[현재 필드에 감지계 스킬 페널티가 걸려 있습니다.]

"일단 여기도 미로와 동일하게 달라진 건 없는 것 같군."

일부 히든 피스의 위치만 빼면 10층까진 거의 기억과 일치했다. 미리 병사들을 역소환시킨 용찬은 정보 차단과 마력 차단 주문서를 사용한 뒤 발걸음을 옮기기 시작했다.

그리고 얼마나 길을 따라 쭉 걸었을까.

쿠구구궁!

동굴의 천장이 들썩거리더니 이내 바닥 전체가 흔들리기 시작했다.

'그러고 보니 이 시기 리미트리스는 페이튼 놈들과 경쟁을 벌이고 있었던가? 상층에서 치열하게 치고받고 있겠군.'

원인은 지극히 간단했다. 10층 이후부터 다른 진영 플레이어들과 충돌할 수 있으며 그 여파가 탑 전체로 전해지고 있는 것이다. 오직 최상층으로 올라가기 위해 서로 끈질기게 물어뜯고 방해하는 상황이라고 볼 수 있었다.

'……첫 번째 목표라. 20층부턴 나도 주의해야겠어.'

다시 마왕으로서 입장할 예정이긴 했지만 랭커들과 대형 길드가 다수 존재하는 경쟁 지역에선 주의할 게 한두 가지가 아니었다.

철컥!

그렇게 얼마나 상념에 젖어 있었을까.

"어이. 거기 멈춰. 여기서부턴 통행세를 내야 한다고."

정면에서부터 길을 막고 서 있던 플레이어가 다짜고짜 시위를 겨누며 말했다.

"통행세? 여기 그런 게 있었던가?"

"하. 10층에 처음 오는 것 같은데 이 근처는 파우스트 길드가 접수하고 있다고. 죽기 싫으면 얼른 1만 골드를 내놔."

걸쭉하게 바닥에 침을 뱉은 사내가 손을 내뻗는다. 1만 골드면 정확히 5층을 클리어하고 받는 보상 수준이다. 주로 하층에서 올라온 플레이어들을 목표로 노려온 것인지 능숙히 협박을 해오고 있었다.

"흐음. 대충 장비들로 봤을 때 D급 정도인가. 이놈 상대로 적당하겠어."

"뭐라고 씨불이는 거야? 얼른 바닥에 머리 박고 얌전히 골드나……."

"냐아아아!"

반지에서 불쑥 튀어나온 고양이가 부메랑처럼 날아갔다.

"끄아아악. 뭐, 뭐야. 이 자식은. 떨어져!"

"냐앙. 냐아아!"

손에 쥐고 있던 석궁까지 던져 버리며 발버둥 치는 사내. 하지만 체셔는 아랑곳하지 않고 계속 얼굴에 달라붙어 고통을 선사했다.

"뭐야. 무슨 일이야?"

"분명 한 명이었잖아. 설마 역으로 당한 거야?"

"헉. 이 고양이는 또 뭐야!"

멀리서 비명 소리를 듣고 달려온 동료들이 당황한다. 기껏 통행세를 받기 위해 보내놓은 놈이 고양이 한 마리에게 당하고 있으니 그럴 수밖에. 지금도 놈은 반항조차 하지 못하고 얼굴을 할퀴는 발톱에 강렬한 고통을 받고 있었다.

"제, 젠장. 우선 이것부터 떼어……."

"냐아아. 하찮은 인간 놈들!"

"끄아아악!"

이젠 기체화까지 시전해 플레이어들을 괴롭히는 어둠의 정령. 한참 그 광경을 지켜보던 용찬은 문득 지도가 떠올라 입가를 말아 올렸다.

'마침 잘됐군.'

"정말 가진 게 이것뿐이냐."

"예, 예. 믿어주십쇼. 정말 이것뿐입니다."

"뭐, 애당초 네놈들에게 기대한 건 아니지만 심각하군."

몇 달 동안 이 근처 일대를 지배하듯 지나가는 플레이어들에게 통행세를 뜯어온 파우스트 길드. 머더러는 되기 싫었던 것인지 살인은 저지른 적이 없었지만, 일방적으로 협박만 하다 보니 골드를 모으기엔 한계가 있었다. 그 증거로 당장 놈들이 뱉어낸 골드는 20만 골드 수준이었다.

용찬은 무릎 꿇고 앉아 있는 놈들을 한심하다는 듯 쳐다보다 이내 골드 주머니를 품속에 집어넣었다.

"아무튼, 이건 내가 가져간다. 지도도 잘 써주마."

"크흐흡. 이런 곳에서 랭커를 만날 줄이야."

끝까지 놈들은 자신을 랭커라고 착각했지만, 정체를 밝힌 적이 없어 정확히 누구인지는 알지 못했다. 때문에 용찬도 번거롭게 뒤처리를 하지 않고 금방 자리를 뜰 수 있었다.

[라비스의 지도 A]

'지도 A면 내가 있던 곳은 도시에서 동쪽이었나 보군.'

도저히 끝을 알 수 없는 규모의 동굴이었기에 아예 도시를 중심으로 동서남북을 나눠 만든 현 라비스의 지도들이다. 그러다 보니 동쪽에 속하는 지도 A에는 일부 지역들까지만 표기되어 있었는데, 다행히 일부 지역에서 도시로 이어지는 길까지 포함되어 있었다.

"냐아앙. 주인. 칭찬해 달라."

"그래. 너도 쓸데가 다 있군."

"캬하아악!"

칭찬이 마음에 들지 않았던 것일까. 격하게 털을 쭈뼛 세우던 체셔가 얼마 되지 않아 반지 속에 쏙 들어가 버렸다.

'어둠의 정령이라서 그런지 영 까탈스럽군. 설마 다른 정령들도 이런 건 아니겠지.'

지도를 들여다보던 용찬은 잠시 속성력들을 확인했다.

[뇌 속성력:6단계(C급)]

[어둠의 속성력:7단계(C급)]

[빛의 속성력:?]

[물의 속성력:1단계(C급)]

그 사이 어느 정도 발전이 있었던 것인지 뇌 속성력과 어둠의 속성력이 각각 한 단계씩 상승해 있었다.

'물의 속성력은 언제 또 숙련도가 오른 거지? 직접 영향을 줄 만한 장비는 착용한 적이 없었는데. 그리고 빛의 속성력은 왜 갑자기?'

전자의 경우 레비아탄의 영역이 그나마 원인으로 의심이 되었지만, 후자의 경우엔 당최 감이 잡히는 게 없었다. 특히나 정보창의 신성력 능력치마저 물음표로 표기된 상황이 아니던가. 헨드릭에게 친화력의 재능이 있는 만큼 그것을 더욱 활용하기 위해선 속성력에 대해서도 시간이 나는 대로 자세히 알아봐야 했다.

'결국 이것도 아리샤한테 물어봐야 되는 건가.'

마법의 극에 달한 마녀들인 만큼 그녀의 조언도 충분히 도움이 될 것이다.

"어이. 거기 멈춰라."

속성력을 확인하는 사이 도시 입구에 도착한 것인지 높이 지어진 방책이 눈앞에 보였다. 정문에서 항시 대기하고 있는 경비병들 또한 익숙한 광경이었고, 기억대로 그들은 신분을 확인하기 위해 방책에서 내려와 용찬에게로 다가왔다.

"문신을 보여라. 플레이어!"

'머더러인지 확인하는 것도 여전하군.'

라비스의 중앙 도시 파옌. 악몽의 탑에선 가장 하층에 자리 잡고 있는 도시였지만, 대부분의 신규 플레이어들은 반드시 이곳을 지나가야 했기에 유입도 꾸준히 늘어나고 있었다.

때문에 최하층의 도시임에도 불구하고 관리 및 치안을 각별히 신경을 쓰고 있는 상태였다.

"나비 모양의 문신. 붉게 변한 흔적은 없군. 하지만 명심해라. 도시 내에서 소란을 일으킬 시 경고 없이 즉시 퇴출시킨다는 것을."

"명심하지."

한참 손등을 확인하던 경비병이 마침내 허가를 내주었다.

'역시 문신을 확인하기는 해도 마무리가 엉성하단 말이지. 이러니까 머더러 놈들이 상층에서 활개 치고 다닐 수밖에.'

머더러들이 정체를 숨기는 방법은 갈수록 치밀해지고 있었다. 일부는 가짜 문신까지 새겨 의심을 벗어나기도 하지 않은가. 그런 면에서 볼 때 파옌의 신원 확인은 무척 허술하다고 볼 수 있었다.

'뭐, 내 알 바 아니지.'

방책을 지나 마을로 들어서자 거리를 오가는 수많은 사람들이 보인다. 대부분은 10층에 머물러 있는 플레이어들이었지만 간간이 파옌에 거주하고 있는 NPC들도 보였다.

그리고 그 사이로 묘한 눈빛을 지닌 자들도 몇몇 포착이 되었는데…….

피잉!

놈들은 주로 길드에서 파견된 스카우터들이었다.

[마력 차단 주문서가 발동 중입니다.]

[간파 실패!]

허공에서 꿈틀대는 푸른 아지랑이. 기회를 노리던 디텍터 한 명이 감지계 스킬을 발동하다 이내 주문서 효과에 막힌 것인지, 마력이 담긴 스킬이 그대로 소멸되고 말았다.

'중급 주문서를 안 챙겨 왔으면 큰일 날 뻔했군. 대형 길드에서까지 스카우터를 파견시켜 놓은 건가. C급 디텍터까지 자리 잡고 있을 줄이야.'

아직까지 발굴 못 한 인재들을 영입하기 위해 온갖 방법을 동원하는 스카우터들이다.

"거기 당신. 보아하니……."

"사양하지."

"어어, 이봐?"

놈들과 엮이지 않으려면 사전에 떨쳐내는 방법뿐. 용찬은 가까이 접근하는 디텍터들을 피해 최대한 도시 안쪽으로 진입했다.

"2층 빈방 아무 데나 사용하슈."

여관에서 방을 잡는 것은 어렵지 않았다. 정해진 비용만큼 미리 골드를 지불하고 열쇠를 받아 숙박을 이용하면 될 뿐.

인적이 드문 여관으로 자리를 잡은 용찬은 가장 먼저 위르겐을 소환해 플레이어 한 명을 찾기 시작했다.

"페페펭. 이 도시엔 다른 디텍터들도 많은 것 같은데 혹시 걸리진 않을까 걱정됩니다."

"그건 걱정하지 마라. 주문서는 적당히 챙겨 왔으니까. 넌 내가 말하는 놈만 잘 찾으면 돼."

"페엥. 머리는 적갈색, 눈은 보라색을 띠고 있는 호리호리한 청년이라. 따로 몸에 지니고 다니는 것은 없습니까?"

"굳이 있다면 오른손에 쥐고 다니는 녹색 오브일 거다."

"알겠습니다. 최대한 빠른 시일 내로 찾아보겠습니다. 펭!"

마왕보다 먼저 플레이어로 입장해 10층까지 도달한 이유.

그것은 혹시나 하는 상황에 대비해 층수를 저장하는 것도 있었지만, 주된 목표는 파옌에 머무르고 있는 리미트리스 진영의 플레이어였다.

'기억과 일치한다면 놈은 분명 파옌에서 동료들과 함께 머무르고 있다.'

거리를 오가는 인파가 제법 되긴 했지만, 어느 정도 시간을 투자한다면 충분히 찾아낼 수 있었다.

모든 준비가 끝나자 본격적으로 수색이 시작되었고, 매일같이 줄어드는 주문서들 속에서 마침내 위르겐이 원하던 플레이어를 찾아내는 데 성공했다.

"찾았습니다. 페펭!"

"거의 3일 차인가. 그래도 만족스럽군."

"페페펭. 저기 저놈입니다."

3일째가 되어 목표를 발견할 당시, 놈은 한동안 바깥에 나가 있다 돌아온 것인지 먼지투성이인 상태로 동료들과 함께 여관에 들어가고 있었다.

'역시 다른 동료들과 함께 10층에서 지내고 있었군. 이제 얼마 있지 않아 안개섬에 도전하려 들겠지. 그전에 먼저…….'

수색에 성공했다면 남은 것은 움직이는 것뿐.

미리 여관의 위치를 확인한 용찬은 조심히 주변부터 접근해 차근차근 거리를 좁혀갔다. 그리고 놈들이 다시 바깥으로 나가는 순간 침착히 투명화를 사용해 뒤를 밟았고.

[추적 벌레를 사용했습니다.]

[지정한 대상의 위치를 계속해서 추적합니다.]

마침내 원하던 바를 이뤄낼 수 있었다.

'아직 마력 기술을 배우지 않은 놈들이라면 쉽게 추적 벌레를 발견하지 못하겠지. 이대로 퀘스트를 진행하며 기다리기만 하면 되겠어.'

상대방의 몸에 달라붙어 대상의 위치를 시시각각 전달해 주는 추적 벌레다. 비록 마력에 약하다는 것이 단점이긴 했지만, 일행에 마법사가 없다는 것까지 확인한 상태였다.

"응? 방금 무슨 소리 나지 않았어?"

"방금 선욱 오빠가 너 욕한 소리일걸?"

"웃기시네. 어디서 약을 팔어?"

추적 벌레가 달라붙은 표적은 궁수로 보이는 은발의 여성. 다행히 그들은 갑옷 깊숙한 곳에 달라붙은 벌레를 발견하지 못한 듯했다. 그제야 용찬은 흡족해하며 도시로 돌아왔고 이내 눈앞으로 뜬 메시지를 확인했다.

[추적 벌레-라비스 서쪽 구역]

레어급 아이템답게 벌써부터 목표의 위치를 보고해온다. 상세한 위치까진 표기되지 않았지만, 이 정도만 해도 충분히 만족스러웠다.

'로버트에게 미리 지시해 둔 보람이 있군. 그러면 이제 마왕으로 입장해 볼…….'

[유한성:지금 어디쯤 올라가 계십니까. C급 플레이어라고 말씀해 주시긴 했지만 1층부터 시작하시는 거면 27층까진 그래도 시간이 꽤 걸리실 텐데.]

마침 퀘스트의 목표인 한성이 또다시 재촉해 왔다.

며칠 동안 제대로 된 메시지를 보내지 않았으니 조급해질 만도 할 터.

[곧 20층이니까 걱정 마라. 금방 다시 연락해 주마.]

한 통의 메시지로 그를 안심시켜 놓은 용찬은 즉시 바쿤으로 귀환해 다시 게이트 앞으로 섰다.

[악몽의 탑에 입장하시겠습니까?]

[1. 마왕]

[2. 플레이어]

"이번에는 마왕으로 입장한다."

대답과 동시에 흐릿해지는 시야.

[악몽의 탑에 입장했습니다.]

[20층-헤르센성 외곽]

20층으로 이동된 용찬은 천천히 감긴 눈을 떴다.

그리고.

"취익, 취익!"

"끄아악. 사, 살려줘!"

"크하하하. 이토록 즐겁게 인간들을 사냥할 수 있다니!"

광기에 젖은 학살의 현장을 눈앞에서 직접 목격할 수 있었다.

◀ 47장 ▶

헤르덴 함락전

용찬이 마왕으로서 20층에 진입한 사이, 그의 타깃이 됐던 일행은 추적 벌레가 달라붙은 줄도 모른 채 느긋하게 사냥에 나서고 있었다.

"선욱 오빠. 오른쪽, 오른쪽!"

"말 안 해도…… 알아!"

손에 쥔 녹색 오브에서 푸른 마력이 들끓는다. 목표는 우측에서 몰려오는 디딘 오크들. 시전 준비가 모두 끝난 선욱은 지체 없이 양팔을 쭉 내뻗으며 놈들에게 지옥 같은 불길을 선사했다.

"취에에엑!"

"좋아. 이대로 마무리 들어간다!"

정면에서 다수의 오크들을 막아내고 있던 존이 방패를 내려쳤다.

[방패병 존의 대지진이 시전됩니다.]

[지정된 범위의 적들을 강제로 다운시킵니다.]

도미노처럼 연달아 쓰러지기 시작한 티탄 오크들. 그 틈을 놓칠세라 후방에 있던 설화가 번쩍 뛰어올라 시위를 잡아당겼다.

슈슈슈슉!

가공할 위력이 담긴 마력 화살들이 쓰러진 오크들 위로 쏟아진다. 선천적으로 마법 저항력을 지니고 태어난 티탄 족이었기 때문에 피해는 그다지 크지 않았지만, 이미 전투의 흐름은 일행들 쪽으로 넘어와 있다고 해도 과언이 아니었다.

그 증거로 놈들이 자리에서 일어나는 사이 성직자인 은아가 존을 치유하고 있었고, 선욱은 이미 두 번째 마법의 캐스팅을 절반 이상 끝낸 참이었다. 게다가 후방을 지원하던 기사 페트슨까지 다시 선두로 합류한 상황.

[티탄 오크 전사병의 몰아치기가 시전됩니다.]

[기사 페트슨의 레이언 검술 4식이 시전됩니다.]

뒤늦게 오크들이 반격을 시도해 봤지만 변화무쌍함 검격에 금방 찢겨져 나갈 뿐이었다.

"한 방 더 간다. 다들 뒤로 물러나!"

"야야. 잠시만. 기다……."

쿠웅! 쾅쾅쾅!

아슬아슬한 간격 차이로 존 앞에 떨어지는 커다란 돌덩이들. 폭발 효과가 심어져 있던 돌덩이들은 바닥에 충돌하자마자 큰 범위로 피해를 주며 터져 나갔고, 존은 간신히 은아에게 보호막을 받으며 자리에서 벗어났다.

"안선욱. 나한테 무슨 원한이라도 있는 거냐?"

"형이라면 살아남을 줄 알았지. 어차피 은아도 있잖아."

"형 같은 소리 하네. 죽는 줄 알고 식겁했다. 이 자식아!"

"뭐, 결과만 좋으면 그만이잖아. 안 그래?"

"에휴. 내가 말을 말아야지."

늘 결과만 따지고 드는 선욱은 이번에도 어김없이 오크들의 시체를 가리키며 상황을 넘어가려 들었다. 탱커 입장에선 아찔할 정도로 위험한 상황이었지만 이미 수십 차례씩이나 이런 상황을 겪어온 존이었기에 고개만 흔들 뿐이었다.

찰싹!

"오빠. 내가 사진에 밀이라도 좀 하고 사용하라고 했지. 방금도 존 오빠 죽을 뻔했잖아!"

"끄응. 말은 했잖아. 다들 뒤로 물러나라고. 분명히 난 말했다고."

"으이그. 끝까지 말대꾸는. 됐고 아이템 수거나 좀 도와!"

"아, 알았어."

결국, 보다 못한 설화가 다가와 등짝을 후려쳤다. 그제야 꼬리를 내리는 선욱이었다. 그렇게 어색하던 분위기가 전환됐고 다른 일행들도 서둘러 아이템 및 장비들을 수거했다.

"아참. 그나저나 정말 우리끼리 안개섬에 도전하는 거야? 다른 파티원 한 명도 없이?"

한참 인벤토리를 채워 나가던 중에, 설화가 잠시 잊고 있던 목표에 대해 다시 언급했다.

안개섬. 악몽의 탑 1층부터 도전할 수 있음에도 불구하고 단 한 명도 클리어한 적이 없는 미지의 미션. 다행히 등급 제한은 없었지만 아직 안개섬에 대한 정보가 풀리지 않았기에 이런 파티로는 한계가 있을지도 몰랐다.

"하긴 그 잘난 랭커들도 살아 돌아온 적이 없었다고 하니까 이대로는 약간 부족할지도 모르지."

"아냐. 아냐. 저번에 내가 말한 거 그새 잊었어? 등급 제한이 없는 미션은 랭커든 초보든 아무런 상관없다니까."

"기억은 하고 있다만. 무슨 좋은 수가 있긴 한 거야?"

존의 물음에 선욱이 살며시 입가를 말아 올렸다. 여태껏 수

많은 미션을 거쳐 오면서 다양한 구조들을 겪어온 자신이지 않은가. 등급 제한도 없고 인원 제한도 없는 안개섬의 구조 또한 어느 정도 예상은 되고 있었다. 지금 일행들에게 가장 필요한 것은 쓸 만한 동료들뿐.

"당연하지. 잠자코 기다리고만 있어. 내가 아주 쓸 만한 동료들을 데리고 올 테니까."

그날 선욱은 두둑한 보수를 미끼로 삼아 파엔에서 파티원을 모집하기 시작했고, 얼마 지나지 않아 세 명의 플레이어를 여관으로 모을 수 있었다.

"정말 짐꾼 역할만 해내면 이 보수를 지급해 준다는 말씀이십니까?"

"물론입니다."

"그러면 목적지는……."

"아, 그건 내일 알려 드리도록 하죠. 어디 보자. 선필 님, 지후 님. 그리고 리우청 님?"

쓸 만한 동료들.

"일단은 제가 말씀드린 시간까지 정문으로 모여주시면 될 것 같습니다."

그것도 무척 자신들에게 도움이 되는 동료들로 말이다.

[마왕군의 기세가 하늘을 찌르고 있습니다!]

[헤르덴 성 병사들의 사기가 떨어지기 시작합니다.]

안간힘을 다해 외곽을 지켜내는 병사들과 성벽을 박살 내며 내부로 진입하는 몬스터들. 그 중심에서 플레이어들이 병사들을 도와 성벽을 사수하고 있었지만, 마왕이 지휘하는 마왕성의 부대 앞에선 무력하기 그지없었다. 한참 그 광경을 지켜보던 용찬은 생소한 메시지에 정신을 차렸다.

[긴급 미션!]

[현재 당신은 마왕으로서 헤르덴 성 외곽까지 도달한 상태다. 다른 마왕들과 힘을 합쳐 헤르덴 성을 함락시켜라!]

[목표:헤르덴 성 함락 0/1]

'플레이어와는 정반대 입장이라 이건가. 마왕만의 방식으로 층을 올라간다라. 썩 나쁘진 않군.'

만약 회귀 이전이었다면 자신도 마왕들을 상대로 열심히 성을 지켜내고 있었을 것이다. 다만, 안타깝게도 현재는 마왕으로서 악몽의 탑에 입장한 상태였다.

'헤르덴 성이면 페이튼 진영이 차지하고 있는 곳이었나?'

20층 필드에 존재하는 일곱 개의 성들. 그중에서 헤르덴 성은 페이튼 진영이 차지한 두 번째 성이었다. 아마 헤르덴 성을 함락하는 즉시 다음 층으로 이동하게 될 터.

[층수를 저장했습니다.]

'마왕으로 입장해도 플레이어 시스템은 정상 작동하는군.'

세이브 시스템까지 확인한 용찬은 가장 먼저 새로 생긴 아이콘들부터 확인했다.

[병사 집결]

[무사 귀환]

병사들을 단숨에 자신의 위치로 이동시키는 병사 집결과 대기 시간 없이 마왕성으로 돌아갈 수 있는 무사 귀환까지. 공략을 저지하는 마왕들의 입장에선 이만한 혜택이 없었다.

[자동 역소환]

게다가 전투 도중 죽을 시 자동으로 역소환되는 것인지 세 번째 아이콘에는 마왕성 모양의 그림까지 그려져 있었다.

'어느 정도 예상은 하고 있었지만 이런 시스템까지 가지고 있었을 줄이야. 죽여도 계속 다시 돌아오던 이유가 이것 때문이었나 보군. 이러면 죽음을 두려워할 필요도 없겠어.'

물론 다시 악몽의 탑으로 입장하려면 한 달가량의 기간이 걸렸지만, 본체가 소멸되지 않는 것만 해도 어디인가.

그렇게 마왕의 시스템들을 모두 확인한 용찬은 가장 먼저 가까이 보이는 마왕에게로 다가갔다.

"그래. 좀 더 그렇게 파고들란 말이야!"

"이봐."

"뭐야. 나 지금 바쁜 거 안 보…… 히에에엑?"

검은 두더지 한 마리가 자리에서 폴짝 뛰어오른다.

한때 바쿤과 서열전을 치른 경험이 있던 47위의 마왕 가우론. 놈은 한동안 서열전도 미루고 악몽의 탑에 들어와 있던 것인지 홀로 후방에서 병사들을 지휘하고 있었다.

"헤, 헨드릭 프로이스?"

"그렇게 두려워할 필요는 없을 텐데. 어차피 여기선 같은 동료 아니었나?"

"아, 맞아. 그랬었지. 같은 동료였었어!"

"그래. 동료지. 근데 네놈은 여기서 뭐 하는 거냐. 기껏 다른 마왕들은 병사들과 함께 성을 함락시키려 달려들고 있는데 넌 여기서 병사들이나 지휘하고 있고. 정말 한심하기 짝에 없는 모습이군."

정곡을 찌르는 용찬의 말에 가우론이 입을 꾹 다물었다.

자동 역소환이란 큰 혜택까지 선사된 마당에 혼자서 병사들을 지휘하는 것은 사실상 꼴사나운 짓이나 다름없었다. 본인도 뒤늦게 그것을 자각한 것인지 이내 고개를 푹 떨구었지만, 용찬은 멈추지 않았다.

"네 그 잘난 권능은 어디 버려두고 이러고 있는 거냐."

"하, 하지만 굴착의 권능을 써서 안으로 진입한다고 해도 거기엔 괴물 같은 플레이어 놈들만 득실거리고 있다고. 다른 마왕 놈들이 날 따라와 줄 리도 없는데 나 혼자 가봤자 괜히 병사들만 잃는 꼴이야."

"겨우 병사들 잃는 것 가지고 이렇게 빌빌거리고 있다니. 따라와라. 내가 도와주도록 하지."

"……날 도와준다고? 아니, 갑자기 왜?"

"그럼 여기서 계속 시간만 버리고 있을 거냐. 언제 성이 함락될 줄 알고?"

자동 역소환만 믿고 무작정 성벽으로 돌진하는 마왕들과 병사들. 그리고 변화계, 감지계 기술들을 방해하고 있는 페이트 진영의 마법사들까지. 이런 상황에서 다른 마왕들을 따라 정면을 고집한다고 해서 성이 쉽게 함락될 리 없었다.

때문에 용찬은 굴착의 권능을 가지고 있는 가우론을 데리고 반대편 성벽을 노리기로 했다.

"이런. 언제 여기까지 마족 놈들이 온 거야?"

"젠장. 저기 앞에 있는 녀석부터 처치……."

콰앙!

성벽 위로 라이트닝 볼텍스가 작렬한다.

정문과 달리 비교적 감시가 허술하던 반대편이었지만 그래도 어느 정도 인원은 포진되어 있었다.

'헤르덴 성을 지키고 있는 랭커라면 요시다와 아나스타샤였던가. 그 두 명만 처리하면 나머지는 손쉽겠어.'

다른 C급 플레이어들도 경계 대상이긴 했지만, 성을 함락시키려면 놈들의 우두머리부터 잡을 필요가 있었다.

[바쿤의 정식 용병 위르겐이 소환됩니다.]

어깨 위로 날개를 퍼덕거리며 모습을 드러내는 위르겐.

"페페펭. 부르셨습니까. 마왕님!"

"바닥으로 왕관을 던져라."

"페펭?"

한참 플레이어들을 때려눕히던 용찬의 지시에 급히 바닥으로 왕관을 집어 던졌다. 그러자 반대편 성벽 부근으로 짙은 연기가 뿜어져 나왔고, 몸을 오들오들 떨고 있던 가우론은 시야가 가려진 틈을 타 땅을 파기 시작했다.

"내, 내가 어쩌다 여기까지 따라와서."

"잔말 말고 열심히 땅이나 파라. 그동안 디텍터들을 처리해 줄 테니까."

"……."

이젠 일방적으로 지시까지 내리는 바쿤의 마왕. 순간적으로 자존심에 금이 갔지만 차마 반항할 수 없었다.

"끄아아악. 살려줘!"

"무슨 마족이 이렇게 강해. 어서 지원군을 불러!"

"디텍터들은 어디 갔어. 얼른 데려…… 커억!"

그도 그럴 것이 전투적인 능력이 거의 없는 자신과 달리 용찬은 너무도 강했다. 지금도 무수히 몰려온 플레이어들이 하늘에 날아다니고(?) 있지 않은가.

잠시 그 광경을 지켜보던 가우론은 이내 고개를 돌렸다.

'열심히 땅이나 파자. 나머진 알아서 하겠지.'

총 일곱 개의 성이 존재하는 20층의 필드 루가테인. 이곳에서 21층으로 올라가는 방법은 생각보다 단순하다. 진영에서 차지한 성을 일주일 동안 지키는 것. 이 목표를 위해 페이튼 진영도 치열하게 경쟁을 벌이며 두 개의 성을 차지한 상태였지만, 예기치 못한 마왕들의 군세들로 인해 헤르덴은 때아닌 수성전을 치르고 있었다.

"다른 성도 아니고 왜 하필 우리 헤르덴 성에 나타난 거야. 젠장. 미쳐 돌아버리겠네. 이제 2일만 버티면 21층으로 올라갈 수 있는 건데."

"운이 더럽게 나빴다고 해야 되나. 하필 리미트리스 놈들과 교전 중인 상태에서 저놈들이 나타날 줄이야."

길드의 지시를 받아 헤르덴 성을 관리하게 된 요시다와 아나스타샤는 심정이 착잡하기만 했다. 물자 보급도 제대로 이루어지지 않는 열악한 상황 속에서 마왕들은 죽음도 불사하며 달려들고 있었고, 페이튼이 차지한 다른 성은 리미트리스 진영과 공성을 치르고 있어 증원 요청도 불가능했다.

그나마 다행이라면 마왕군이 우둔하게 정면만 고집하고 있다는 것이었지만 이대로 수성이 지속된다면 길드의 피해도 만만치 않을 수밖에 없었다. 그걸 알기 때문에 사령관으로 파견된 자신들도 최대한 C급 길드원들을 투입시키지 않고 있던 게 아니던가.

최상층에서 전황을 살피던 아나스타샤는 개미 떼 같이 몰려오는 마왕성 병사들을 보며 인상을 구겼다.

"정말 상대하기 싫은 놈들이야. 거의 밀어붙였다 싶으면 금방 마왕성으로 돌아가 회복을 마치고 다시 돌아오질 않나. 직접 마왕을 죽여도 한 달 정도 뒤에 말짱한 상태로 다시 나타나질 않나. 어휴. 징그러운 놈들."

"그래서 마왕들은 만나면 피하는 게 상책이라잖아. 수성만 아니었으면 애당초 상대도 안 했을 거라고."

"하아. 이대로 간다면 결국 C급 플레이어까지 총동원해야 할지도 모르겠어. 그나마 마왕들끼리 규합하지 않는 게 다행이긴 한데……."

자존심이 드높은 마왕들은 절대 다른 마왕과 손을 잡지 않았다. 문제는 힘을 합치지 않아도 한 명 한 명이 수백의 군세를 가지고 있다는 것이다. 때문에 아나스타샤도 슬슬 내부로 진입할 놈들을 염두해 전력을 한곳에 집중시키려 했다.

하지만 그것도 잠시.

"요시다 님. 아나스타샤 님. 큰일 났습니다. 후문에 투입되어 있던 인원이 전부 당했습니다!"

"뭐? 대체 몇 놈이 돌아온 건데?"

"그, 그게 한 놈입니다."

최상층으로 올라온 디넥너의 보고에 요시다가 자리에서 벌떡 일어났다.

"……한 놈에게 전부 당했다고?"

[가우론 레이실이 굴착의 권능을 발동 중입니다.]

예상대로 가우론의 굴착 능력은 뛰어났다. 후문의 플레이어들을 상대하는 사이 성벽 근처까지 땅굴을 만들어놓았으니 실력은 넘친다고 볼 수 있었다.

'마치 굴착기를 들고 다니는 기분인데. 이런 걸 보며 생긴 대로 논다는 건가.'

마계 두더지 같은 외형을 지닌 우로스 마왕성의 주인. 문득 렐슨의 기술이 떠올랐지만, 무한대로 땅을 팔 수 있는 놈의 권능과는 비교 자체가 불가능했다. 마지막 플레이어를 때려눕힌 채 가만히 기다리고 있던 용찬은 그새를 못 참고 다시 땅굴 속으로 소리쳤다.

"성 내부까진 아직 먼 거냐."

"기, 기다려. 조금만 더 있으면 끝날 거야."

"얼마 안 있으면 다른 놈들까지 몰려올 거다. 서둘러라."

대놓고 후문에서 전투를 벌였으니 지휘관들에게 보고가 안 올라갈 리 없었다. 아마 조만간 추가 병력을 이끌고 다시금 후문을 사수할 터. 땅굴 깊숙이 박혀 있던 가우론의 대답이 들려왔지만 여기서 마냥 안심할 수는 없었다.

"페페펭. 마왕님도 그냥 느긋하게 기다리시죠. 당장 탐색자의 눈에 걸리는 놈들도 없지 않습니까."

"시야를 확보했다고 해서 우쭐거리지 마라. 시야를 뚫고 접근하는 방법은 여러 가지니까. 우선 연막이나 다시 뿌려놓도록 해."

"알겠습니다. 페펭."

연초를 입에 물고 있던 위르겐이 품속에서 새로운 왕관을 꺼내 들었다. 이젠 자가 복제까지 되는 제피르 일족 고유의 연막탄. 순간 왕관의 출처가 심히 궁금해졌지만, 용찬은 애써 호기심을 접어두었다. 그리고 후문으로는 감지계 기술의 방해가 없다는 것을 고려해 즉시 탐색 스킬을 시전했다.

띠링! 띠링!

한동안 숙련도를 올린 덕분에 C급으로 성장한 탐색 스킬. 그 등급에 걸맞게 상당한 범위를 자랑하며 멀리서 오는 추가 증원을 파악해 냈다.

"페페펭. 마왕님. 플레이어들이 접근하고 있습니다!"

마침 탐색자의 눈에도 발견이 된 것인지 시야 공유 화면이 나타났다. 성 내부에서부터 뛰쳐나오는 근접형 플레이어들과 디넥터로 보이는 인원 두 명. 그리고 선두에서 지시를 내리고 있는 무투가 한 명까지.

인원 파악을 모두 끝낸 용찬은 인상을 팍 구기며 성벽 위를 올려다봤고, 놈들은 얼마 되지 않아 탐색자의 눈을 발견해 낸 것인지 금방 시야들을 지워갔다.

"지휘관이 직접 후문으로 찾아올 줄이야. 이대로 있으면 안 되겠군. 위르겐. 넌 먼저 가우론을 따라가고 있어라."

"펭? 그럼 마왕님은?"

"난 시간을 좀 더 끌어야겠다. 성 내부까지 땅굴이 완성되면 곧바로 통신해라. 금방 따라갈 테니."

"알겠습니다. 페펭!"

여분의 통신 수정구를 하나 건네주자 금방 위르겐이 땅굴 속으로 사라졌다. 이제 남은 것은 땅굴이 완성될 때까지 시간을 버티는 것뿐.

"아직까지 여기 있을 거다. 무슨 짓거리를 하는지 모르겠지만, 얼른 찾아봐!"

마침 놈들도 성벽 위로 올라와 디텍터를 통해 시야부터 확보하려 들었다.

'그렇게는 안 되지.'

잠재되어 있던 뇌전들이 폭발적인 기세로 뿜어져 나왔다.

콰콰콰쾅!

이미 포션을 통해 마력은 일찌감치 회복한 상태. 성벽 위로 올라온 디텍터들의 모습에 용찬은 망설임 없이 마력탄을 쏘아 보냈다.

하지만 놈들의 기술까진 완벽히 막을 수 없던 것인지 금방 연기 속에서 존재가 발각됐고, 대기하고 있던 근접형 플레이어들이 즉시 성벽 아래로 내려왔다.

[사와무라 요시다의 고정 타깃이 시전됩니다.]

[페레스의 망토가 저항을 시도합니다.]

[저항 실패!]

[지속적으로 이동 경로를 간파당합니다.]

가장 먼저 퇴로를 끊겠다는 속셈인 것일까.

무투가, 아니, 요시다는 추적계 기술을 통해 이동 경로를 파악한 뒤 길드원들과 함께 사방으로 천천히 접근해 왔다.

"헨드릭 프로이스? 요즘은 마왕들이 연막까지 펼치며 수작질을 걸어오는 게 유행인 거냐?"

NPC 시스템에 적힌 이름을 확인한 것인지 요시다가 대놓고 이죽거리며 거리를 좁혀온다. 상대는 자신과 동일한 무투가 클래스의 랭커. 주위를 둘러싼 C급 플레이어까지 포함하면 약간은 아슬아슬한 상황이었다.

"오호라. 게다가 무투가였네. 어디 한번 실력 좀…… 윽?"

까앙!

먼저 선수를 친 것은 용찬이었다. 놈은 기간트 건틀릿의 위력에 사뭇 당황한 것인지 몸을 움찔거리다가 이내 본격적으로 반격을 가하기 시작했다.

[사와무라 요시다의 거인의 발걸음이 시전됩니다.]

[다간의 정밀한 흉갑의 효과가 발동됩니다.]

[상대방의 스킬 피해를 흡수합니다.]

바닥에 진동을 가해 상대방의 균형을 무너트리는 거인의 발걸음. 다만 안타깝게도 다간의 정밀한 흉갑은 그런 충격까지도 쉽게 흡수해 버렸다.

덥석!

적절한 순간에 치고 올라온 놈의 무릎이 건틀릿에 잡힌다. 하지만 요시다의 장비들도 무시할 순 없는 것인지 발목 보호대가 빛나며 폭발을 일으켰다.

"크윽?"

"좋아. 이때다. 얼른 합공해!"

한순간의 빈틈도 놓치지 않고 좌우로 도끼와 검날이 쇄도해 왔다. 그리고 그 기세를 몰아 정면으로 파고드는 요시다의 신형. 언제 기력을 모은 것인지 푸른 건틀릿에서부터 강렬한 기세가 전해져 왔다.

'이건 위험하겠어.'

이대로 합공에 당하면 아무리 자신이라도 위험했다. 할 수 없이 용찬은 파쇄로 바닥을 내려치며 몸을 회전시켰다.

탁!

"어, 어?"

섬광처럼 쇄도하던 검면이 튕겨져 나가자 검사 클래스의 플레이어가 당황해한다.

"한심하게 뭐 하고 있어! 저리 비켜!"

동료의 균형이 무너지자 뒤따라 달려들던 놈이 도끼를 양손으로 쥐어 사방으로 크게 휘둘렀다.

콰콰쾅!

마치 물결치듯 뒤집히는 바닥.

미리 범위를 알아채고 피해내긴 했지만, 자칫 잘못했으면 그대로 몸이 뭉개질 뻔한 상황이었다.

[켄지 무시로의 폭염용쇄가 시전됩니다.]

[차현중의 듀얼 소드가 시전됩니다.]

[사와무라 요시다의 레스트 아이언이 시전됩니다.]

서서히 놈들의 강력한 기술들이 하나둘씩 터져 나온다. 간신히 장비와 스킬들을 통해 버텨내고 있긴 했지만 C급 플레이어들을 상대로 더 이상 시간을 끌기엔 무리가 있었다.

다시금 요시다의 건틀릿을 막아내던 용찬은 50% 이상 떨어진 흉갑의 내구도를 확인하며 인상을 구겼다.

'대체 언제까지 기다려야 하는 거지. 설마 아직도…….'

지이이잉!

일방적인 공방 속에서 마침내 통신 수정구가 울려왔다. 마침내 성 내부까지 진입할 땅굴이 연결됐다는 의미였다.

"하아, 하아. 역시 마왕이라 이거냐. 더럽게 끈질기네. 제발 좀……."

파지지직!

지칠 대로 지친 요시다의 안면으로 뇌신장이 꽂힌다. 아까 전과 다른 기세로 뇌전을 끌어 올린 용찬은 백호신권을 발동시키며 주변 스킬들을 파훼시켰다. 그리고 인벤토리에서 잽싸게 최하급 엘릭서를 꺼내 복용한 뒤 입을 열었다.

"원래 시간만 끌고 갈 참이었는데 약간 생각이 바뀌었어."

"크으으으. 뭐라고?"

자리에서 일어나던 요시다의 안면이 점점 굳어져 갔다. 순식간에 용찬을 중심으로 소환되는 마왕성의 병사들. 유일하게 믿고 있던 수적 우세가 단숨에 역전되는 순간이었다.

"……그래. 어쩐지 병사들이 안 보인다 했더니 여태 소환하지 않고 있던 거였나. 하지만 우리도 이게 끝이 아니야."

상대가 증원을 불러왔다면 자신도 증원을 부를 수밖에.

[길드원 소환 동전이 발동됩니다.]

[지정된 길드원들이 시전자의 위치로 소환됩니다.]

품속에서 동전을 꺼낸 요시다는 성 내부에서 대기하고 있던 길드원들을 단체로 소환시켰다. 그 숫자만 해도 2백여 명에 가까이 달하는 상황.

하지만 용찬은 가볍게 어깨를 풀며, 되려 병사들을 땅굴로 보내 버렸다.

"뭐, 뭐야. 기껏 병사들을 불러놓고 어디로 보내는 거야?"

"내가 언제 병사들과 함께 싸운다고 했지?"

"설마 네놈……."

쿠구구구!

이전까지는 느껴지지 않던 어마어마한 살기가 몰려온다.

과연 지금 저놈을 광오하다고 볼 수 있을까.

아니.

파지지직!

마왕은 정말로 자신들을 이길 수 있다고 여기고 있었다.

순간 용찬의 눈빛에서 그걸 느낀 요시다는 식은땀을 흘리며 자세를 고쳐 잡았다.

"젠장. 웃기지 말라고. 다들……."

"요시다 님!"

타앙!

지시를 내리려던 찰나, 신형이 뒤로 팍 쏠린다. 순간적으로 공격을 막아냈음에도 불구하고 성벽까지 날아가 부딪히는 요시다. 뒤늦게 길드원들이 보복하기 위해 달려들었지만 이미 사방으로 검은 뇌전들이 활개 치고 있었다.

"여기서 모두 내 손에 죽는 거다."

감히 거역할 수 없는 용찬의 선언이었다.

"라이트."

쭉 뻗은 손 위로 생성된 백색 구가 어둠을 밝힌다.

깊은 땅굴 속을 내달리고 있던 병사들은 록시의 라이트 마법만 의지하며 출구를 향했다.

하지만 그것도 잠시.

"잠깐만. 근데 정말 괜찮은 거야?"

신속화로 선두를 유지하고 있던 루시엔이 대뜸 물어왔다.

"뭐가 말이냐. 페펭!"

"아니, 마왕님 말이야. 소환되자마자 본 인간들의 숫자만 해도 백은 넘어 보였는데. 정말 혼자서 상대하시는 거야?"

이미 몇 번이나 실감한 용찬의 무위였지만 이번만큼은 달랐다. 확인된 C급 플레이어들만 열 명가량. 그리고 나머지 D급 플레이어 이백여 명까지. 특히 선두에서 다른 인간들을 지휘하고 있던 무투가는 겉으로만 봐도 보통 수준은 넘어 보였다. 아무리 반전의 마왕이라 불리는 용찬이라도 혼자서 그 인원을 전부 상대한다는 것은 거의 불가능한 일인 것이다.

때문에 다른 병사들도 서서히 불안해하기 시작했지만 워르겐은 오히려 입가를 말아 올리며 연초에 불을 붙였다.

"페페펭. 아마 혼자서 상대하실 거다. 그리고 얼마 되지 않아 놈들에게 일방적으로 밀리실 테지."

"뭐? 그럼 당장 구하러 가야……."

"하지만 그게 오히려 마왕님께서 노리시는 바다. 그 인간 놈은 단단히 실수를 한 셈이야. 하필 이런 상황에서 후문 쪽으로 증원을 불러냈으니까. 페펭."

마왕들의 군세를 막기 위해 정문과 외곽으로 꾸준히 인원을 투입하고 있는 수성 측이다.

가우론의 말대로 페이튼의 주 전력은 장기전을 위해 내부에서 대기하고 있었고, 상황이 불리하게 돌아가는 즉시 그들이 투입될 예정이었다. 한데, 이런 와중에 후문으로 2백여 명의 길드원들을 소환한다? 당연히 정문으로 투입될 인원이 줄어듦과 동시에 성 내부가 허술해질 수밖에 없었다.

아마 용찬도 그것을 노리고 조금이라도 더욱 시간을 벌려 하는 것일 터. 그동안 자신들은 어떻게든 성 내부로 침투해 나머지 인원까지 전부 분산시켜야 했다.

"페페펭. 어차피 마왕님께서도 여차 싶으면 땅굴로 발을 빼실 테니 걱정 말고 얼른 성 내부로 진입하기나 해라!"

"으윽. 안 그래도 가고 있다고. 빌어먹을 제피르 자식. 혹시라도 마왕님한테 무슨 일 생기면 나한테 죽을 줄 알아!"

마침 길고 길었던 땅굴의 끝이 보이기 시작했다. 먼저 출구에서 기다리고 있던 가우론은 한숨만 푹푹 내쉬며 병사들을 맞이했고 뒤늦게 고개를 두리번거리며 용찬을 찾았다.

"뭐야. 헨드릭 프로이스랑 같이 오는 거 아니었어?"

"아뇨. 마왕님은 입구에서 플레이어들을 상대로 시간을 벌고 계세요."

"……설마 너희들끼리 성 내부로 침투하겠다고?"

순전히 용찬의 활약 덕분에 C급까지 발전할 수 있었던 바쿤. 물론 50위대에 진입하고서부터 용병들과 병사들도 하나둘 이름을 알리기 시작했지만, 아직까진 마왕의 그늘이 너무나도 컸다. 때문에 가우론도 병사들에게 그다지 기대를 걸고 있지 않았는데, 점점 그들의 분위기가 달라지기 시작했다.

[로드멜의 채널링이 발동됩니다.]

[루시엔의 광폭이 발동됩니다.]

[헥토르의 룬 화살이 발동됩니다.]

어느덧 비장한 표정으로 하나둘 준비를 마쳐간다.

“채널링 준비 완료됐습니다. 우선 마왕님부터 지원에 나서겠습니다.”

“키엑. 키에엑!”

-무장, 완전! 준비, 토벌!

한순간에 달라진 병사들의 기세에 가우론은 몹시 당황스러웠다.

‘이 자식들. 설마 진심인 건가?’

성 내부에 얼마나 많은 플레이어들이 있는지도 모르는 상황에서 진입을 시작하는 병사들의 모습은 그저 무모해 보이기만 했다.

다만 안타깝게도 가우론이 모르는 것이 하나 있었다.

“페페펭. 가장 먼저 노릴 목표는 변화계와 감지계를 방해하는 마법사들이다!”

“제가 뒤에서 서포트하겠습니다. 다들 부탁드립니다.”

바쿤은 다른 마왕성들과 경험의 수준이 달랐다.

[길드원 도날드의 시야 공유가 취소됩니다.]

수상한 낌새를 느낀 것은 디텍터의 시야 공유가 끊기고 나서부터였다. 직접 후문으로 지원에 나선 요시다의 빈자리를 대신 메꾸고 있던 아나스타샤는 하나둘씩 사라지는 화면을 보며 불길함을 감지했다.

"어떻게 된 거야. 2층에 있던 디텍터들의 시야 공유가 갑자기 왜 끊겨."

"저, 저도 잘 모르겠습니다."

"얼른 2층으로 가서 확인해 봐. 계속 유지되고 있던 디텍터들의 시야가 갑자기 끊길 리 없으니까."

"알겠습니다."

이제 미션 클리어까지 2일 정도를 남겨두고 있는 중요한 시기다. 당장 다른 성에서부터 증원 요청을 할 수도 없는 마당에 작은 빈틈이라도 발생했다간 그대로 함락이었다. 간부들과 함께 2층으로 내려가는 길드원들을 보며 아나스타샤는 손톱을 물어뜯었다.

'하필 요시다가 후문으로 가 있을 때 이런 일이 생기다니. 설마 내부로 침입한 건 아니겠지. 그렇다면 큰일인데.'

지금도 대부분의 전력이 정문 쪽으로 집중되고 있지 않은가. 그나마 다행이라면 아직까지 C급 플레이어들과 일부 길드원들이 성 내부에서 대기하고 있다는 것이었지만, 혹여 성 내부로 적들이 침입하게 되면 그 전력의 일부를 어쩔 수 없이 투입시켜야만 했다. 만약 그렇게 된다면 정문의 마왕군을 더더욱 막기 힘들어질 터.

"그나저나 고작 한 놈이라고 하더니 왜 이렇게 안 돌아오는 거야. 나 혼자 지휘하는 것도 벅차 죽겠는데."

괜히 불안해진 아나스타샤는 수정구를 꺼내 요시다에게로 통신을 했다.

-…….

한참 통신을 걸어봐도 아무런 응답이 없는 수정구. 혹시나 해서 길드원들에게도 통신을 걸어봤지만, 결과는 같았다.

'설마 후문으로 길드원들을 소환시킨 거야?'

그제야 대기 중인 인원의 절반이 빠져나갔다는 것을 직감한 그녀였다. 도대체 어떤 적이 급습해 왔기에 추가 증원까지 불렀던 것일까. 뒤늦게 의문이 머릿속을 지배했지만 당장은 알 수 있는 것이 없었다.

"크, 큰일 났습니다!"

마침 2층을 확인하러 갔던 간부 한 명이 돌아왔다.

"그놈의 큰일! 그래서 무슨 일이야!"

"마왕성 병사들이 성 내부로 침입한 것 같습니다!"

설마 하던 일이 결국은 현실로 들이닥치고 말았다. 일순 아연실색해하던 아나스타샤는 뒤늦게 정신을 부여잡고 침입 경로를 물었지만, 그것에 대해선 간부도 아는 것이 없었다.

'아, 안 돼. 어떻게든 마법사들을 지켜야 해. 여기서 방해 마법이 끊겼다가는!'

지상, 공중 할 것 없이 이동 마법을 통해 성 내부로 들이닥치는 수천의 군세. 불현듯 그 광경이 떠오르자 더 이상 망설임은 없었다. 요시다가 자리를 비운 이상, 성 내부는 어떻게든 자신이 지켜내야 했다.

"나머지 전부 소집해. 4층, 4층만큼은 반드시 지켜야 해!"

"아, 알겠습니다!"

"아니. 이럴 게 아니지. 우선 6층에 있는 애들부터 전부 끌고 와. 내가 직접 지원 갈 테니까!"

비록 전력 중 절반이 후문으로 투입되었지만, 아직 희망은 있었다. 어떻게 성 내부로 진입했는지는 몰라도 아직까지 다른 마왕들의 군세는 정문에 집중되어 있는 상황. 그렇다면 당장 2층에서 올라오고 있는 적들은 마왕 한 명의 병사일 가능성이 컸다.

급히 50여 명의 길드원들과 함께 3층으로 내려온 아나스타샤는 반대편에서 몰려오는 무리를 확인하고 즉시 활을 꺼내 들었다.

[아나스타샤의 샤이닝 에로우가 시전됩니다.]

[쿨단의 방패술(공용)이 발동됩니다.]

콰앙!

뿌연 연기 속에서 비치는 붉은 안광. 정면에서 신성력이 담긴 화살을 막아낸 쿨단이 복수의 방패를 치켜들었다.

[복수의 방패 효과가 발동됩니다.]

[흡수한 충격의 절반 정도 되는 피해를 상대방에게 돌려줍니다.]

"샤이닝 에로우가 역으로? 방패병!"

"그렇게는 안 되지."

언제부터 후방에 있었던 것인지 금발의 마족이 방패병들을 향해 청색 광선을 쏘아 보냈다. 절반의 위력이 담긴 샤이닝 에로우와 동시에 폭발하는 청광. 미리 스킬을 시전한 방패병들이 최대한 위력을 감소시켰지만 피해가 완전히 없는 것은 아니었다.

쿵!

한 발자국.

쿠웅!

그리고 또 한 발자국.

천천히 앞으로 돌진하는 라이언 부대의 기세에 복도 분위기가 싸늘하게 가라앉았다.

-던진다! 투창!

"취익. 마법 시전한다!"

"우리도 가만히 있을 수 없지. 다들 발사 준비!"

"키엑, 키에엑!"

잇따라 네 개의 부대가 본격적으로 전투에 임하자 한순간에 화력이 폭발하듯 쏟아지기 시작했다. 마치 인간들과 전쟁을 치르듯 상황에 맞춰 진형을 구축하는 병사들. 특히 부대를 이끄는 부대장들의 기술들은 하나같이 매서운 위력을 뿜어내고 있었다.

[루시엔의 신속화가 발동됩니다.]

[루시엔의 하몰란 듀얼 레이저 소드 스킬이 발동됩니다.]

마침내 다크 엘프 한 명이 강력한 원거리 기술을 쏘아내자 위태롭던 일선이 결국 뚫리고야 말았다.

"으윽. 지휘관님. 병사들이 쓰러지질 않습니다!"

"저 마족 년은 대체 뭐야. 무슨 마력이 이렇게까지……."

"젠장. 이 고블린 두 놈도 만만치 않아. 이대로는 우리도 얼마 못 버텨!"

서서히 2열로 투입된 방패병들까지 앓는 소리를 낸다. 한참 화살을 쏘아 보내던 아나스타샤는 쓰러져도 금방 다시 일어서는 병사들을 보며 인상을 구겼다.

'당장 보이는 치료술사들은 저 네놈밖에 없는데. 대체 어떻게 지속적으로 치유를 하고 있는 거야. 게다가 20층에 이런 전력을 가진 마왕성이 있었다니?'

정문에서 상대하던 다른 마왕성의 병사들과는 차원이 달랐다. 마치 플레이어들과 수차례 싸워본 경험이 있는 것처럼 놈들은 길드원들의 반격에 쉽게 대응하고 있었고, 장비들마저도 매직급 이상에 달하는 것인지 화력 싸움에선 서서히 밀리기 시작했다.

"헉. 저 새끼들 왜 저래. 궁병이 갑자기 왜 앞으로 돌진하는 건데?"

이젠 생전 겪어보지 못한 궁병들의 근접 전투술까지 발휘되고 있는 상황.

"지휘관님. 저희들도 왔습…… 크윽. 이 자식이?"

"키에에!"

"키엑!"

뒤늦게 배어 명의 추가 인원이 증원에 나섰지만 한 번 넘어간 흐름은 쉽게 돌아오지 않았다.

아나스타샤는 오크들이 시전하는 냉기 마법들을 피해내며 고민했다.

'이대로 가서는 얼마 버티지 못하고 4층까지 진입을 허용하고 말 거야. 대체 요시다 이 자식은 후문에서 뭘 하고 있는 거야. 정문으로 투입된 인원을 다시 불러올 수도 없고!'

무엇 하나 제대로 풀리지 않는 진퇴양난의 상황. 어떻게든 성 내부에서 놈들을 막는다 쳐도 정작 중요한 정문은 지킬 수 없었다. 때문에 그녀도 쉽사리 판단을 내리지 못하고 있었지만 이젠 그런 고민조차 무의미하게 되어버렸다.

"뒤, 뒤에서 몬스터들이 더 몰려온다!"

"설마 마왕이 한 명 더 있던 거야?"

"젠장. 어떻게든 막아. 막으라고!"

기회를 틈타 또 다른 마왕까지 침투한 것일까. 뒤따라 달려드는 몬스터들의 숫자에 인상이 와락 구겨졌다.

"요시다! 요시다! 대체 뭐 하는 거야. 얼른……."

수정구를 향해 소리치던 차, 록시와 쿨단이 좌측으로 파고들기 시작했다.

[록시의 성질 변화 권능이 발동됩니다.]

[쿨단의 흡수력 특성이 발동됩니다.]

하필 균형이 무너지기 일보 직전이던 좌측 방패병들은 거대한 마력 팔에 제대로 대응조차 못 했고, 기회를 넘보던 루시엔이 잽싸게 공간을 확보하며 후방으로 넘어와 버렸다.

'설마 4층으로 올라가려고? 절대 그렇게는 안 돼!'

방해 마법을 펼치고 있는 마법사들은 제자리에서 단 한 발자국도 움직이지 못하는 상태였다.

아나스타샤는 이를 악물며 스킬을 시전했다.

[일루미나스의 활이 공명하기 시작합니다.]

[레이버스 장갑의 효과가 발동됩니다.]

랭커 반열에 올라있는 아나스타샤의 주특기는 적을 끝까지 쫓아가는 유도 화살. 레어급에 달하는 장비 두 개의 효과가 발동되자 단 몇 초 만에 시전 준비가 끝나 버렸다.

하지만 그것도 잠시.

[드레이크 장궁의 효과가 발동됩니다.]

[헥토르의 정밀 조준이 시전됩니다.]

디잉!

미리 자리를 잡고 있던 헥토르의 방해로 인해 조준이 어긋나 버렸다. 결국 시야에 잡혀 있던 루시엔은 뒤쫓아 오는 플레이어들을 피해 4층으로 올라가 버렸고, 그녀는 망연자실한 표정으로 등을 돌렸다.

그리고.

-아나스타샤 님! 저, 정문이 뚫렸습니다! 마족 놈들이 이동 마법을 써서…… 컥!

얼마 되지 않아 우려하던 일이 터지고야 말았다.

[플레이어를 처치했습니다.]

[미션 성과도가 상승합니다.]

마치 카운트되듯 숫자가 오르기 시작한다. 인간들을 처치할 때마다 계속해서 상승하는 미션 성과도. 마왕들에게도 미션마다 순위가 존재하는 것인지 병사들의 공적도 전부 성과도로 계산되고 있었다.

"크아. 죽여 버린다. 개자식!"

만신창이가 된 몰골으로 발차기를 날리는 요시다. 벌써 몇 차례씩이나 넉다운 된 주제에 기세도 좋게 다시금 달려들고 있었다.

'뭐, 이렇게까지 버티는 것도 랭커 수준이기 때문에 가능한 거겠지.'

그렇다고 해서 놈에게 타고난 재능이 있는 것은 아니다. 지금처럼 중단에서 상단으로 치고 들어오는 공격들 모두 가볍게 막히고 있었으니까. 그가 랭커인 이유는 초창기 시절부터 길드의 품속에서 수월하게 성장했기 때문일 것이다.

"왜 안 맞는 거야. 맞아. 맞으라고!"

"그런 뻔한 공격에 맞을 리가 있나."

"우습게 보지 말란 말이야!"

레어급으로 추정되는 푸른 건틀릿이 반짝거린다. 장비의 수준이 다른 플레이어들보다 뛰어났던 요시다는 다시금 기력을 뿜어내며 사방으로 주먹질을 날렸지만 소용없었다. 그에 대한 정보는 회귀 이전부터 들은 것이 있었고 벌써 몇 차례나 똑같은 패턴으로 공격해 오고 있었다.

그리고 가장 중요한 사실은.

덥석!

동일한 무투가라도 놈과 자신은 격이 다르단 것.

용찬은 정면으로 폭발하는 기술을 가볍게 피해내며 역으로 어깨를 붙잡았다. 그리고 복부를 몇 차례 두들겨 준 뒤 놈의 안면으로 무릎 차기를 날렸다.

"크헉!"

"젠장. 지치지도 않는 건가. 저 괴물 자식. 다시 마법을 준비해!"

"궁병들은 뭐 하고 있어. 얼른 화살을 쏴!"

그제야 사방을 둘러싸고 있던 플레이어들이 위험을 감지하고 다시금 달려든다. 이백여 명의 인간들을 상대로 어떻게든 버텨내고 있었지만, 더 이상은 자신도 한계일 것이다. 기력과 마력이 거의 떨어졌단 것을 확인한 용찬은 무수히 쏟아지는 화살들을 마력 결계로 막아내며 거리를 벌렸다.

'역시 혼자서 이만한 인원을 상대하는 것은 아직 무리란 말이지. 로드멜에게 기력과 마력을 회복하는 기술도 함께 있었으면 좋았으련만.'

물론 그렇다고 해서 전혀 소득이 없는 것은 아니었다. 당장 눈에 보이는 시체들만 해도 30구는 훌쩍 넘었으니까.

-마왕님. 방해 마법을 펼치고 있던 마법사들을 제거했습니다. 페펭!

마침내 기다리고 있던 위르겐의 보고가 들려왔다.

'그래도 시간을 번 보람은 있었군.'

슬슬 성 내부로 침투한 병사들이 원하던 바를 이뤄내고 있었다. 이제 마왕들의 군세가 정문을 뚫고 안으로 침입하는 것도 시간문제일 터. 이 순간만을 위해 여태껏 시간을 끈 것인 만큼 더 이상 후문의 플레이어들에게 미련은 없었다.

[뇌안이 발동됩니다.]

마법들이 쏘아지던 찰나, 신형이 뇌전으로 물든다.

"뭐야. 저 자식, 어떻게 변화계 기술을 쓰는 거야?"

"아직도 모르고 있었나 보군."

"젠장. 도망가기 전에 얼른 쫓아!"

마법사들이 당한 것도 모르던 놈들은 당황한 기색으로 급히 추적에 나섰다. 하지만 일찌감치 거리를 벌린 용찬은 마력탄을 쏘며 땅굴 입구로 향했고, 때마침 정문 부근에서 커다란 폭발음이 들려왔다.

"이건 또 무슨……. 설마 정문이 뚫린 건가?"

"빨리도 눈치채는군. 그럼 나중에 또 보도록 하지."

"아앗. 여기에 땅굴이 있었……."

콰아아앙!

파쇄가 발동되자 땅굴의 입구가 폭삭 가라앉는다. 기껏 추적에 나섰던 플레이어들은 무너져 내린 입구를 보며 허망한 표정을 지었다.

하지만 그것도 잠시.

"이럴 때가 아니야. 얼른 정문을 지원해야 돼!"

"일단 요시다 님을 데리고 성 내부로 돌아가자고!"

성이 위험하다는 것을 직감한 길드원들은 할 수 없이 용찬을 포기하고 서둘러 내부로 돌아가고 있었다.

그 시각, 땅굴로 들어선 용찬은 가장 먼저 채널링을 시전하고 있는 로드멜과 합류할 수 있었다.

"상황은 어떻지?"

"예. 현재 쿨단 님을 필두로 4층까지 돌파한 상태입니다. 도중에 가우론 님께서 많은 도움을 주셨던 것 같더군요."

"가우론이?"

단순히 성 내부로 침입하기 위해 굴착의 권능을 이용한 것뿐이었는데 설마 다른 생각을 품고 있었던 것일까. 어떤 연유든 돌파를 도왔다는 것은 좋은 소식이었다. 이제 남은 것은 성의 최상층까지 단숨에 플레이어들을 몰아넣는 것뿐.

용찬은 지체 없이 로드멜을 데리고 1층으로 진입했다.

콰앙!

마침 정문이 공략당한 것인지 요란스럽게 벽이 부서진다. 그리고 바깥에서부터 병사들을 이끌고 들어서는 세 명의 마왕. 왼쪽에서부터 45위인 알마인, 42위 타그란스, 48위 루즈로 전부 바쿤과 서열전을 치른 경험이 있던 놈들이었다.

"아니. 이게 누구야. 70위대에서 40위대까지 올라온 반전의 마왕 아니신가?"

"허어. 어쩐지 방해 마법이 풀렸다 했더니 네놈이 먼저 내부를 공략하고 있었나."

"뭐, 어찌 됐든 우리에겐 잘된 일이지. 그나저나 어떻게 내부로 침투한 거야?"

그들은 잔뜩 의기양양해진 상태로 현 상황을 물어왔다.

"버러지 같은 놈들이 이제야 정문을 돌파한 건가."

"버, 버러지?"

"말을 섞을 필요도 없겠군. 잠자코 지켜나 보고 있어라."

갑작스러운 독설에 놈들의 얼굴이 붉으락푸르락했다.

이 녀석들은 알고나 있을까. 자신이 이렇게 후문을 공략하지 않았더라면 미션은 2일 뒤에나 클리어됐다는 것을.

'무작정 정면만 고집하는 놈들이 그런 것을 알 리 없지.'

자존심은 있는지 졸졸 따라오는 마왕들이 보였지만 용찬은 신경 쓰지 않았다. 그저 병사들이 놓친 플레이어들을 제압하며 4층으로 진입할 뿐.

"왜 이제 오는 거야. 하, 한참을 기다렸다고."

일찍이 복도에서 기다리고 있었던 것일까. 바닥에서 머리만 빼꼼 내밀고 있던 가우론이 손을 흔들며 맞이했다.

"흐음. 우리 병사들을 도왔다고 하던데."

"……처음엔 그냥 상황만 지켜보려 했었어. 그러다 역으로 플레이어들을 압박하는 병사들을 보며 생각이 바뀐 거고. 단지 그것뿐이야."

"썩 그렇게 만족스러운 대답은 아니지만 상관없겠지. 아무튼 잘했다."

"자, 잠깐. 나도 마왕이라고! 네 병사들과 같은 취급하지 말란 말이야!"

"쯧. 칭찬을 해줘도 성을 내는군."

순간 울컥한 것인지 팔을 흔들며 가우론이 반박해 왔지만, 용찬은 무시한 채 마나 포션부터 들이켰다. 그리고 적들과 대치하고 있는 바쿤의 병사들과 합류하기 전, 전황을 살폈다.

"그새 바리게이트를 쌓은 건가?"

"페펭. 돌파해 보려 했지만, 저 활을 든 여자 때문에 쉽지 않습니다. 거기다가 후문에 있던 인간들까지 합류해 마력 결계를 수십 겹씩 중첩시키고 있어서 원거리 사격으로도 한계가 있더군요."

"끝까지 물고 늘어지겠다 이거군."

이렇게까지 버티는 것을 보면 추가 증원의 가능성도 조금은 생각해 봐야 할 것이다.

"그렇다면 뚫어버려야겠지."

그때까지 얌전히 기다려 줄 생각은 없었다.

[체셔의 다크 인챈트가 발동됩니다.]

[뇌전의 갑옷이 발동됩니다.]

이제 마왕들에게 똑똑히 각인시켜 줄 차례였다. 자신이 어떤 식으로 플레이어들을 짓누르는지, 그리고 얼마나 자신들이 무력한지. 직접 실감케 만들어줘야 했다.

"라이언 부대 앞으로."

-한다. 전진!

"불한당. 길을 만들어라."

"키에에엑!"

이미 바쿤 병사들의 충성심은 80은 넘긴 상황. 더불어 C급으로 상승한 카리스마가 부대의 사기를 증진시키자 준비는 모두 끝나 있었다.

[아나스타샤가 자동 터렛을 설치했습니다.]

[아나스타샤의 샤이닝 에로우가 시전됩니다.]

전선 수호자라고 명성이 자자한 그녀는 아예 바리게이트를 방패막이 삼아 시간을 벌 속셈인지 주력기인 터렛까지 꺼내 들었다. 빙글빙글 돌아가며 라이언 부대를 향해 화살을 쏘아 보내는 세 기의 터렛.

"루시엔. 좌우를 흔들어라."

"알겠어요!"

정면에서 샤이닝 에로우를 막아낸 용찬이 지시를 내리자 루시엔이 과감히 벽을 타고 돌진했다. 그리고 뒤따라 한조 부대와 실버 부대가 지원에 나서며 본격적인 교전이 벌어졌고, 록시의 안티 베리어 속에서 헥토르의 룬 화살들이 마력 결계에 꽂혔다.

"헨드릭 프로이스!"

"오호라. 아직도 살아 있었나."

"젠장. 저 자식은 내가 맡겠어!"

일찍이 소환 동전을 통해 합류했던 것인지 요시다가 바리게이트를 넘어 자신에게로 달려들었다. 첫 시작은 무투가의 전용 스킬인 연호격. 땅을 박차고 연달아 발을 놀리는 놈의 모습에 입가가 살며시 비틀렸다.

"꺼져라. 더 이상 네놈에게 볼일 따위 없으니까."

"끝까지 시건방 떨지 말란 말야. 개자식아!"

까앙!

묵직한 위력이 건틀릿을 타고 전해져온다. 분명 랭커로서 어느 정도 자리매김하고 있는 놈이었지만 부족했다.

[사와무라 요시다의 라이징 너클이 시전됩니다.]

[뇌신장이 발동됩니다.]

정면에서 충돌하는 두 개의 기술. 하지만 근력 면에선 마족의 육체를 가지고 있는 용찬이 한 수 위였다.

"이런 빌어먹……."

놈은 급히 자세를 틀어 붕권을 시전하려 했지만, 그전에 앞서 일점 격발이 터져 나왔다.

"요시다?"

충격을 견디지 못하고 바리게이트까지 날아가 부딪히는 신형. 랭커인 그가 밀릴 줄은 추호도 몰랐던 아나스타샤는 화들짝 놀라며 시위를 잡아당겼다. 그리고 즉시 터렛을 마력으로 강화시키며 시간을 벌기 시작했다.

"역시 이대로는 안 돼. 어쩔 수 없이 헤르덴 성은 포기하고 우선 다른 성으로……."

"아니. 그렇게는 안 되지."

티티티팅!

백호의 형상이 깃든 건틀릿이 마력 화살들을 일일이 쳐낸다. 정녕 목숨이 소중한 줄 알았다면 진작 헤르덴 성에서 도망쳤어야 했다. 한데도 끝까지 바리게이트를 치며 버텼다는 것은 작은 희망이라도 보였단 의미일 터.

[숄더 어택이 발동됩니다.]

"커억!"

자리에서 일어나던 요시다에게로 몸을 내던진 용찬은 광기 어린 눈빛으로 환히 웃었다.

"네놈들은 여기서 아무도 못 나가. 단 한 놈도 빠짐없이 여기서 죽는 거다."

필사적으로 발버둥 치는 자들에게 진정한 공포를 선사해 줄 시간이었다. 가로막는 것들은 모조리 부수면 될 뿐. 서서히 건틀릿으로 모여들던 마력과 기력이 단숨에 요시다의 단단한 갑옷을 강타했다.

타앙!

한 번.

타앙!

또 한 번.

타앙!

그리고 다시 한번 더.

"멈춰. 아니, 어떻게든 저놈을 막아!"

"이미……."

콰아아앙!

수차례의 일점격발 끝에 허물어지는 바리게이트. 온몸이 너덜너덜해진 요시다가 바닥으로 털썩 주저앉으며 마지막 희망이 사라졌다.

"늦었어."

"어, 어떻게 이럴 수가."

절망하는 그녀의 눈동자 속으로 몰려드는 불한당의 병사들이 들어온다. 그 중심에서 오롯이 서 있는 단 한 명의 마왕. 총 네 명의 40위대 마왕들이 경악하는 가운데 반전의 마왕이 마지막 지시를 내렸다.

"마무리에 들어간다."

그날, 헤르덴 성은 일말의 여지도 없이 함락당했다.

◀ 48장 ▶

안개섬

[헤르덴 성을 함락시켰습니다.]

[미션 클리어!]

[보상이 지급됩니다.]

[다음 층으로 올라갈 자격이 부여됩니다.]

루가테인에서 마왕이 함락시킨 성은 자동적으로 사라진다. 그리고 새로운 성이 생성되는데, 아마 며칠이 지나지 않아 다른 지역에서 새로운 이름을 가진 성이 나타날 터. 과연 그 성이 어떤 진영의 손에 떨어질지는 조금 더 두고 봐야 아는 문제였지만 마왕으로 입장한 용찬에게는 더 이상 관련이 없는 사항이었다.

-마왕님. 세 번째 수입원인 마력석 동굴의 입구로 게이트 개설이 완료됐습니다. 이제부터 프로이스 가문의 일꾼들이 투입되어 마력석을 채광할 것입니다. 마력석들의 순도는 평균적으로 중급 이상의 가치를 띠고 있다는 것 같더군요.

한 편, 포란 숲의 사건 때문에 늦어진 마력석 동굴은 이제 본격적으로 채광 작업이 시작된 것인지 그레고리가 통신을 통해 알려왔다. 에린과 마력석 계약을 맺었단 사실을 떠올린 용찬은 직접 그녀에게 통신을 걸어 거래를 이행했다.

-정말 일찍 통신하시네요. 간신히 물량을 메꾸긴 했지만, 하마터면 마력 코어 생산이 늦춰질 뻔했어요.

"그것까진 내 알 바 아니지. 아마 조만간 로버트에게서 통신이 갈 거다. 마력석에 대한 권한은 모두 그가 가지고 있으니 그와 알아서 조율하도록.

-로버트요? 아니, 잠깐만…….

더 페이서 상단이 들어온 이후로 모든 수입원은 로버트가 직접 감독하며 관리하고 있다. 마계에서도 상당한 가치를 가지고 있는 마력석 또한 마찬가지였고, 상단 활동으로 경험이 출중한 그라면 에린과의 계약건도 충분히 맡길 만했다. 그렇게 마력석 계약을 단숨에 처리해 버린 용찬은 미션을 클리어하며 얻은 보상부터 확인했다.

[랜덤 의상 상자(레어)]

[인벤토리 확장권(레어)]

[중급 기력 포션×3]

[중급 마력 포션×3]

'이 정도면 그리 나쁜 건 아니지만. 좋다고도 볼 수 없겠는데. 그나마 건진 거라면 인벤토리 확장권인가.'

파이칸 고대 유적지에서도 부족함을 느낀 인벤토리 공간이다. 레어 등급의 확장권이면 기존의 공간에서 1.5배는 늘어날 것이다. 망설일 것도 없이 확장권을 사용한 용찬은 늘어난 인벤토리 내부를 보며 만족스러워했다. 겸사겸사 플레이어들을 처리하며 얻은 장비와 아이템까지 확인에 나섰다.

[레이버스 장갑(레어)]

[거대 멀록의 가죽(레어)]

'이것도 레어급은 그나마 이 정도인가. 레이버스 장갑은 궁수 전용 장비이니 헥토르에게 주면 될 것 같고. 거대 멀록의 가죽은…… 기왕 얻은 거 윌드릿에게 맡겨볼까.'

펜드릭이 특별한 선물이라고 칭했던 재봉사 마족 윌드릿. 가주가 직접 파견한 마족인 만큼 범상치 않은 실력을 갖췄을

게 분명했다.

“루시엔이 돌파할 때 도움을 주었다는 건 들었다. 자, 네 새로운 장비다. 받아라.”

“우왓! 감사합니다!”

레이버스 장갑을 건네받은 헥토르가 싱글벙글거리며 기뻐했다. 궁수 스킬의 시전 시간을 줄여주는 효과가 들어 있는 만큼 앞으로 적들과 교전할 때 많은 도움을 줄 것이다. 남은 거대 멀록의 가죽을 인벤토리에 집어넣은 용찬은 주저 없이 다음 층으로 이동하려 했다. 그 순간, 복도에 남아 있던 세 명의 마왕이 가까이 다가왔다.

“굉장해. 아주 굉장하다고!”

“……갑자기 무슨 뚱딴지같은 소리냐.”

“서열전도 치러봤지만, 이토록 플레이어들을 단숨에 짓눌러버린 건 처음이다! 다시 한번 네놈의 무력에 경의를 표하마.”

마계의 마족들은 강자에 열광한다고 했던가. 아까 전까지만 해도 버러지란 소리에 울컥하던 세 명의 마왕이 지금은 눈을 반짝이며 바쿤의 활약에 감탄을 금치 못하고 있었다.

[마왕 알마인의 호감도가 소폭 상승했습니다.]

[마왕 타그란스의 호감도가 소폭 상승했습니다.]

[마왕 루즈의 호감도가 소폭 상승했습니다.]

'이거 설마 병사들만 시스템이 적용되는 게 아니었던 건가. 갑자기 마왕들의 호감도가 상승할 줄이야.'

직접 호감도 시스템을 확인해 봐도 달라진 것은 없었다. 게다가 눈앞의 마왕들뿐만 아니라 가우론의 호감도도 30%로 표기되고 있었는데, 앞서 병사들을 도와준 것과 어느 정도 관련이 있어 보였다.

"그래서 이대로 21층으로 향할 거냐."

"아마 그렇겠지. 그건 왜 묻는 거지?"

"우리도 너와 함께 하도록 하지. 악몽의 탑 안에서라면 서로 경쟁을 펼칠 이유도 없을 테니까. 이미 우리들끼린 상의를 끝낸 상태다. 어떠냐. 헨드릭 프로이스."

자존심이 드센 마왕의 마음을 움직일 정도로 바쿤의 활약이 인상적이었던 것일까. 그들은 진심 어린 눈빛으로 협력을 제의했다. 무작정 정문만 고집한 것만 보면 그리 쓸모 있어 보이진 않았지만, 층마다 플레이어들을 상대해야 한다는 것을 생각해 봤을 때 조금은 고민하게 만드는 제의였다.

"페펭. 마왕님. 수락하시는 게 어떻습니까?"

"으음. 왜지?"

"이제 마왕님도 슬슬 마계에서 세력을 꾸리셔야 할 것 아닙니까. 어차피 서열이 높아지면 높아질수록 하위권 마왕들과는 서열전을 치르지도 않을 테니 아예 악몽의 탑에서부터 그 준비를 해보시지요. 그리고 기왕 악몽의 탑을 오르실 거, 저 마왕들을 이용해도 괜찮지 않겠습니까."

소곤소곤 귓속말을 해오는 위르겐의 조언에 문득 마왕으로서의 목표가 떠올랐다. 당장은 72명의 마왕들과 경쟁을 벌이며 서열을 올리는 구도였지만 이번 서열전이 끝나면 모두 가주가 되어 가문을 이끌어야만 했다. 물론 서열전을 벌이는 동안은 한 명, 한 명이 모두 경쟁자인 것은 다르지 않았지만 차후 가문 간의 관계를 내다본다면 다른 마왕들과 미리 관계를 쌓는 것도 썩 나쁘지 않은 선택이었다.

'하긴 첫 번째 목표를 택한 것도 나였으니까. 플레이어들을 상대할 포석을 미리 깔아두는 것도 나쁘진 않겠어.'

다섯 개의 진영의 플레이어를 상대하기 위해선 바쿤의 병사들만으로는 부족할지도 몰랐다.

"마음대로 해라. 하지만 그전에 미리 말해주마. 지금 내 목표는 26층이다. 그래도 따라올 생각이냐?"

"물론. 지금의 너라면 충분히 믿고 따를 만하겠어."

"으으. 어쩌다 일이 이렇게 되어버린 건지."

뒤에 있던 가우론이 고개를 절레절레 흔들고 있었지만, 협력 관계가 싫은 것은 아닌지 내빼진 않고 있었다.

[임시 파티가 결성되었습니다.]

[1. 헨드릭 프로이스]

[2. 가우론]

[3. 알마인]

[4. 타그란스]

[5. 루즈]

'오호. 협력 관계를 맺으면 이런 식으로 파티가 결성되는 건가. 이런 건 알아두면 꽤 쓸 만하겠어.'

마침내 C급의 마왕 다섯 명이 똘똘 뭉치게 됐다. 점점 사라져가는 헤르덴 성을 확인한 용찬은 먼저 병사들을 역소환시켜 놓고 그들과 함께 21층으로 오르려 했다.

하지만 그것도 잠시.

[추적 벌레-???]

미리 추적 벌레를 붙여둔 선욱의 일행이 다른 곳으로 이동한 것인지 위치가 물음표로 나타났다. 위치가 물음표로 뜬다는 것은 그들이 안개섬에 도착했다는 의미.

"우선 너희들 먼저 21층에 올라가 있어야겠어. 잠시 볼일이 생겨서 말이지."

"그렇다면 어쩔 수 없지. 우리 먼저 올라가 있도록 하지. 볼일이 끝나면 여기 수정구로 연락해 달라고."

"그러도록 하지."

먼저 마왕들을 위층으로 올려 보낸 용찬은 인벤토리에서 펨트릿을 꺼내 들었다.

[난입할 미션, 던전을 선택해 주십시오.]

플레이어 전용 아이템으로 널리 알려진 펨트릿은 이미 진행 중인 던전 및 미션에 난입할 수 있는 효과를 가지고 있었다. 물론 히든 던전, 히든 미션은 난입이 불가능했지만 리스트에 표기된 곳이라면 어디든 펨트릿을 사용할 수 있었다.

그리고 난입 리스트에 공식적으로 표기된 안개섬 미션.

"안개섬으로 난입한다."

단 한 명만 난입할 수 있는 미지의 미션으로 마왕이 직접 들어섰다.

까악. 까아악!

마치 정글처럼 우거진 숲속에서 덩굴 식물들이 주렁주렁 자라난다. 열대 우림을 배경으로 만들어진 안개섬. 한창 기온이 높아진 날씨 속에서 서서히 먹구름들이 몰려왔다. 그리고 빗방울이 뚝뚝 떨어지는 나무 아래로 흑발의 청년이 모습을 드러냈다.

[난입에 성공했습니다.]

[미션에 허용되지 않은 플레이어입니다.]

[등급 페널티가 적용됩니다.]

'다행히 늦진 않았군. 지금쯤이면 막 출발했으려나.'

안개섬에 입장한 플레이어들은 무조건 정해진 출발점에서부터 시작된다. 그 사실을 미리 알고 있던 청년, 아니, 용찬은 머리의 빗물을 털어내며 적용된 페널티부터 확인했다.

[적용된 페널티:등급 하락, 스킬 효과 감소, 시전 속도 감소, 장비 효과 감소.]

선우의 일행이 평균적으로 D급이다 보니 그들을 기준으로 갖가지 페널티가 걸렸다. 아마 미션이 클리어되기 직전까지 등급은 계속 D로 고정될 것이다.

'진영은 페이튼인가. 방금 막 페이튼 놈들의 성을 함락시키고 왔는데, 우스운 상황이군.'

손등의 늑대 모양 문신까지 확인한 용찬은 탐색 스킬로 주변을 확인하며 천천히 발걸음을 옮겼다. 지금부터 가장 먼저 확보해야 할 것은 안개섬에 진입한 일행의 위치. 당장 미션이 시작되지 않은 상황에서 미리 그들의 거점을 파악하는 것은 필수 중 필수였다.

'저기 보이는군.'

한참 수색을 하던 도중 덩굴을 헤쳐 나가는 파티가 포착됐다. 인원은 총 8명. 그중 세 명은 따로 포섭한 플레이어였는지 일행의 뒤에서 짐을 맡아 따라오고 있었다.

'잠깐. 세 명이라고? 분명 보험은 두 명이었을 텐데?'

회귀 이전 기억대로라면 여기서 선욱은 두 명의 보험을 이용해 미션을 진행했었다. 한데, 어찌 된 것인지 칙칙한 로브 차림새의 짐꾼이 새로 추가되어 있었다. 벌써부터 숨을 헉헉거리는 놈의 모습에 용찬은 머릿속이 복잡해졌다.

'일단 선욱의 파티는 D급으로 오른 지 얼마 되지 않아서 아직 마력 기술은 안 배웠을 거야. 그리고 그건 짐꾼들도 마찬가지였지. 하지만 당장 저놈에 대해선 아는 게 없어.'

고작 한 명이 더 늘어난 정도였지만 안개섬에선 그 한 명이 상황을 좌지우지할 수도 있었다. 때문에 그들을 향하는 흑색 눈동자도 이리저리 빠르게 굴러갔지만, 고민은 그리 길지 않았다.

아니.

[안개섬 미션이 시작됩니다.]

[미션에 대한 설명이 시작됩니다.]

고민할 시간도 없이 밤은 빠르게 찾아왔다.

섬 전체를 가득 감싸는 칠흑 같은 어둠 속에서 이채를 발하는 아홉 쌍의 눈동자. 그리고 그 속에서 변형되는 형형색색의 안광들. 허공으로 푸른 날개를 가진 요정이 나타나자 일행 그 누구도 감히 입을 열지 못했다. 아니, 열지 못할 수밖에 없었을 것이다.

"안녕, 여러분. 지금부터 미션에 대해서 설명해 줄게. 우선 다른 것은 둘째 치고 가장 먼저 알려줄 게 있어!"

"……."

"오늘 밤!"

그도 그럴 게 환상의 존재라고 알려진 요정은 너무도 즐거운 표정으로.

"너희들 중 한 명이 죽을 거야!"

죽음을 확정 짓고 있었으니까.

[도플갱어를 찾아라]

[1. 매일 밤 한 명의 플레이어가 살해당한다.]

[2. 살해당한 플레이어는 불명 처리되고 도플갱어가 그 자리를 대체한다.]

[3. 매일 오전마다 다수결의 법칙을 이용해 투표를 하게 된다.]

[4. 투표로 도플갱어를 맞출 시 미션 클리어.]

[5. 반대로 맞추지 못할 시 그날 밤, 또 한 명의 플레이어가 도플갱어한테 살해당한다.]

안개섬 미션의 기본적인 룰들이 설명되었다. 가볍게 본다면 단순한 놀이지만, 자세히 들여다보면 이 미션은 사람의 목숨이 오가는 데스 매치였다. 현대에서 유행하던 마피아 게임의 룰과도 비슷한 도플갱어 찾기 미션. 미션에 진입한 파티원 중 한 명이 살해되고 그 사람이 도플갱어가 되어 함께 활동한다는 것은 생각만 해도 끔찍한 일이었다.

"자자. 이게 기본적인 룰이야. 잘들 기억해 두라고. 두 번 설명하지 않으니까. 아, 그리고 안개섬에 있는 동안은 함부로 공격하거나 제압할 수 없어. 도플갱어를 찾는답시고 투표를 거치기도 전에 미리 죽여 버리면 곤란하니까!"

"잠깐만. 그래서 총 며칠 동안 진행되는 거야?"

"오호. 꽤 침착한 인간이 한 명 있었구나. 잘 질문했어. 어차피 시간표를 표시해 알려주려 했지만, 미리 듣는다고 해서 달라질 것은 없겠지. 미션은 총 5일! 5일 동안 오전과 밤을 거쳐 너희들의 운명이 결정돼. 그러니까 잘들 찾으라고."

"흐음. 그러면 5일까지 도플갱어를 못 찾아도 결국 세 명은 살아남는 거잖아. 안 그래?"

"물론! 물론! 그 세 명은 특별히 내가 살려서 돌려보내 줄 거야. 살아남은 자들은 운이 좋단 뜻이니까!"

그 이후로도 요정은 기본적인 룰에 적히지 않은 세세한 부분들까지 한꺼번에 설명했다. 먼저 투표를 거쳐서 지목당한 자가 도플갱어가 아닐 시 아무런 변화 없이 투표 시간대가 끝나고, 파티원들끼리는 아예 피해를 주는 스킬 및 특성이 적용되지 않는다. 그리고 도플갱어는 감지계 및 추적계 기술로 파악이 불가능한 것까지. 궁금하던 점들이 하나둘씩 풀려가자 선욱의 눈빛이 묘하게 빛나기 시작했다. 당장 요정을 보며 덜덜 떨고 있는 파티원들과는 전혀 다른 태도였다.

'그래. 너라면 이럴 줄 알았지. 인원 한 명이 더 늘어나긴 했지만 그래도 너는 충분히 이 난관을 헤쳐 나갈 수 있겠지. 넌…….'

칠흑 같은 어둠 속에서 천천히 굴러가는 또 한 쌍의 눈동자. 어둠의 눈이 적용된 용찬은 한창 고민하고 있는 선욱을 보며 살며시 입가를 말아 올렸다.

'이미 안개섬을 한 번 클리어했던 놈이니까.'

과연 이번에는 어떤 활약을 보일지 벌써부터 기대가 된다. 누구보다 그에 대해 가장 잘 알고 있던 한 명으로써 이런 기분은 너무도 오랜만이라고 표할 수 있었다. 다만, 안타깝게도 이런 분위기를 마냥 편안히 즐길 수는 없는 것인지 영롱한 눈빛이 자신을 향하는 것이 느껴졌다.

"아, 설명해 드리는 것을 깜빡했네요. 참고로 안개섬에는 여러분들만 있는 게 아니랍니다. 총인원은 정확히 9명! 지금 이 말이 어떤 뜻인지는 직접 생각해 보시길 바라요."

'……저 요정 자식이.'

원래 안개섬은 어떤 난입자 없이 순전히 선욱의 손에 의해 클리어된 미션이었다. 파티원이 한 명 늘어난 데다가, 자신까지 난입한 상태이니 회귀 이전과 전개가 달라지는 것은 당연한 결과일 것이다.

"총 9명이라니. 그게 무슨 소리에요?"

"거참. 직접 생각해 보시라니까요. 그리고 웬만하면 제 말을 전부 믿지는 마세요. 판단은 여러분들의 몫이니까요."

"뭐야. 무슨 설명이 그래. 너무 오락가락하잖아. 진짜 귀염성 없는 요정이네!"

"흐흥. 너 같은 애한테 그런 말 들을 짬은 아니거든요? 거울 좀 보고 사시길. 낄낄낄."

"여, 열 받아. 더 이상은 못 참겠어. 그냥 너부터 콱 쏴버릴 거야!"

"헤헤헹. 나는 미션 관리자라서 공격이 절대 불가능하지롱!

그럼 이만. 나머진 알아서 잘들 해보라고!"

푸른 날개를 펄럭이던 요정이 얼마 되지 않아 허공에서 사라졌다. 그리고 그와 동시에 플레이어들의 머리 위로 표시되는 시간표.

[밤의 시간까지 앞으로 7시간 32분!]

앞으로 첫 번째 희생자 나올 때까지 남은 시간을 가리키는 운명의 카운트였다.

안개섬 미션의 구조가 대략적으로 파악되자 일행은 적절한 위치를 잡아 캠핑부터 하게 됐다.

현재 파티원들은 존, 페트슨, 이설화, 최은아, 류선필, 박지후, 리우칭. 그리고 자신까지 포함해 총 8명으로 구성되어 있었다. 여기서 가장 먼저 생각해 볼 것은 요정이 언급했던 인원수일 것이다.

'한 명이 더 늘어났다고 했었지. 자기 말을 곧이곧대로 믿지 말라고 하긴 했지만, 간단히 넘어갈 문제는 아니야. 만약 정말로 인원이 9명이라면…….'

펨트릿을 사용해 난입한 플레이어일 가능성이 크다. 아니, 나머지 한 명은 난입한 자일 수밖에 없었다.

때문에 선욱은 도플갱어 이전에 난입한 자에 대해서 먼저 고민하고 있었는데, 그 순간 반대편에서 큰 고함 소리가 들려왔다.

“안개섬에 도전하는 거였다면 진작 안 한다고 말했을 거야. 이런 데는 절대 따라오지 않았을 거라고!”

“하필 누구도 클리어하지 못한 악몽의 탑 최악의 미션이라니. 미리 설명도 안 해주고 무작정 데려와서 뒤늦게 뭐라고? 자기들도 몰랐었다고? 개소리 집어치워!”

소음의 근원지는 보험용으로 데려왔던 D급 플레이어 세 명이었다. 그들은 본인의 의사와 관계없이 안개섬에 데려온 것을 대놓고 따지고 들었는데, 정작 아무것도 모르는 파티원들은 그저 발만 동동 굴리고 있었다.

‘보험 세 명이 함께하면 다른 사람들은 그나마 생존할 확률이 늘어나겠지만 반대로 저놈들 중 한 명이 죽고 도플갱어가 돼도 무척 애매해져.’

물론 세 명 덕분에 첫날 파티원이 죽을 확률은 약간이라도 줄어든 상태였지만, 반대로 생각해 보자면 그들로 인해 투표가 더욱 복잡해진 상황이기도 했다.

덥석!

너무 혼자서 깊게 고민하고 있던 것일까. 멀리 떨어져 있던 자신의 팔을 존이 다짜고짜 달려와 잡아챘다.

"너 잠깐 나 좀 보자."

"무슨 일인데. 나 지금 머리 굴리느라 많이 바쁘다고. 형도 잘 알고 있잖아."

"이제야 듣게 됐는데 저 사람들을 단순히 짐꾼으로 고용한 거였다면서? 대체 무슨 생각을 하는 거야. 이래선……."

"맞아. 보험용이야."

"미친!"

더 이상 숨길 이유가 없던 선욱은 솔직히 모든 것을 털어놓았다. 여태껏 남을 희생시킨 적은 없었던 존은 당연히 기가 차다는 표정으로 불같이 화를 냈지만 이미 되돌릴 수 없는 상황이었다.

때문에 그도 한참을 소리치다 이내 본인이 먼저 지친 것인지 뒤늦게 한숨을 내쉬며 선욱을 매섭게 노려봤다.

"이건 죄도 없는 사람을 희생양으로 삼는 거야. 알아?"

"알지. 그게 보험이잖아. 애초에 이러려고 데려온 거였다고. 그리고 이제 형도 좀 솔직해지지그래?"

"하?"

"저런 놈들이라도 있으면 첫날에 죽을 확률이 줄어들 거라고. 형 같으면 페트슨 형님이나 재들이 도플갱어가 되는 것을 가만히 보고만 있겠어?"

"……입 다물어. 미션에 들어오기 전부터 미리 저 사람들을 끌어들여 놓고 이제 와서 무슨 헛소리를 하는 거야. 만약 이런 방식의 미션이 아니었다 해도 저들이 아무런 죄도 없이 끌려온 것은 달라지지 않아!"

"하아. 내가 누차 말했잖아."

다른 자들이 이해하지 못해도 상관없었다.

어차피 자신은 지극히 정상적인 사고방식을 가진.

"결과만 좋으면 된다고."

하멜의 플레이어 중 한 명이었으니까.

아마 이번 미션이 끝나게 되면 존도 자연스레 납득할 수밖에 없을 것이다. 선욱은 단정 지으며 자리에서 일어났다.

"……너 정말."

"아, 잔소리는 나중에 하고. 일단 이렇게 됐으니까 아무 말 하지 말고 나한테 맡겨. 당장은 살아남는 게 우선이잖아."

"후우. 마음대로 해봐라. 개자식!"

늘 그렇듯 파티의 중심은 마법사인 선욱이다. 첫인상이 그리 좋지 못한데도 불구하고 우연한 만남부터 시작해 지금까지 일행을 이끌어왔던 단 한 명의 리더.

존도 당장은 성질을 버럭버럭 내며 인상을 구기고 있었지만 결국은 선욱의 뛰어난 판단력을 믿고 따라나선 파티원 중 한 명에 불과했다.

'자, 그러면 일단 급한 숙제는 세 개 정도인가.'

가장 첫 번째 숙제, 아니, 문제는 밤이 점점 가까워질 때마다 두려움과 혼란으로 가득해지는 분위기일 것이다.

"서, 선욱 오빠. 이제 우리 어떻게 하면 좋은 거야? 뾰족한 수가 뭐 없을까?"

"시간이 다 되면 우리 중 한 명은 죽고 그 사람은 도플갱어가 된다는 거잖아. 설마 내가 걸리는 건 아니겠지?"

"잠깐만. 그럼 너 말고 다른 사람 중에서 걸리면 좋겠다는 소리야? 말조심해. 최은아!"

"다들 진정해. 지금 여기서 우리끼리 싸운다고 해서 해결되는 것은 하나도 없다고."

서서히 죽음에 대한 공포가 밀려오기 시작한다. 짐꾼으로 데려온 다른 세 명은 일행들과 대화를 하지 않겠다는 심산인지 약간 거리를 둔 채로 캠프를 쳤다. 벌써 난장판이 되기 직전인 광경에 선욱은 머리를 긁적이며 판단을 내렸다.

' 밑밥이라도 깔아서 일단 진정부터 시켜야겠네.'

안선욱. 나이 27세, 전직 불명, 거주지 불명. 진한 적갈색 머리와 또렷한 보라색 눈동자가 있으며 평상시에도 늘 오른손에 녹색 오브를 쥐고 다닌다는 것 정도. 그리고 가장 중요한 것은 놈이 뛰어난 판단력을 가지고 있단 것이다.

"맞아. 선욱 오빠라면 여태까지 해왔던 것처럼 이번에도 무슨 수를 내줄 거야. 그렇지?"

"제발 그렇다고 말해줘. 벌써 3시간 남았다고. 이대로라면 나 미쳐 돌아버릴지도 몰라!"

"……괜히 안개섬에 도전한 것 같아. 무조건 첫날밤에 한 명이 죽어야 되는 미션이라니. 한 명도 클리어하지 못했단 것을 듣긴 들었지만, 이 정도일 줄이야."

서서히 패닉 상태가 되어가는 파티원들 사이로 선욱이 걸어간다. 과연 어떤 식으로 그들을 진정시킬지는 좀 더 두고 봐야 하는 문제였지만, 여태껏 그를 믿고 쭉 의지해 왔던 것처럼 지금도 선욱에게 매달리는 모양새가 뻔히 드러났다.

"으흐흐흑. 죽기 싫어. 난 아직 죽기 싫다고! 괜히 따라왔어. 저 새끼를 믿고 따라오는 게 아니었는데!"

"나, 난 나갈 거야. 나갈 거라고. 나와. 요정 개새끼야! 날 돌려보내 줘. 난 저 파티와 아무런 관련도 없다고!"

"……."

반면 건너편 세 명의 보험은 의지할 사람도 없는 것인지 벌써부터 큰 혼란이 들이닥친 상태였다. 특히 한 명은 무릎을 감싸고 앉아 손톱만 깨물고 있었는데, 처음 일행을 발견했을 때부터 신경 쓰였던 로브 차림새의 플레이어였다.

"분명 어디선가 본 적이 있는 것 같은데. 직접 얼굴을 확인해 봐야 되나."

"키득키득. 설마 옛날에 헤어진 동료라거나?"

"그럴 리가 없지. 주제넘게 끼어들지 마라. 미션에 직접 관여도 못 하는 방관자 주제에. 어디서 입을 놀리는 거냐."

미션 설명을 끝내자마자 난입자에게 큰 관심을 보였던 요정은 안개섬의 관리자임에도 불구하고 크게 할 짓이 없던 것인지 여태껏 용찬의 뒤를 졸졸 따라다니고 있었지만, 관리자에게 더 이상 권한이 없단 것을 직접적으로 언급하자 금방 꿀 먹은 벙어리가 됐다.

"너 뭐야. 어떻게 그 사실을 알고 있는 건데?"

"내가 알려줄 것 같나. 귀찮으니까 얼른 꺼져."

"……칫. 재수 없어!"

자존심이라도 상한 것일까. 인상을 팍 구기던 요정이 푸른 가루를 뿌리며 휘리릭 날아가 버렸다. 그제야 주변이 잠잠해졌고 방해꾼이 완전히 사라졌다는 것을 확인한 용찬은 가장 먼저 위르겐을 소환했다.

"페페펭. 이번에는 또 어디입니까."

"안개섬이란 미션 속이다. 우선 상황부터 설명해 주마."

바쿤 내에서 잔머리를 잘 굴리기로 소문이 난 위르겐이다. 어찌 보면 결과주의자인 선욱과 비슷한 사고방식을 가졌다고도 볼 수 있는 그였고, 간략히 안개섬에 대해 설명해 주자 얼마 되지 않아 현 상황을 완벽히 이해해 냈다.

"으아아아. 다들 네놈들 때문이야. 죽어. 개자식들아!"

"어차피 우리끼리는 공격이 불가능……."

"죽어. 죽어. 죽어어어어!"

"정말 돌아버리겠군."

그 사이, 검사로 보이던 보험 한 명이 정신적 한계에 내몰린 것인지 막무가내로 칼을 휘둘렀지만 안타깝게도 무언가에 가로막혀 계속 헛손질만 해대고 있었다. 역시 평범한 정신력으로 이 상황을 견디기는 무리였던 모양이다.

하지만 그것도 잠시.

"다들 진정하고 우선 내 얘기부터 들어봐. 이 미션을 클리어할 방법이 생각났으니까."

멀리서 파티원들을 다독이고 있던 선욱이 본격적으로 미끼를 던지며 작업에 나서기 시작했다. 그리고 그 광경에 가장 먼저 반응한 것은 위르겐이었다.

"페펭. 가장 현실적으로 희망이 될 만한 말을 던져서 협조부터 얻어내려는 심산인 것 같군요."

"저게 놈의 특징이지. 그래서 앞으로 놈이 어떤 식으로 나올

지 예상이 되는 거냐?"

"간단하죠. 펭."

이제 첫 번째 밤의 시간까지 남은 시간은 고작 해야 3시간 정도. 여기서 어떤 뾰족한 수를 생각해 낸다고 해도 당장 한 명이 죽는 것은 막을 길이 없었다.

연초를 입에 문 위르겐은 선욱의 표정을 가만히 살피더니 이내 입을 열었다.

"저런 부류는 같은 파티원도 희생시켜 미션을 클리어하는 결과주의자 쪽입니다. 마왕님이 해주신 말씀이 정확하다면 더 볼 것도 없겠죠. 아마 두 번째 밤까지는 무조건 희생을 감수하며 방법을 찾아내려 할 겁니다. 페펭."

"정확하군. 그래서 놈이 지금 어떤 생각을 품고 있을까?"

"페에엥. 첫 번째는 현 일행들을 조율시키는 것, 두 번째는 도플갱어에게 어떤 특징이 있는지. 그리고 마지막으로 난입한 마왕님이 미션에 포함이 되는지 알아보려 들겠죠."

하멜에서 도플갱어란 존재는 상대를 죽이고 그 상대의 모습과 능력을 복사하는 몬스터로 널리 알려져 있다. 때문에 플레이어를 죽이고 변신한 놈의 한계 및 특징을 파악하는 것이 가장 관건일 터. 그런 가운데 난입한 플레이어까지 함께 섬에 있는 만큼 밤의 시간과 오전의 시간 때마다 용찬도 포함되는지 알아보는 것도 나름의 키포인트라고 볼 수 있었다.

"그럼 세 번째는 나를 찾기 전까지 절대 해결할 수 없는 문제겠군."

"페페펭. 그렇겠죠. 그나저나 마왕님은 저 안선욱이란 인간 놈에 대해 왜 이렇게 잘 알고 계신 겁니까?"

"초기 시절 몇 번 겪어봤던 놈이지."

"그렇군요. 페펭. 어찌 보면 저와 비슷한 부류라서 그런지 왠지 모르게 관심이 갑니다."

"……."

정녕 위르겐과 같은 부류일까. 문득 회귀 이전의 기억이 떠오른 용찬은 자신도 모르게 쓴웃음을 흘렸다.

'그래. 확실히 동료가 되기 직전까지는 저랬었지.'

점점 시계 초침 소리가 귓가에 맴돈다.

[밤의 시간까지 앞으로 2시간 22분!]

슬슬 심판의 순간이 다가오고 있었다.

그리고.

[마력 추적에 감지당했습니다.]

미약하게 피어오르는 푸른 아지랑이에 서서히 얼굴이 굳어갔다.

단지 급하게 돈이 필요했을 뿐이다. 쫓기는 와중임에도 불구하고 직접 본명까지 거론하며 의뢰를 받아들였다. 그만큼 선욱이 제시한 골드가 많았기 때문이다. 의뢰의 내용도 단순한 짐꾼 역할이었기에 한편으로 의심도 들긴 했지만 10층이나 11층 정도면 충분히 해낼 수 있을 것이라 여겼었다.

하지만 목적지는 단순히 악몽의 탑 내부가 아니었다.

'속았어. 저 개자식한테 속아 넘어간 거야. 짐꾼 역할은 무슨! 이건 완전히 보험이나 다름없잖아.'

악몽의 탑을 오르는 자라면 누구나 한 번쯤은 들어본 안개섬이다. 몇 년간 단 한 번도 클리어된 적 없는 미지의 미션. 그런 곳에 지금 자신이 들어와 있는 것이다. 심지어 첫날 밤에 무작위로 한 명이 죽는 최악의 미션 구조.

패닉 직전까지 몰려 있는 선필과 지후를 보며 리우청은 상황을 다시금 되짚어봤다.

'그래. 첫날 밤 무조건 한 명이 죽는 거라면 저쪽도 안전한 것은 아니잖아. 오히려 저쪽에서 도플갱어가 나올 확률이 더 높다고. 근데 저 자식은 대체 무엇을 믿고 있길래 저리 차분한 거야. 네가 죽을 수도 있는 상황이라고. 얼간아.'

도플갱어가 될 확률은 단 한 명도 빠짐없이 모두 해당되는 사항이었다. 그런데도 태평하게 파티원이나 진정시키고 있다니. 계속 들여다봐도 당최 속을 알 수 없는 선욱이었다.

'젠장. 저런 순 또라이를 믿고 따라온 내가 잘못이지. 침착히 생각해 보자. 그래. 아까 분명 안개섬에 9명이 있다고 했었지. 그렇다면 다른 누군가가 난입했다는 의미이려나.'

확실한 증거는 없지만 그럴 가능성은 크다. 만약 난입한 플레이어가 있다면 어디선가 자신들을 지켜보고 있을 터. 문제는 그가 미션에 포함되는지 안 되는지였다.

'그러고 보니 여기 놈들은 죄다 마력 기술을 못 쓰는 거 같은데. 이거 내가 먼저 난입한 놈에게 접촉할 기회 아냐?'

과연 놈에게도 규칙이 적용되는 지가 의문이었지만 시도할 가치는 있었다.

잠시 다른 사람의 눈치를 보던 리우칭은 조심히 추적계 기술을 펼치기 시작했고, 얼마 되지 않아 뒤편 나무 위에서 한 명의 존재를 파악하게 됐다. 아마 지금쯤 상대방도 추적 기술에 당했단 것을 알아차렸을 터. 이제 남은 것은 그와 접촉할 수단뿐이었다.

'그래. 어차피 확률은 8분의 1이야. 가만히 있다가 죽는 것보단 차라리 뭐라도 해보고 죽는 게 나아.'

마치 미끄러지듯 축축한 바닥을 타고 굴러가는 통신 수정구. 만약 난입한 플레이어가 자신의 뜻을 알아차렸다면 어떤 쪽이든 선택을 할 것이다. 어쩌면 안개섬에서 유일한 희망이 될 수도 있는 아홉 번째 플레이어. 리우청은 조마조마한 속을 애써 달래며 통신이 오기만을 기다리고 있었다.

[난입 플레이어 규칙.]

[1. 어떤 방식이든 미션을 진행 중인 플레이어들에게 피해를 줄 수 없다.]

[2. 난입한 플레이어는 안개섬 미션에 참여할 수 없다.

[3. 미션 진행에 방해되는 행동을 취할 시 관리자의 판단하에 퇴출 조치가 내려진다.]

'도움은 줄 수 있어도 진행에 방해되는 행동은 못 한다 이건가. 그래도 9분의 1로 확률이 늘어나지 않아서 괜찮긴 한데 이건 어찌해야 될까.'

첫 번째 밤의 시간까지 이제 1시간도 남지 않은 가운데 발밑으로 두 개의 수정구가 보인다. 하나는 추적계 마력 기술을 사용한 여덟 번째 플레이어의 수정구였지만 나머지 하나는 전혀 예상치 못했던 인물의 것이었다. 혹시나 해서 주위를 살펴

봤지만 다른 마력의 흔적은 보이지 않았다.

용찬은 두 개의 수정구를 매만지며 동료를 달래고 있는 선욱을 뚫어져라 쳐다봤다.

"내가 여기 있는 것을 어떻게 알았을까? 저놈은 마력 기술도 배우지 않았을 텐데. 아이템을 쓴 것 같지도 않고."

"제 생각엔 일부러 이런 곳에 캠핑을 친 것 같습니다. 이렇게 사방이 막힌 곳이라면 유일하게 저놈들을 관찰할 수 있는 위치는 뒤쪽 수풀밖에 없을 테니까 말이죠. 페펭."

"……아예 처음부터 날 의식하고 있었다는 건가."

위르겐의 말대로 앞은 가파른 절벽 길, 좌우로는 커다란 돌무더기들이 가로막고 있어 지리적으로 이동할 수 있는 경로는 한 곳밖에 없었다.

'난입도 난입이지만 어쩌면 아예 여기서 도플갱어를 정리할 심산일지도 모르겠어.'

예상대로 선욱의 판단력은 놀랍기 그지없었다. 만약 그가 아리엇 산맥에서 죽지 않았더라면 자신을 뛰어넘는 괴물이 되었을지도 모르는 일이었다.

잠시 그때의 기억을 회상하던 용찬은 손에 쥔 두 개의 수정구를 보며 고민했다.

하지만 그것도 잠시.

"페페펭. 그런데 약간 이상하군요."

연초를 피우고 있던 위르겐이 선욱을 보며 갸웃거렸다.

"뭐가 이상하다는 뜻이냐?"

"아까 전까지 마왕님께서 하신 말씀도 그렇고 지금 저놈이 침착히 일행부터 진정시키는 모습도 그렇고. 순전히 자신은 도플갱어가 되지 않는다는 전제하에 머리를 굴리고 있는 것 같습니다만. 혹시 제 말이 틀립니까. 페펭?"

"……."

전혀 틀린 말은 아니다. 첫날 밤의 희생자로 선욱이 걸릴 가능성이 있음에도 용찬도 선욱도 그럴 리는 없다는 듯 말하고 행동하고 있었다.

'안개섬? 그거 애초에 나는 도플갱어가 될 수도 없는 구조였어. 숫자가 몇 명으로 불어나든 확률과 관계없이 나는 무조건 괜찮았어. 아니, 어쩌면 나뿐만이 아닐지도 모르지.'

마치 장난을 치듯 대답하던 선욱의 얼굴이 떠오른다. 끝까지 안개섬의 구조는 말하지 않았지만, 그때의 선욱은 없는 말을 지어내는 성격이 아니었다. 때문에 용찬도 그 기억을 믿고 놈이 미션을 공략하기만을 기다리는 상황이었다.

"틀린 말은 아니지. 유일하게 머리를 잘 굴리는 저놈이 도플갱어가 되면 미션은 거의 공략 실패나 다름없겠지."

"페페펭. 그렇다면?"

"하지만 그런 것을 떠나서 내가 어떤 선택을 하든지 나에게 돌아오는 피해는 없어. 그러니 그나마 가장 쓸 만해 보이는 이 놈을 믿어봐야겠지."

손에 쥐고 있던 수정구 하나가 저 멀리 날아간다. 남아 있는 것은 선욱이 몰래 보낸 통신 수정구.

'마력 기술로 날 찾아낸 놈의 정체가 궁금하긴 하지만 지금은 공략이 우선이지.'

로브 차림새의 플레이어를 주시하던 용찬은 이내 선욱에게로 고개를 돌렸다.

그리고.

"나에게 무슨 볼일이지?"

난입자의 방식대로 미션에 관여하기 시작했다.

[첫 번째 밤의 시간이 찾아왔습니다.]

마침내 예고됐던 심판의 시간이 도래했다. 남은 시간이 모두 소모될 때까지 확실한 해결 방법을 찾지 못한 일행은 죽음에 대한 공포에 벌벌 떨기 시작했고, 그런 혼돈의 도가니 속에서 유일하게 선욱만이 침착히 자리를 고수하고 있었다.

"오빠. 정말 클리어할 방법이 있긴 한 거지? 그런 거지?"

"일단은."

"이, 일단은 이라니. 나 진짜 오빠만 믿고 이렇게 버티고 있는 거야. 그게 아니었으면 진작 저 사람처럼 미쳐 버렸을지도 모른다고!"

한참 칼을 휘두르다 지쳐 바닥에 주저앉아 있는 선필이 눈에 들어온다. 은아의 말대로 자신이 그런 말을 하지 않았더라면 일행들도 저렇게 정신을 놓아버렸을지 몰랐다.

물론 미리 밑밥을 깔아둔 덕분에 그런 상황까진 일어나지 않았지만.

'그래도 투표를 진행할 정도의 정신력 정도는 남아 있어야 할 텐데. 그래야 이미 넋이 나간 저놈들을 제외해도 다수결로 투표를 찬성표로 만들 수 있으니까.'

다른 파티원들의 반응을 살피는 사이, 섬 전체가 다시 어둠에 집어삼켜졌다. 시야 전체가 깜깜해져 가까이 있는 파티원조차 알아볼 수 없는 상황.

이제부턴 순전히 확률 싸움이었다.

'후우. 좋아. 확률은 8분의 1. 첫날 밤에서만 살아남으면 돼. 그러면 하나씩 천천히 퍼즐을 맞춰 나갈 수 있어.'

목숨을 두고 도박을 한다는 게 이런 기분일까. 첫날 밤에서 살아남기만 하면 안개섬을 클리어할 수 있는 기회가 주어진다. 하지만 반대로 운 안 좋게 도플갱어로 걸린다면 공략은 시도조차 하기 전에 실패하는 셈이다. 그런데도 불구하고 선욱은 품속의 수정구를 바라보며 입가를 말아 올렸다.

'정말 나는 미친놈인가. 빌어먹을 정도로 엿같은 상황인데 이렇게 웃을 수 있다니. 내가 생각해도 정상은 아니야.'

일찍이 하멜로 소환되어 플레이어가 됐을 때만 해도 이런 기분은 느끼지 못할 거라고 생각했다. 하지만 미션과 던전을 거쳐 오면서 한계까지 내몰리는 상황에 점점 스릴을 느끼게 됐다. 공략 그 자체가 즐거워지기 시작한 것이다. 때문에 지금도 웃으며 누군가의 죽음을 기다릴 수 있었다. 어쩌면 자신의 죽음이 될지도 모르는 순간을 말이다.

[첫 번째 희생자가 선정되었습니다.]

[도플갱어가 나타났습니다.]

거센 바람이 불더니 이내 주변 일대가 고요해진다. 마치 몸이 얼어붙은 듯 꼼짝달싹 못 하던 플레이어들은 그저 두 눈을 굴리며 어둠 속을 바라만 봤다.

그리고.

털썩!

죽음은 너무도 갑작스럽게 찾아왔다. 마침내 여덟 명의 플레이어 중 한 명이 죽은 것이다. 직접 그 광경을 확인한 것은 아니었지만, 소리만 들어도 대충은 알 수 있었다.

'그래. 그래. 이래야지. 난 살았어. 그러면 된 거야.'

혹여 함께 지내온 동료가 당했을 수도 있는 상황임에도 불구하고 선욱은 만족스러워했다. 그저 자신에게 안개섬을 클리어할 기회가 주어졌다는 사실에 기뻐했다.

[아침이 될 때까지 강제로 수면 상태에 접어듭니다.]

서서히 하나둘씩 쓰러지고, 뒤늦게 어둠이 사라진다. 오직 모닥불만이 주위를 밝히는 가운데 흑발의 청년이 천천히 다가왔다. 그리고 쓰러진 선욱을 내려다보며 쓴웃음을 흘렸다.

'이런 와중에도 살았다는 사실에 웃고 있다니. 정말 달라진 게 하나도 없군.'

애초에 동료들을 이끌고 악몽의 탑에 들어온 이유도 순전히 안개섬에 도전하기 위해서일지 모른다. 플레이어 중 유일하게 공략에 미쳐 살았던 한 남자. 어떤 고난과 시련이 닥쳐와도 순수히 상황을 즐길 줄 아는 자가 바로 선욱이었다.

흑발의 청년, 아니, 용찬은 회귀 이전 기억대로 살아남은 그를 내려다보다 이내 고개를 돌렸다.

'이게 도플갱어에게 당한 플레이어의 시체인 건가.'

형체를 알 수 없을 정도로 검게 타버린 시체는 가까이서 직접 확인해 봐도 누구인지 구분이 불가능했다. 아마 아침이 되자마자 살아남은 플레이어들은 더욱 큰 혼란에 빠지게 될 터. 그런 상황을 수습하는 게 바로 선욱의 몫이었다.

'자, 그러면 원하던 대로 놈은 살아남았고. 과연 어떻게 미션을 클리어하는지 지켜볼까.'

아침 시간이 되면 자연스럽게 도플갱어를 찾는 투표가 진행된다. 그때부터 본격적으로 인간의 본성이 드러나며 의견 충돌이 일어나게 될 것이다.

쭉 쓰러진 플레이어들을 살피던 용찬은 살며시 입가를 말아 올리며 등을 돌렸다.

'날 위해 희생해라. 안선욱.'

[날이 밝았습니다.]

[첫 번째 희생자가 나왔습니다.]

[3시간 후 투표가 진행됩니다.]

긴 잠에서 깨어나 감겨 있던 눈을 뜨자 환한 빛이 대지를 강타한다. 끈적한 공기 속에서 턱 막혀 있던 숨을 내뱉자 서서히 정신이 차려졌다.

'더워. 그리고 찝찝해. 분명 잠들기 직전에 무슨 소리를 들었던 것 같긴 한데 대체 어떻게 된…….'

우려하던 일이 현실로 찾아왔다. 침침한 눈을 비비던 설화는 차마 자리에서 일어나지 못하고 바닥에 주저앉듯 쓰러졌다. 흐릿하던 시야 속으로 잡히는 한 구의 시체. 그것도 까맣게 타버려 형체조차 알 수 없는 시신에 두 눈동자가 파르르 떨려왔다.

"꺄아아악!"

"왜 그래. 무슨 일…… 우웁!"

"설마 저거 우리 중 누군가의 시체인 거야? 그런 거야?"

충격적인 광경에 하나둘 반응을 보이기 시작한다. 존은 질끈 눈을 감고 구토를 하는 민아를 쳐다보다 이내 주위를 경계했다. 눈앞에 시체가 있지만 인원수는 그대로다.

'그렇다면 여기에 도플갱어가 있을 수도 있다는 거잖아.'

C급 몬스터로 분류되는 도플갱어는 자신이 살해한 인간의 모든 것을 흉내 낸다. 겉 생김새에서부터 버릇, 말투, 목소리, 자세, 그 사람의 기억까지. 마치 복제된 인간처럼 모든 것을 따라할 수 있었고, 지금도 첫 번째 희생자로 둔갑해 연기를 펼치고 있을지 몰랐다. 그리고 그 생각은 다른 사람들도 마찬가지인지 눈동자에 의심이 서리기 시작했다.

"다 죽을 거야. 죽는다고. 한 명도 빠짐없이 이 섬에서!"

"좀 진정하지그래. 이제 하루가 지났을 뿐이야."

"으흐흐흐. 그래. 이제 하루가 지났을 뿐이지. 근데 그거 알아? 지금 여기에 도플갱어가 있을 수도 있단 거?"

"……이 녀석."

선필의 생기 없는 두 눈동자를 직면한 페트슨은 미간을 찌푸렸다. 벌써 혼이 나간 죽은 자의 눈이었다. 이미 미션을 포기한 것인지 미친 듯이 웃음만 흘리고 있었다. 그사이 시체 주변을 조사하고 있던 선욱은 흔적 자체가 보이지 않는 현장에 머리를 골똘히 굴리고 있었는데, 뒤늦게 무언가 떠올린 것인지 일행 몰래 수정구를 꺼내 들었다.

"혹시……."

-어젯밤의 일이라면 나도 목격한 게 없어. 애초에 밤의 시간은 나에게도 적용이 되고 있었으니까.

"그렇다면 용찬 님께서도 도플갱어가 누구인지 모르신다는 얘기로군요."

-뭐, 그렇게 되는 거겠지. 근데 네놈도 약간 웃기는군. 지금 내 입장에선 네놈도 도플갱어가 아닐까 의심이 드는 상황인데 그리 뻔뻔하게 어젯밤 일을 물어올 줄이야. 당장 네가 도플갱어가 아니란 것을 어떻게 입증할 수 있지?

"물론 도플갱어가 저로 둔갑해 연기를 하는 것일 수도 있겠죠. 뭐, 그건 용찬 님께서 알아서 판단하실 문제고 저를 안 믿으셔도 상관없으니 우선 거래한 내용대로만 움직여 주시면 될 것 같습니다."

첫날, 난입한 용찬에게 통신 수정구로 접촉을 시도하며 제시한 거래. 자신의 시선이 닿지 않는 곳까지 일행들을 감시하며 작은 변화 하나 놓치지 않고 보고해 주는 일이었다.

'그나저나 고용찬이라고 했던가. 대체 이런 미션으로 난입한 이유가 무엇이지. 자칫 잘못하면 자기가 위험해질 수도 있었을 텐데.'

이미 난입한 플레이어의 규칙을 대충 전해 들은 상태였지만 아직 용찬의 의도만큼은 파악이 불가능했다. 아마 그도 자신을 신뢰하지 못하는 것은 마찬가지일 것이다. 지금은 일단 미션에 최대한 집중을 해볼 수밖에.

"선욱 오빠. 전과 말이 다르잖아. 해결 방법을 찾았다며. 근데 이게 뭐냐고. 벌써 한 명이 죽어서 도플갱어가 됐다는데 무슨 해결을 한다는 거야!"

"설화야. 진정하고 우선 선욱이 말부터 좀 들어보자."

"……저리 가. 나, 나는 지금 누구도 믿지 않아. 아니, 믿지 못해!"

자리에서 일어난 설화가 활을 움켜쥔 채 뒷걸음질 친다. 벌써부터 의심의 싹이 피어났다는 의미다.

'앞으로 투표까지 남은 시간은 3시간. 그동안 어떻게든 무언가 단서를 찾아야만 해.'

판단을 마친 선욱은 더 늦기 전에 재빨리 일행들부터 진정시켰다. 그리고 간단히 도플갱어에 대한 특징을 설명하며 천천히 서로에 대해 다시금 확인하기 시작했다.

마치.

"……."

의도적으로 희망을 심어주는 것처럼.

한편, 뒤쪽 수풀에서 감시하고 있던 용찬은 울먹거리면서도 진정하기 시작한 일행을 보며 피식 웃었다.

"헛된 희망이라도 심어줄 심산인 건가."

"페페펭. 심리적으로 안정을 주고 같은 편이라는 인식을 심어주는 것 같군요. 일단 나머지 세 명은 저희가 맡아야 할 것 같습니다."

"감시를 부탁한다고 하더니 이런 뜻이었나."

일행들에게 도플갱어를 찾는다는 목표 의식을 심어주고 서로에 대해 다시금 확인하면서 그들을 안심시킨다. 그리고 나머지 세 명을 난입한 플레이어에게 맡겨 허술한 시야까지 확보한다. 매우 간단하면서도 효과가 뛰어난 방법이긴 했지만 당장은 임시방편에 불과했다.

"위르겐. 저놈들 중 무언가 수상한 기운이 느껴지는 놈은 따로 없나?"

"딱히 없습니다. 페엥."

"……기운 감지는 통하지 않는 건가."

제피르 고유 특성인 기운 감지에 기대를 걸어봤지만, 특별히 반응은 없었다. 추적계 마력 기술을 쓴 플레이어도 아직까진 크게 별다른 행동을 보이지 않는 상황.

서서히 미궁 속으로 빠져드는 미션에 용찬의 속도 점점 답답해져 갔지만 마침 일행들 사이로 요정이 다시 나타나며 분위기는 사뭇 달라졌다.

"아이 씨. 뭐 이리 조용한 거야. 내가 기대한 건 이런 게 아니라고."

"뭐?"

"한 명은 미친 듯이 웃기만 하고. 두 명은 답답하게 상황만 지켜보고 있고. 넌 쓸데없이 일행들에게 헛소리나 늘어놓고 있고. 이래서 투표 때까지 무슨 재미가 있다는 거야. 좀 더 팍팍 몰아붙이고 서로를 의심하란 말야!"

"으드득. 그래. 네놈한테는 이 상황이 그저 유희거리로만 보인다 이거지."

"당연하잖아. 아오. 재미없어. 특히 저 녀석 때문에 더 재미없어지는 것 같아! 다들 잘 생각해 봐. 여기 도플갱어가 한 명 있다고. 그놈은 지금 자기가 죽인 플레이어의 모든 것을 흉내

내고 있어. 원래 가지고 있던 기억까지 모두 알고 있는데 서로에 대해 확인해 봤자 그게 무슨 소용이야. 도플갱어가 연기를 하고 있단 생각은 안 하고 있는 거냐고!"

겨우 몇 마디에 일행들이 눈치를 보기 시작한다. 요정의 말대로 도플갱어가 모든 기억을 가지고 연기를 하고 있다면 선욱의 행동은 그저 무의미한 짓에 불과했다.

"……맞아. 여기 도플갱어가 있다고. 여기 있다간 놈에게 살해당할 거야. 난 도망칠 거야."

"어이. 멈춰!"

"다들 비켜!"

실실 웃기만 하던 선필이 겁에 질려 달아나기 시작했다. 가만히 눈치를 보고 있던 나머지 두 명의 플레이어도 서둘러 자리를 빠져나가는 상황. 뒤늦게 존이 쫓아가 봤지만 이미 세 명 다 스킬을 사용해 멀리까지 도주해 버린 후였다.

"그렇지. 이렇게 좀 긴장감 넘치게 진행되어야 재밌지!"

"잠깐. 이렇게 되면 투표는 어떻게 진행되는 건데?"

"어떻게 진행되긴. 서로 위치를 몰라도 이름만 알고 있으면 투표는 정상적으로 진행할 수 있다고."

"그러면 내가 살짝 궁금한 게 있는데 말야. 안개섬 미션의 다섯 번째 규칙. 그건 플레이어로 둔갑한 도플갱어가 직접 우리를 죽인다는 거지?"

"으흐흐. 과연 어떨까. 직접 확인해 보라고. 그럼 이만!"

상황만 더욱 악화시킨 요정은 어정쩡한 대답만 남기고 홀연히 사라져 버렸다. 작은 힌트조차 얻지 못한 선욱은 곰곰이 생각에 잠기는 모양새였지만 일행들은 그러지 못했다.

"열 받긴 해도 요정의 말도 맞는 거 같아. 이러는 게 무슨 의미가 있겠어. 어차피 도플갱어는 모든 것을 흉내 내잖아. 사소한 기억까지도 전부. 이렇게 된 거 차라리……."

피슝!

은아가 등을 돌리는 순간 푸른 빛깔의 마법이 그녀에게로 쏘아졌다.

"뭐, 뭐 하는 짓이야. 선욱 오빠! 날 죽이려 한 거야?"

"다들 뒤로 물러나. 이 자식 제정신이 아니야. 믿기지는 않지만, 저놈이 도플갱어일 수도 있어!"

"잠깐만. 다들 진정하고 내 얘기부터 들어봐."

선욱이 무효화된 마법을 가리키며 차분히 무언가를 설명하기 시작했다.

멀리서 그 광경을 지켜보던 용찬은 고개를 갸웃거렸다.

"갑자기 동료를 공격할 줄이야. 무슨 생각을 하는 거지."

"페펭. 이거 잘하면……."

"음?"

연초를 입에 물고 있던 위르겐의 두 눈이 가늘어진다. 미리 섬 곳곳에 설치해 둔 탐색자의 눈을 통해 도주한 플레이어들의 행방을 살피는 가운데, 서서히 두툼한 입가가 양쪽으로 쭉 찢어지고 있었다.

[투표가 마감됐습니다.]

일련의 소동 이후 세 시간은 빠르게 지나갔다. 투표는 아예 비공개로 진행되는 것인지 투표수조차 공개되지 않았고, 어떤 플레이어가 가장 많은 표를 받았는지 확인마저 불가능한 가운데 투표는 순식간에 마감이 됐다. 아마 투표 결과에 따라 플레이어들의 운명이 판가름 날 터.

하지만 선욱은 그 이후로도 침착히 자신과 통신을 주고받으며 도망간 자들에 대한 정보를 전해 들었고, 얼마 되지 않아 자신의 파티 자체를 해산시키며 따로 부탁을 해왔다.

-지금부터 도주한 플레이어들을 한 명씩 공격해 주십시오. 확인해 볼 게 있습니다.

"설마 잊어먹은 건 아니겠지. 난입한 플레이어의 규칙상……."

-상관없습니다. 그저 확인만 하면 되니까.

전혀 의도를 알 수 없는 부탁이었지만 용찬은 승낙했다. 그리고 미리 위치를 확보하고 있던 플레이어들에게 일일이 마력탄을 시전해 확인을 거듭했다.

[규칙상 플레이어를 공격할 수 없습니다.]

예상대로 난입한 플레이어는 미션에 참여한 자들을 공격할 수 없었고, 스킬이 적용되기 직전에 메시지가 뜨며 모든 기술들이 무효화됐다.

"대체 무슨 생각인 건지 모르겠군."

"페펭. 지금 놈은 실험을 하고 있는 것 같습니다."

"실험?"

"과연 플레이어로 둔갑한 도플갱어가 플레이어로 인식이 되는지. 그리고 플레이어의 시스템까지 활용할 수 있는지 말이죠. 페펭."

"……하지만 미션 특성상 도플갱어가 플레이어로 인식될 가능성도 배제할 순 없을 텐데?"

"예. 그래서 다음 단계로 넘어가는 거죠. 페펭."

연초의 재를 털어내던 위르겐이 화면을 가리켰다. 아예 거점으로 삼았던 섬의 중심부를 버리고 제각기 흩어지는 일행. 따로 파티를 생성한 것은 아닌지 선우도 일찌감치 자리를 벗어나고 있었다.

그리고.

-갑작스럽지만 저희 일행들도 전부 흩어지게 됐습니다. 혹시 다른 파티원들의 위치까지 확인하실 수 있겠습니까?

전혀 예상치 못한 부탁이 전해져 왔다. 기본적으로 플레이어로 둔갑한 도플갱어는 몬스터로 취급된다. 플레이어가 가지고 있던 시스템은 전혀 활용하지 못하며 순전히 살해한 인간의 기술들로만 전투를 벌인다. 그런 취약점 때문에 회귀 이전 하멜에선 시스템을 통해 도플갱어를 판별하기도 했지만 안개섬이라면 다를지도 몰랐다. 아예 도플갱어도 플레이어로 취급될 수 있는 것이다.

"그래서 지금 놈은 한 차례 플레이어들을 공격하며 규칙을 실험했다는 건가."

"페펭. 그렇습니다. 파티를 해산한 것도 맨 처음 봤던 규칙 때문에 그런 것이겠죠. 하지만 실험 결과 모두 플레이어로 인식되고 있고 세 명은 먼저 도주해 버렸으니 아예 일행들도 함께 해산시킨 것입니다."

위르겐은 선욱의 행동을 설명하면서 동시에 요정과의 대화를 강조했다.

'그렇지. 이렇게 좀 긴장감 넘치게 진행되어야 재밌지!'

'잠깐. 이렇게 되면 투표는 어떻게 진행되는 건데?'

'어떻게 진행되긴. 서로 위치를 몰라도 이름만 알고 있으면 투표는 정상적으로 진행할 수 있다고.'

짐꾼으로 데려온 플레이어 세 명이 도주하는 것을 보고 즐거워하던 섬의 관리자. 특히나 서로 위치를 몰라도 투표를 진행할 수 있단 부분에서 조금씩 도플갱어에 대해 의심을 하게 만들었다.

만약 여덟 명의 플레이어 중 한 명이 도플갱어라면 오히려 가까운 것을 선호하고 남에게 먼저 접근하려 들 것이 뻔하지 않은가. 밤이 얼마나 긴지는 몰라도 다른 인간의 위치를 모른다면 플레이어가 기존에 가지고 있던 기술들로 남을 찾아내서 죽인다는 것은 거의 어렵다고 볼 수 있었다.

'그러고 보니 마력 기술을 사용할 수 있는 것은 한 명뿐이었지. 혹여 감지계와 추적계 스킬을 사용한다고 해도 위치를 알아내는 데는 다소 시간이 걸릴 수도 있어.'

그제야 용찬은 선욱의 의도를 깨닫게 됐다.

"일행들을 해산시킬 때도 적당히 말을 구슬려 서로의 위치도 모르게 사방으로 흩어지게 만들었겠죠. 페펭."

선욱의 입장에서 목숨을 건 두 번째 도박을 시도하는 것이나 다름없는 것이다.

그런 위르겐의 해석에 용찬은 미간을 좁혔다.

'이런 상황에서 또 한 명이 죽는다면 도플갱어에게 따로 인간을 찾는 능력이 있다거나 아예 다른 무언가의 개입이 있다는 것으로 예상을 좁힐 수 있다는 건데. 그런 것을 떠나서 골치 아프군. 살았다는 사실에 안도하지도 않고 계속 목숨을 내던지려 하다니. 정말 공략 성애자인 것은 알아줘야겠어.'

서서히 화면에 담긴 플레이어들이 주변 환경을 이용해 몸을 숨기기 시작했다. 일부는 은신 주문서까지 따로 꺼내 들며 철저히 밤의 시간을 대비하는 상황. 과연 이런 방법이 통할지 아니면 무의미한 행동으로 그칠지는 좀 더 두고 봐야 아는 일이었다.

"만약 저놈이 죽으면 어떻게 되는 거지?"

"폐퍵. 걱정 마십시오. 이미 제가 놈의 의도를 알아챘지 않습니까. 저놈이 죽어도 남은 플레이어들을 이용해 의심의 폭을 줄이면 되기 때문에 상관없습니다."

자신만만한 위르겐의 발언에 자연스레 선욱에게로 시선이 쏠렸다.

'어떻게든 공략만 성공하면 된다는 사고방식은 여전하군. 뭐, 운이 좋다면 살아남겠지. 물론 살아남는다고 해도 결국은 내 손에 죽게 되겠지만.'

차츰 건틀릿에 깃든 어둠의 속성력이 꿈틀거리고 있었다.

[두 번째 밤의 시간이 찾아왔습니다.]

첫 번째 투표 결과에 따라 다시금 심판의 시간이 이어진다. 미리 섬의 해안가 쪽 동굴에 자리 잡은 선욱은 최대한 돌덩이들로 입구를 틀어막은 채 은신 주문서를 사용한 상태였고, 얼마 되지 않아 온몸이 뻣뻣이 굳어가기 시작했다.

'그게 무슨 소리야. 갑자기 터무니없이 흩어지라니. 정말 우리를 버리겠다는 거야?'

'처음에 말했듯이 해결 방법은 있어. 하지만 이 방법엔 어쩔 수 없이 희생이 따라. 그것은 나도 마찬가지고. 그러니까 최대한 남이 못 찾는 곳까지 흩어져서 자기 몸을 숨겨.'

'크흥. 정말 이런 말 하기 싫지만 우리들 중에 도플갱어가 있을 수도 있는 거잖아. 만약 그렇다면 오히려 도플갱어를 풀어주는 셈이라고.'

'내가 말했잖아. 서로 위치를 모르는 상태로 흩어진다고.'

거점에서 흩어지기 직전 파티원들과 오갔던 대화가 떠올랐다. 정말 존의 말처럼 일행들 중 도플갱어가 있다면 이 방법은 놈을 더욱 자유롭게 만들어주는 셈이다.

하지만.

'만약 네 명 중 한 명이 도플갱어라면 차라리 더 좋지. 아예 경우의 수를 줄일 수 있으니까.'

선욱의 생각은 좀 달랐다. 여덟 명 모두 섬 곳곳으로 흩어진 가운데 플레이어들은 서로의 위치도 모르고 있지 않은가. 용찬을 통해 그들의 위치를 알고 있던 선욱은 이번에 나올 희생자에 초점을 두고 있었다.

'그리고 그것뿐만 아니지. 만약 두 번째 희생자도 첫날 같은 방식으로 나오는 거면…….'

[두 번째 희생자가 선정되었습니다.]

[플레이어 존이 살해당했습니다.]

'그래. 이래야지.'

마침내 두 번째 희생자가 결정됐다. 8분의 1이란 확률 속에서 살아남았다. 동료가 살해당했다는 메시지에도 불구하고 선욱은 웃었다. 아니, 기뻐하고 있었다. 두 번째 밤의 시간에서 살아남았다는 사실에. 그리고 자신의 예상이 적중했다는 사실에 말이다.

[아침이 될 때까지 강제로 수면 상태에 접어듭니다.]

서서히 눈이 감겨온다. 아마 내일이 되면 많은 것이 바뀌게 될 것이다. 그 생각을 마지막으로 선욱의 의식은 끊겼고 섬을 집어삼키고 있던 어둠도 사라지기 시작했다.

[날이 밝았습니다.]

[3시간 후 투표가 진행됩니다.]

안개섬 미션이 시작된 지도 벌써 하루가 지났다. 지평선 너머에서부터 밝아오는 빛에 용찬은 감겨 있던 눈을 떴다.

"……마족이라고 해도 몸의 피로는 버텨내지 못하는 건가. 영 몸이 찌뿌둥하군."

난입자는 강제적으로 수면 상태에 돌입하지 않는다. 다만, 마족이라고 해도 며칠 동안 쌓인 피로는 쉽게 넘어갈 수 없었다.

-존 오빠가 죽었다니. 말도 안 돼. 거짓말이야.

-으흐흐흑. 존 오빠.

-서로 위치조차 모르는데 또 한 명이 죽었다고? 대체 어떻게 되먹은 거야. 도대체 도플갱어가 누구냐고!

슬슬 수면에서 깨어난 플레이어들이 반응을 보이기 시작한다. 바닥에 코를 박고 자고 있던 위르겐도 일행들의 울음소리에 잠이 깬 것인지, 날개를 파르르 떨며 다가왔다.

"페엥. 도주한 플레이어들이 죽었다면 그나마 그놈들 중에서 범위를 좁힐 수 있을 텐데. 전혀 다른 결과가 나왔군요."

"이렇게 시체 주변이 깔끔할 수 있다니. 플레이어로 둔갑한 도플갱어라면 흔적을 남길 수밖에 없을 텐데."

첫날 같은 경우 플레이어들이 전부 거점에 자리 잡고 있어 흔적을 찾기 애매했지만 지금은 달랐다. 반대편 해변가로 도망쳤던 존은 모래사장에 버려진 선박 안에서 몸을 숨기고 있었고, 시체 주변에 특별한 흔적은 보이지 않았다. 물론 도플갱어가 직접 흔적을 지울 수도 있지만, 선박 안에 있는 존을 아무런 흔적 없이 제거하는 것은 거의 불가능했다.

"마력의 흔적도 남아 있지 않은 것 같은데. 대체 어떻게 저놈을 죽인 거지?"

"페페페펭. 대충 윤곽이 잡혀가는군요."

"음?"

잠에서 깨어난 위르겐이 연초를 입에 문 채로 말했다.

"처음부터 이상했습니다. 매일 밤 도플갱어에게 플레이어가 살해당한다는 규칙이 말입니다. 플레이어를 죽이고 그 인간의 모든 것을 복제하는 도플갱어면 능력에 한계가 있게 마련이지 않겠습니까. 페펭."

복제한 인간의 능력으로 도저히 인간을 찾지 못하는 상황이 된다면 도플갱어는 인간 살해에 실패하게 된다. 특히 생존자와 수준 차이가 심해 절대 뚫지 못할 보호 스킬이라도 펼쳐 둔다면 규칙은 무의미해지는 것이나 다름없다. 그런 가운데 일행들은 서로의 위치도 모른 채 각자 흩어지게 됐고 따로 누가 접근한 흔적도 없이 존이 살해당했다. 그것도 밤의 시간이 선포된 지 얼마 안 돼서 말이다.

"그 말은 즉……."

"예. 존은 도플갱어에게 살해당한 것이 아닐 수도 있습니다. 페펭."

용찬의 인상이 굳어졌다. 정말 존이 도플갱어에게 살해당한 것이 아니라면 다른 무언가의 개입이 있었다는 것일 터. 하지만 그것은 안개섬 규칙에서 벗어나는 문제였다.

"어제 말씀드렸다시피 가장 큰 힌트는 첫 번째 투표 전에 나타났던 요정의 행동이었습니다. 그나마 거리가 가까워야 플레이어를 살해하기 쉬울 텐데 오히려 일부 인간들을 달아나게 만들며 즐거워했지 않습니까. 페펭."

"……."

"정말로 지루했다면 그들을 멀리 떨어트리지 않았을 겁니다. 플레이어로 눈갑한 도플갱어가 더욱 살해하기 어려워질 테니까 말이죠. 페펭."

거리는 멀고 서로의 위치는 불명. 만일 위치를 안다고 해도 살해하는 데까지 다소 시간이 걸리게 마련이다. 한데, 밤의 시간이 될 때마다 금방 플레이어들이 죽어 나간다는 것은 앞뒤가 맞지 않았다.

'총 9명이라니. 그게 무슨 소리예요?'

'거참. 직접 생각해 보시라니까요. 그리고 웬만하면 제 말을 전부 믿지는 마세요. 판단은 여러분들의 몫이니까요.'

'뭐야. 무슨 설명이 그래. 너무 오락가락하잖아. 진짜 귀염성 없는 요정이네!'

문득 안개섬 미션이 시작되기 직전 요정이 했던 말들이 떠올랐다. 어쩌면 놈이 설명한 규칙 중 몇 가지는 함정일 수도 있을 것이다.

용찬은 메신저 시스템을 통해 다시 합류하고 있는 화면 속 일행들을 보며 물었다.

"그렇다면 대체 누가 플레이어들을 살해했단 거지?"

"플레이어로 둔갑한 도플갱어가 아니라면 범인은 한 명. 아니, 한 마리밖에 없지 않습니까. 페펭."

유일하게 섬 전체를 이동할 수 있는 존재. 그리고 플레이어들에게 직접 미션을 건네왔던 존재.

"섬의 관리자."

아직 푸른 날개의 요정만큼은 공격해 본 적이 없었다.

-아. 진짜 시끄러워 죽겠네. 내가 부르면 나오는 그런 착한 요정인 것 같아? 다들 얼른 투표나 준비하라고. 여기 모여서 뭣들 하는 거야!

-이제 투표는 의미가 없어져서 말야. 어차피 규칙은 형식적으로나마 있는 거잖아. 안 그래?

-으잉? 그게 무슨 소리일까나.

마침 선욱이 요정을 불러내 마지막 도박을 시작했다.

-그래? 그러고 보니 미션 관리자는 공격이 불가능하다고 네가 말했었지.

-응? 너 지금 무슨…….

손에 쥔 녹색 오브에서 발현되는 마법. 순식간에 수십 발의 매직 미사일들이 요정에게로 쏘아졌다.

-이것들이 보자 보자 하니까!

서서히 조그마한 요정의 몸집이 불어나기 시작했다.

절대 공략 불가 미션이라고 널리 알려진 안개섬. 등급과 인원 상관없이 입장이 가능한 안개섬의 미션 구조는 악명 높았다. 그리고 예상대로 안개섬의 미션은 플레이어들 속에 도플갱어를 심어 서로 의심하게 만드는 상황을 유도했다. 단순한 전투가 아닌 고난도의 심리전을 형성시킨 것이다.

하지만 그런 것치곤 규칙 중 몇 가지가 너무도 애매했다.

'첫날 밤에 한 명이 죽고 도플갱어가 되는 것까진 이해가 돼. 하지만 그 이후로도 매일 밤 한 명씩 몰래 죽이는 것은 솔직히 힘들어.'

특히 요정의 행동이 큰 힌트가 됐다. 처음엔 그저 투표를 방해하려 드는 줄 알았지만, 놈이 심어준 혼란은 그대로 플레이어들을 도주하게 만드는 상황을 초래했고, 요정은 플레이어들의 거리가 떨어지는 것을 보면서도 즐거워했다.

'게다가 밤의 시간이 되자마자 곧바로 살해 메시지가 뜨는 것 하며…….'

용찬의 통신을 통해 들었던 존의 시체도 이상했다. 첫 번째 밤의 시간 같은 경우 도플갱어의 손에 희생당한다는 설정이기에 가볍게 넘어갔지만 두 번째 날부턴 아니었다.

'존 오빠가 죽었는데 어떻게 그리 아무렇지 않을 수가 있어. 이제 와서 다시 모여봤자 무슨 의미가 있다고!'

'진정하고 내 말 들어봐. 어쩌면 여기에 도플갱어가 없을 수도 있어.'

'뭐?'

선욱은 그때부터 규칙 자체를 의심하게 됐고 일행들과 함께 마지막으로 시험을 해보게 됐다.

그리고.

"감히 이 몸을 공격하려 들었겠다. 분명 난 공격 불가라고 그리 알렸는데도!"

목숨을 건 마지막 도박은 다행히 성공이었다. 선욱은 우락부락한 근육질로 변하는 요정을 보며 입가를 말아 올렸다.

"그러면 그렇지. 애당초 이런 규칙이면 분명 한 명쯤은 클리어할 수밖에 없어. 너 5일 동안 살아남아도 생존자들을 곱게 보내줄 생각도 없었잖아. 안 그래?"

"감히! 감히! 감히!"

"다른 놈들도 우여곡절 끝에 이 섬에 도플갱어가 없단 사실을 알아차리긴 했었겠지. 하지만 그 플레이어들도 전부 네가 죽였다고 치면 안개섬이 여태껏 클리어되지 않은 것도 어느 정도 설명이 돼. 처음 규칙을 설명할 때 네가 사기 말을 믿지 말라 했던 말. 그것은 아예 규칙 자체를 뜻하는 거였어. 내 말이 틀려?"

안개섬 미션의 가장 큰 함정은 사실상 요정이나 다름없었다. 만일 이 사실을 뒤늦게 깨달았다면 자신도 얼마 남지 않은 생존자들과 함께 놈의 손에 살해당했을 것이다.

“……역시 네놈은 처음부터 거슬렸어. 용케도 거기까지 알아맞혔군. 하지만 단 한 가지가 틀렸어.”

“뭐?”

요정의 형체가 기괴하게 뒤틀리기 시작한다. 서서히 진흙처럼 온몸이 녹아내리며 튀어나오는 제2의 얼굴.

-이 섬에 도플갱어는 존재하고 있었어. 그게 설마 나라고는 생각해 본 적이 없어?

큼지막한 검은 두 눈동자가 일행들을 향하자 등 뒤로 식은땀이 흘러내렸다.

[안개섬의 비밀이 드러났습니다!]

[진정한 보스 몬스터가 등장합니다.]

[미션 목표가 갱신됐습니다.]

[현재 남은 생존자 수와 생존자의 등급을 기준으로 보스 몬스터의 등급이 정해졌습니다.]

허공에서 꿈틀거리는 수백 개의 팔과 다리. 눈 앞에 펼쳐진 그로테스크한 광경에 설화와 은아가 질끈 눈을 감았다.

“……너 설마 섬의 관리자를?”

“그래. 아주 먹음직스러운 사냥감이었지. 플레이어는 공격이 불가능하지만 나는 전혀 상관없었다고. 어차피 폐기 처분이 정해져 있던 나는 목숨을 걸고 요정을 노렸지. 그리고 그 결과가 바로 이거다."

좌우로 갈라진 두 개의 얼굴 속에서 미소가 피어오른다.

"지금 내 등급은 B급. 여기 있는 네놈들도 그렇고 난입한 플레이어도 페널티 때문에 내 상대는 안 되지. 그래도 너무 걱정은 하지 마. 어차피 하멜의 시스템 때문에 너희한테도 기회를 줄 수밖에 없으니까."

놈이 두 쌍의 손을 휘젓자 새로운 메시지창이 나타났다.

[남은 시간:15분]

"자. 15분 동안 나한테서 살아남으면 안개섬 미션을 클리어로 인정해 주지. 어때. 괜찮지 않아?"

"아아, 틀렸어. B급 보스 몬스터를 상대로 어떻게 15분 동안 버티라는 거야."

일행들이 하나둘씩 절망 가득한 표정으로 주저앉는다. 선욱만큼은 식은땀을 흘리면서도 오브를 움켜쥐고 있었지만 두려운 것은 마찬가지였다.

"자, 그럼 사냥을 시작해 볼까?"

마침내 보스 몬스터로 돌변한 도플갱이가 선언했다.

그리고.

"15분도 필요 없지."
"커억!"
시작과 동시에 바닥으로 떨어지고야 말았다.
"아예 여기서 질긴 명을 끊어주마."
단 한 청년의 손에 의해서.

[관리자를 집어삼킨 도플갱어]
[등급:B]
[상태:흥분, 상태 이상 저항, 마법 저항.]

회귀 이전 기억대로 선욱은 안개섬의 비밀을 파헤치는 데 성공했다. 아마 자신의 손에 짓눌리고 있는 도플갱어는 섬의 관리자로 위장해 여태껏 플레이어들을 살해해 왔을 것이다.
'이번 미션을 통해 안선욱의 능력을 다시금 실감하게 되는군. 이런 식으로 미션을 클리어한 거였나. 하지만 어떻게 B급 보스 몬스터를 상대로 살아남을 수 있었던 거지?'
15분이란 생존 시간이 주어졌다지만 자신이 없던 그때는 이보다 상황이 더욱 열약했을 터. 살아남은 다른 일행들을 모두 방패막이로 삼았다고 해도 지금 놈의 능력으로는 도저히 버티는 것이 불가능했다.

하지만 그런 의문을 해결할 시간도 없이 도플갱어가 마력을 발현하며 반격을 시도해 왔다.

"크아아아. 저리 꺼져. 잔챙이 자식 주제에 어디서!"

"착각하고 있는 게 한 가지 있군."

"하. 지금 네놈이 내 상대가 될 것 같아? 등급 페널티까지 받고 있는 주제에!"

기존에 요정이 가지고 있던 마법까지 구사하는 것일까. 놈은 양손 위로 활활 타오르는 불의 구를 던지며 정면으로 달려들었다.

하지만 용찬은 사방으로 비산하는 파편들 속에서 네 쌍의 팔을 피해내며 역으로 뇌신장을 시전했다.

"크흐흐흐. 이런 공격으로 무엇을 한다고. 가렵지도 않은데 말…… 컥!"

미미한 위력에 비웃던 찰나, 전신으로 뇌전이 파고든다.

"등급 페널티를 받아도 네놈 정도는 제압할 수 있어."

"이, 이 자식이!"

"그리고……."

마치 소용돌이처럼 휘몰아치는 뇌전들 사이로 네 쌍의 안광이 빛을 발했다. 오직 마왕만이 가질 수 있는 특권.

"내가 언제 혼자서 싸운다고 했지?"

"뭐, 뭐야. 그 펭귄 놈뿐만 아니었던 거야?"

추가로 소환된 병사들의 모습에 요정이 처음으로 당황하기 시작했다.

"……듀얼 클래스?"

멀리 떨어져 상황을 지켜보고 있던 선욱마저 당황하는 기색이 역력했다. 단순히 무투가로 생각하고 있던 플레이어가 소환 스킬까지 시전하고 있으니 두 개의 직업을 가지고 있다고 여길 수밖에 없을 터. 특히 플레이어로 취급되지 않는 병사들은 따로 페널티가 적용되지 않았기에 온전히 C등급을 유지하고 있었다.

[록시의 청광이 발동됩니다.]

[쿨단의 흡수력 특성이 발동됩니다.]

[루시엔의 댄싱 검술이 발동됩니다.]

미리 가면과 전신 로브로 인상착의를 숨기고 있던 병사들은 지체 없이 요정을 몰아붙이기 시작했고, 후방에 있던 로드멜은 채널링 특성을 통해 생명력을 관리해 갔다.

-페펭. 마왕님. 다른 세 명의 위치도 파악해 두었습니다.

수풀에 대기하고 있던 위르겐도 지시대로 도주한 플레이어들의 위치를 확보해 주고 있었다. 이제 남은 것은 도플갱어를 처치해 보상을 회수하는 것뿐.

"9명이라고 하더니 난입한 플레이어가 있던 거였어?"

"우리도 이렇게 가만히 있을 순 없지. 얼른 돕자고!"

"이런 식으로 우리를 실컷 갖고 논 거였다니. 여기서 존 오빠의 복수를 하겠어!"

슬슬 선욱의 일행까지 전투에 합류하는 가운데 고전을 면치 못하던 요정이 공중으로 커다란 마법진을 발현했다.

"여기서 죽을 수 없어. 어떻게 이 섬을 차지한 거였는데. 너희들 같은 놈들에게 죽을 수 없다고!"

"너희들 같은 놈들이라니. 비교 발언은 못 들어주겠는데 말이지. 록시."

B급에 달하는 보스 몬스터답게 상당한 수준의 광역 마법이 시전됐지만, 놈만 마법사인 것이 아니었다. 하늘에서 쏘아지는 수백 개의 마력 창들을 가로막는 커다란 장막. 아무리 요정이 가지고 있던 마법이라고 해도 록시의 안티 베리어 앞에선 그것마저 무용지물이었다.

[뇌안이 발동됩니다.]

도플갱어의 배후로 이동한 마왕이 입가를 말아 올렸다.

"섬에서 태어나 섬에서 죽게 되겠군. 도플갱어."

"아, 안 돼!"

"돼."

타앙!

일초의 망설임도 없이 터져 나오는 총성. 옆구리로 파고든 일점 격발에 놈의 자세가 무너졌다.

"지금이야. 모두 쳐!"

기회를 놓치지 않고 소리친 선욱의 지시에 파티원들이 일제히 강력한 스킬들을 시전한다. 마침 루시엔의 신속 가르기와 쿨단의 아트란 투창술까지 발현되는 상황.

도플갱어는 다급히 순간이동 마법을 통해 자리를 벗어나려 했지만 백호신권의 손길에 금세 마력이 붙잡혀 버렸다.

"어딜 가려고?"

"대, 대체 네놈은……."

"잘 가라."

안면을 강타하는 또 한 발의 일점 격발. 사방에서 발현되는 맹렬한 스킬들 속에서 점점 의식이 흐려져 갔다.

[보스 몬스터를 처치했습니다.]

[안개섬 미션을 클리어했습니다.]

[잠시 후 보상 룸으로 이동합니다.]

절대 공략 불가라고 알려진 안개섬 미션이 클리어되는 순간이었다.

털썩!

너무 긴장하고 있던 탓일까. 시체가 되어버린 도플갱어를 보자마자 다리에 힘이 풀려 버렸다.

'섬의 관리자가 도플갱어일 줄이야. 저 사람이 도와주지 않았더라면 위험할 뻔했어.'

어찌 보면 용찬 혼자서 도플갱어를 처치한 것이나 다름없었다. 바닥에 주저앉아 있던 선욱은 가면을 쓴 소환수들을 보며 잠시 고민했다. 안개섬 미션 동안 통신을 통해 많은 도움을 받은 것은 사실이었지만 놈은 난입한 플레이어였다.

'게다가 도움을 받은 것도 일종의 거래였어. 서로 진영이 다를 수도 있으니까 섣불리 믿으면 안 돼. 우선 무엇을 대가로 원하는지부터 알아내야 해.'

보상 룸으로 이동되는 데까진 다소 시간이 걸린다. 때문에 선욱은 긴장을 놓지 않고 자리에서 일어나 거리를 벌렸다.

"도와주셔서 감사합니다. 고……."

"거래의 대가는 이걸로 하지. 괜찮겠지?"

도플갱어 시체 주변으로 드랍된 장비와 아이템이 보였다.

설마 처음부터 보스를 처치한 보상을 원했던 것일까. 드랍된 아이템을 회수하는 용찬을 보며 선욱은 조심히 일행들에게 눈짓을 주었다.

"……무슨 거래를 뜻하는지는 모르겠지만 상관없어. 살아남은 것만으로 다행이라 여겨야지."

"나도 마찬가지야."

"존 오빠가 죽었는데 이제 와서 보상은 무슨."

다행히 불만을 느끼는 파티원은 없었다. 그제야 선욱도 고개를 끄덕이며 손짓했고 재빨리 아이템을 회수하는 용찬의 손목을 확인했다.

'늑대 문양이면 페이튼 진영인가. 설마 다른 뜻을 품고 있는 것은 아니겠지.'

숫자적으로 불리한 것은 물론 도플갱어를 쓰러트린 소환수들의 실력도 범상치 않았다. 특히나 페널티를 안고서 치명타를 날린 용찬의 무력을 생각해 봤을 때 정면으로 충돌하면 답도 없었다. 최소한 보상 룸으로 이동되기 직전까진 동태를 살펴야 할 터.

'미션 보상을 포기하고 귀환하는 방법도 있긴 하지만 일단 조금 더 지켜보자.'

공략하는 그 자체에 의미를 두고 있긴 하지만 미션 보상까지 포기해 버리면 수지가 맞지 않았다.

"안선욱이라고 했나. 용케 안개섬의 비밀을 파헤쳤군."

"용찬 님께서 도와주신 덕분이죠. 그나저나 페이튼 진영 플레이어시군요."

"그러는 너희들은 리미트리스 진영이군."

"실례지만 안개섬에 난입한 목적이 무엇입니까. 여태까지 도움을 받아놓고 이런 말씀 드리긴 좀 그렇지만 의도가 약간 의심이 돼서 말이죠."

함께 미션을 클리어했다곤 하지만 페이튼 진영과 리미트리스 진영은 엄밀히 말해서 적이다. 주저앉아 있던 일행들도 뒤늦게 그 사실을 자각한 것인지 경계 어린 눈빛을 취했다.

하지만 그것도 잠시.

"걱정 마라. 진영 따위 상관하지 않으니까."

용찬이 일행들 쪽으로 포션들을 던지며 등을 돌렸다.

일순 당황한 선욱은 두 눈을 깜빡이다 이내 물었다.

"그렇다면 순수히 보상을 노리시고 난입하셨단 말씀이십니까? 아무런 정보도 없는 안개섬에?"

"그렇다면 어쩔 거지?"

"……."

무모한 것을 넘어 오만하기까지 하다.

하지만 그럼에도 약간은 안심이 됐다.

'나랑 비슷한 과인가. 오히려 저런 성격이 다행일 수도.'

잠시 쓴웃음을 짓던 선욱은 긴장을 풀고 포션을 집어 들었다. 그 순간, 푸른 광선이 페트슨의 심장부를 관통했다.

"아, 물론 진영을 떠나서 목격자는 살려둘 수 없지."

"페, 페트슨 오빠!"

순간의 방심이 화를 부른 것일까.

피를 왈칵 토해내며 쓰러지는 페트슨의 모습에 인상이 구겨졌다.

'젠장. 그러면 그렇지!'

좌우로 달려드는 두 명의 소환수. 특히 두 자루의 레이저 소드를 쥐고 있던 한 명은 이동 속도가 매우 뛰어났다.

선욱은 가장 캐스팅 속도가 빠른 매직 미사일을 날리며 귀환 주문서를 꺼내 들었다.

"모두 얼른 귀환부터……."

"그러면 안 되지."

콰직!

당황할 새도 없이 설화와 은아의 머리가 박살 난다. 일찌감치 이동 기술을 통해 배후로 접근한 용찬은 건틀릿의 피를 털어내며 그녀들의 시체를 걷어찼다. 그리고 소환수들에게 지시를 내려 그들을 어딘가로 보내더니 이내 선욱에게로 검은 쇠사슬을 쏘아 보냈다.

"큭. 처음부터 이럴 속셈이었나."

"널 살려두는 건 좀 위험해서 말이지."

"……대체 어째서."

"그건 몰라도 돼."

포박된 채로 발버둥 치던 선욱의 등줄기로 식은땀이 흐른다. 유일한 희망이라곤 보상 룸밖에 없었지만, 그마저도 아직 대기 시간이 남아 있었다.

"잠깐. 거래를 하자. 난 아직 너에게 줄 수 있는 게 많아. 악몽의 탑 안에서라면 다른 진영이라도 접촉할 수 있다고."

"안타깝지만 네놈에게 더 이상 바라는 게 없어. 잘 가라."

어깨를 타고 흘러 건틀릿에 맺히는 강렬한 빛줄기. 금방이라도 자신을 곤죽으로 만들어 버릴 것 같은 속성력에 심장이 거세게 박동하기 시작했다. 그리고 뇌전이 작렬하기 직전 품속에 있던 금색 손거울이 빛을 뿜어냈다.

"그건?"

"……도플갱어에게 쓰려고 한 거였지만 어쩔 수 없지."

처음으로 용찬의 두 눈동자가 파르르 떨려왔다. 서서히 쇠사슬에서 벗어나 땅으로 스며드는 신형. 마치 몸이 물처럼 녹아내리는 상황 속에서 선욱은 비릿한 웃음을 흘렸다.

"그럼 나중에 보상 룸에서 보자고."

그 시각, 거처에서 도주했었던 리우청은 갑자기 안개섬이 클리어되어 어안이 벙벙한 상태였다.

'설마 도플갱어를 찾기라도 한 거야? 투표도 아무렇게나 해 버리고 말았는데. 대체 어떻게?'

몇 년간 클리어되지 않은 안개섬이 D급 플레이어들의 손에 클리어되고 말았다. 그것도 겨우 이틀 만에 말이다. 너무 허무한 결과에 당황스럽기도 했지만, 한편으론 안심도 됐다.

'난입한 플레이어한테 통신이 안 올 때만 해도 다 끝났구나 싶었는데 그래도 죽으란 법은 없구나. 10층으로 돌아가면 바로 다른 층으로 이동해야지. 근데 몇 명이 살아남은 거지?'

도플갱어가 요정이었단 사실을 모르는 리우청은 생존자를 7명이라고 여기고 있었다. 그리고 뒤늦게 자신을 속인 선욱이 떠오르자 원한이 더욱 깊어졌다.

'개자식들. 그놈들은 다 뒤졌으면 좋겠는데.'

복수 같은 것은 생각도 해보지 않았다. 누구보다 자기 자신에 대해 잘 알고 있는 그였기 때문에 그저 뒤에서 원망하는 정도가 최선이었다. 약한 게 죄라면 죄일 것이다. 이런 약육강식의 세계에선 오직 힘만이 모든 것을 해결해 주니까.

"……하아. 언제까지 이렇게 도망만 다니며 살아야 하는 건지. 라딕 던전 때부터 너무 꼬여 버리고 말았어. 디어스 길드, 이 개 같은 놈들. 나한테 무슨 원한이 있다고!"

지금도 감옥에 갇혔을 때만 떠올리면 분통이 터졌다.

스스슥.

이를 갈며 육포를 뜯던 찰나, 정면 수풀 사이로 발걸음 소리가 들려왔다. 다른 자에게 위치를 알려준 적이 없던 리우청은 다급히 검 손잡이를 움켜쥔 채 경계했다.

"누구야?"

-불명, 정체. 제거. 제거!

"젠장. 뭐라고 하는 거야. 이런 녀석은 본 적도 없는데!"

수풀 속에서 걸어 나오는 정체불명의 방패병. 투구로 얼굴까지 가려 인상착의도 파악하지 못하는 가운데, 다짜고짜 놈이 손에 쥔 창을 던지려 했다.

[리우청의 전력 질주(공용)이 발동됩니다.]

[쿨단의 경로 차단이 시전됩니다.]

쿠구구궁!

목숨의 위협을 느낀 리우청은 급히 줄행랑을 치려 했지만, 그 순간 뒤쪽으로 백색 긴 벽이 설치됐다.

"부서져. 부서지라고!"

-필요, 투지와 끈기!

"투시와 끈기는 무슨! 대체 나한테 왜 이러는 거야. 내가 무슨 잘못을 했다고!"

이유 모를 기습에 억울한 심정을 표해 봐도 소용없었다. 놈은 다시금 창을 집어 들며 천천히 다가올 뿐.

대화가 통하지 않는다는 것을 깨달은 리우청은 입술을 깨물며 자세를 잡았다.

"쌍! 하나같이 나한테만 지랄들이야! 오냐. 네가 죽나 내가 죽나 어디 한번 해보자."

[스텔라의 손거울이 발동됩니다.]

[일정 시간 동안 시전자의 몸이 땅과 동화됩니다.]

회귀 이전 기억대로 안개섬의 비밀은 선욱의 손에 의해 밝혀졌다. 하지만 B급 도플갱어를 상대로 놈이 살아남는다는 것은 거의 불가능에 가까웠다. 때문에 도플갱어를 제압한 뒤에도 그 의문은 끝까지 해결이 되지 않고 있었는데, 품속에서 빛나는 손거울을 보자마자 의문이 해결됐다.

'어떻게 이놈이 스텔라의 손거울을 갖고 있던 거지? 손거울에 대해선 들은 게 없었는데.'

지금껏 3개만 풀렸다고 알려진 레어 아이템, 스텔라의 손거울. 순간적으로 거의 무적이나 다름없는 효과를 발동하기에 진영, 개인을 막론하고 눈에 불을 켜고 찾는 아이템 중 하나였다.

서서히 사라져 가는 쇠사슬을 내려다보던 용찬은 인상을 구기며 바닥을 내리찍었다.

'어떻게 안개섬에서 살아남았나 했더니 손거울 때문이었나. 여기서 놈을 놓쳐 버리면 곤란해지는데.'

앞으로 개입할 사건들 일부엔 선욱도 포함되어 있었다. 만약 미래가 달라진다고 해도 놈이 리미트리스 진영에 큰 영향을 끼친다는 것은 달라지지 않는 사실이었다. 이대로 손거울의 효과만 유지하고 있어도 보상 룸으로 이동되기 직전까진 목숨을 건질 수 있을 터. 할 수 없이 용찬은 선욱을 포기하고 수정구를 꺼내 들었다.

"도주한 플레이어들은 어떻게 됐지?"

-제 쪽은 처리했어요.

-저도 처리했습니다.

위르겐의 시야 공유를 통해 위치를 확보했던 도주한 플레이어들. 다행히 루시엔과 록시가 세 명 중 두 명을 처리했다고 소식을 전해왔다.

"위르겐. 쿨단 쪽은 어떻지?"

-페페펭. 역시 마력 기술을 다루는 놈이라 그런지 다소 시간이 걸리는 듯합니다.

"우선 그쪽으로는 내가 가도록 하지."

-알겠습니다. 펭.

보상 룸으로 이동되기까지 10분 정도가 남은 상태다.

위르겐에게 위치를 전달받은 용찬은 서둘러 쿨단이 있던 쪽으로 이동했고, 얼마 되지 않아 숨을 헐떡거리고 있는 플레이어를 발견할 수 있었다.

"헉, 허억. 뭐, 이리 단단한 거야. 왜 쓰러지질 않는 거냐!"

"한심하다 못해 처절한 광경이군."

"이번에는 또 누구야. 너도 저 자식 동료 같은 거야? 왜 자꾸 가만히 있는 날 건드리는 거냐고. 빌어먹을 새끼들아!"

거의 하소연을 하듯 소리를 지르던 놈이 다시금 쿨단에게로 달려들었다. 하지만 고작 D급 수준인 플레이어가 수호자로 전직한 쿨단을 이기는 것은 거의 불가능한 일. 결국 놈은 복수의 방패를 뚫어내지 못하고 창대에 후려 맞아 나무 기둥으로 날아갔다.

"쿨럭, 쿨럭. 절대 안 죽어. 죽을 수 없다고."

"안타깝지만 죽어줘야……."

마력을 끌어모으던 찰나, 놈의 후드가 벗겨졌다. 그 속에서 드러나는 익숙한 얼굴. 불현듯 뇌리를 스치고 지나가는 나비 계곡 때의 기억에 용찬의 몸이 멈칫했다.

"……네놈은 그때?"

"뭐?"

"설마 내가 기억이 안 나는 건가."

양팔을 타고 강렬한 전류가 휘몰아친다.

잠시 두 눈을 깜빡이던 플레이어, 아니, 리우청은 뒤늦게 예전 기억을 떠올린 것인지 새파랗게 질리기 시작했다.

"배, 백경훈?"

"여기서 네놈을 만나게 될 줄이야."

기억에 없던 안개섬의 여덟 번째 플레이어. 회귀 이전과 달리 보험이 한 명 더 늘어났던 이유는 다름 아닌 리우청의 개입 때문이었다. 그제야 어떻게 된 상황인지 깨달은 용찬은 우연의 일치로 다시 만나게 된 그를 보며 고민했다.

'디어스 길드에게 쫓기고 있단 사실은 전해 들어서 알고 있긴 했는데 악몽의 탑에 몸을 숨기고 있을 줄이야. 아직까지 김민아와는 합류하지 않은 것 같은데. 역시 여기서 죽여 버려야 하나.'

어찌 보면 그때 놓쳐 버린 목격자를 제거할 기회였다.

하지만 그것도 잠시.

[민하나:그거 들으셨어요? 나인 진영의 랭커 김민아가 저희 진영으로 넘어왔나 봐요. 듣기론 디어스 길드에 영입되었다고 하는데 아직까지 자세한 것은 모르겠어요. 이번에 대대적으로 악몽의 탑에 들어간다는 얘기도 있긴 한데, 아마 좀 더 지켜봐야 될 것 같아요.]

마침 하나가 전해온 소식에 생각이 달라졌다. 용찬은 가장 먼저 보상 룸 대기 시간을 확인 후 벌벌 떨고 있는 리우청에게 물었다.

"네놈. 디어스 길드에게 붙잡힌 적이 있나?"

"마, 말하면 살려주시는 겁니까?"

"대답에 따라서 달라지겠지."

눈치가 빠른 놈이라면 질문의 의도쯤은 빠르게 파악할 수 있을 것이다. 이리저리 눈알을 굴리던 리우청도 그것을 모르진 않는 것인지 잠시 망설이다 이내 입을 열었다.

그리고 본인의 입을 통해서 드러나는 그동안의 행적.

거짓은 없었는지 놈의 사연엔 절실함이 묻어나 있었다.

'그렇다면 차소희가 나비 계곡 때의 일을 알고 있단 건데. 여기서 김민아를 디어스 길드로 합류시켰다?'

그녀를 영입시킨 이후 바로 악몽의 탑으로 향하는 것도 수상하기 그지없었다. 특히나 라딕 던전의 사건 때문에 리우청을 추적하고 있는 디어스 길드 아니던가. 어찌 보면 이놈은 두 사건과 관련이 있는 연결 고리나 다름없었다.

"그러면 마지막으로 묻지. 네놈은 안선욱이란 놈에게 속아서 안개섬으로 들어왔던 거겠지?"

"예. 그놈에게 감쪽같이 속았던 거라니까요!"

다급한 놈의 대답에 입꼬리가 말아 올라간다. 비록 선욱을 놓치긴 했지만 남아 있던 리우청의 활용 가치가 생겨났다. 판단을 마친 용찬은 진실의 수정구와 거래 계약서를 꺼내 들며 입을 열었다.

"그래. 목숨은 살려주도록 하지. 다만, 네가 해줘야 할 일이 있어."

"이, 이건?"

리우청의 두 눈이 휘둥그레지는 순간이었다.

[보상 룸으로 이동하시겠습니까?]

일종의 거래가 성사된 이후 몇 분이 지나지 않아 대기 시간이 끝나고 말았다. 너무도 일방적인 계약 내용에 경악하던 리우청은 결국 피눈물을 삼키며 먼저 보상 룸으로 이동했고, 계약서를 쥐고 있던 용찬은 보상 룸 이동을 잠시 보류한 채 병사들과 함께 안개섬에 남았다.

"페펭. 결국 리우청이란 플레이어를 살려주셨더군요. 마왕님."

"그래. 아마 지금쯤 보상 룸에서 선욱과 마주하고 있겠지."

"그럼 안선욱이란 플레이어는 포기하시는 겁니까. 페펭?"

가장 중요시하게 여긴 선욱을 놓친 시점에서 리우청은 두 번째로 속하는 목격자 중 한 명이었다. 특히 그다지 활용 가치가 없어 보이던 그였기 때문에 위르겐이 이유를 묻는 것도 어찌 보면 당연했다.

"안선욱 그놈은 놓쳤다고 봐야 될 거다. 뒤늦게 10층으로 간다고 해도 이미 진영으로 도망친 후겠지. 리우청을 놈에게 접근시키는 것도 의심을 사서 거의 불가능할 테고 말야."

"페펭. 그렇다면 리우청은 왜 살려두신 겁니까?"

"갑자기 활용 가치가 생겨서 말이지."

하나의 메시지를 보고 있던 용찬은 거래 계약서를 작성하던 당시를 떠올렸다.

'이제부터 네가 할 일은 디어스 길드와 합류하는 거다.'

'아니, 저 디어스 길드에게 쫓기고 있는 몸인데…….'

'지금은 사정이 좀 다를 거다. 앞으로 넌 길드의 정보들을 하나도 빠짐없이 나에게 전달해야 할 거다. 놈들이 어디로 향하는지, 그리고 목적이 무엇인지까지 말이다.'

리우청이 맡은 역할은 대형 길드의 스파이나 다름없었다. 물론 놈은 거래 내용을 듣고도 당최 이해하지 못하는 눈치였지만, 아마 얼마 되지 않아 악몽의 탑에서 디어스 길드에게 붙잡히고 말 것이다. 그때가 되면 자연스럽게 계약서의 내용도 이해가 될 터.

이제 이것으로 대형 길드에 심어놓은 정보통은 총 네 명이 됐다고 볼 수 있었다.

'선욱을 놓친 것은 타격이 크지만 내 이름을 안다고 해도 당장 놈이 할 수 있는 것은 거의 없을 테지. 일단 놈이 다음으로 향할 목적지들도 어느 정도 알고 있으니까 아쉬운 대로 리우청을 활용해 디어스 길드의 정보라도 빼돌려야겠어.'

문득 리미트리스 진영에서 원정을 시도한 아리엇 산맥이 떠올랐다. 앞으로 벌어질 사건들이 대부분 머릿속에 남아 있는 이상 대형 길드의 동태도 계속 살펴야 할 것이다.

그렇게 대충 생각을 정리한 용찬은 유한성 퀘스트의 남은 기간을 확인했다.

'이제 20일 정도 남았나. 이것부터 빠르게 해결해야겠군.'

최우선 목표는 악몽의 탑 27층. 팔람의 지배 구역이었다.

그날, 하멜의 진영들은 안개섬이 클리어됐단 사실에 들썩거렸고 안개섬은 클리어되자마자 악몽의 탑에서 사라졌다.

To Be Continued

Wish Books
9클래스 소드 마스터
이형석 퓨전 판타지 장편소설
WISHBOOKS FUSION FANTASY STORY
검성(劍聖), 카릴 맥거번.
검으로 바꾸지 못한 미래를 다시 쓰기 위해
과거로 돌아오다.
이민족의 피로 인해 전생에 얻지 못한 힘.
'이번 생에 그걸 깨주겠다.'
오직 제국인들만이 사용할 수 있었던,
그 힘을!
'나는 마법을 익힐 것이다.'
이제, 검(劍)과 마법(魔法).
두 가지의 길 모두 정점에 서겠다.
9클래스 소드 마스터: 검의 구도자